숨어있기 좋은 방

숨어있기 좋은 방

지은이 신이현
펴낸이 임상진
펴낸곳 (주)넥서스

초판1쇄 인쇄 2021년 05월 07일
초판1쇄 발행 2021년 05월 12일

출판신고 1992년 4월 3일 제311-2002-2호
10880 경기도 파주시 지목로 5
Tel (02)330-5500 Fax (02)330-5555

ISBN 979-11-6683-033-4 03810

www.nexusbook.com
&(앤드)는 (주)넥서스의 문학 브랜드입니다.

숨어있기
좋은   방

신이현
소설

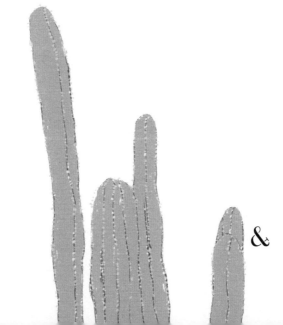

숨어있기 좋은 방을 갖고 싶어요

누군가 나에게
"너는 인생에서 무엇을 원하니?"
하고 묻는다면
나는 이렇게 대답할 것이다.
"숨어있기 좋은 방을 갖고 싶어요."
그리고 조금 머뭇거리다
이렇게 덧붙일 것이다.
"그 안에 남자도 한 명 있으면 좋겠어요."
나 자신을 위해 만든 방이지만,
인생이 고단하다고 느끼는 당신에게도
이 선물을 주고 싶다.
거기서 무엇을 하든지,
누구를 데리고 가든지,
아무도 상관하지 않을 것이다.
이건 그냥 선물이니까.

차례

1

또다시 아침이다. 이제 일어나야 하고 무엇인가, 인생에 도움이 될 만한 일을 시작해야 한다. 하지만 내 몸은 여전히 엎어져 있고 눈은 떨어지지가 않는다. 나는 눈을 뜨고 몸을 움직여 보려고 애를 쓴다. 몸이 왜 이렇담. 투덜거리면서도 꼼짝도 할 수가 없다. 바람 부는 소리 같은 것이 들리는 것 같기도 하다. 아니, 좀 더 귀를 기울이니 이 소리는 빗소리가 분명하다. 뚜두둑 뚜두둑. 이상하게 빗줄기가 내 등 위로 떨어지는 기분이다. 뚜우, 기적소리 같은 것이 들리고 철컥철컥, 기차의 바퀴소리도 들려온다.

어딘가, 길 위에 엎어져 있다는 생각이 든다. 그렇다면 아랫배 쪽에 깔려 아까부터 나를 성가시게 하는 것은 돌멩이란 말인가? 기차의 바퀴가 내 머리를 밟았고 나는 번쩍 눈을 떴다. 여기가 어디람! 갑자기 정신이 멍해졌다. 내가 엎드려있는 곳은 침대 위였다. 나는 손을 뻗어 배 밑에 깔린 무언가부터 끄집어 냈다. 플라스틱 그릇이었다. 나는 멍하니 그것을 바라보다가 침대 밑으로 던져버렸다. 한쪽 머리가 묵직하게 쑤셔댔다. 어젯밤에는 너무 마셔버린 것이 분명했다.

나는 겨우 몸을 일으켰다. 고개를 치켜드니 천장이 머리에 닿을 것처럼 낮다. 세 개의 벽에 꼭 끼인 침대 외에는 아무것도 없는 방이었다. 서랍장도, 휴지통도, 물주전자도, 아무것도 없었다. 어두컴컴했고 침대 밑에서 커다란 박쥐라도 한 마리 나올 것만 같은 방이었다. 하지만 내가 왜 여기에 팽개쳐져 있담.

나는 머리를 흔들었다. 머릿속에서 무엇인가 한쪽으로 굴러가는 소리가 났고 아무 기억도 떠오르지 않았다. 나는 다시 반대쪽으로 머리를 흔들었다. 덜거덕덜거덕, 머릿속에서 고장 난 라디오를 흔들 때 나는 소리가 났다. 그래, 내 머리는 고장 났다. 그렇게 생각하자 약간 기분이 좋아지는 것 같았다. 나는 천천히 머리를 흔들었고 그러자 신기하게도 어제의 일이 환하게 떠올랐다. 고장 난 라디오는 흔들어야 소리를 내는 것인가?

나는 은행에서 볼일을 마치고 회사로 돌아가고 있는 중이다. 그때까지만 해도 아무 일도 일어나지 않았다. 나는 아무 생각 없이 터덜터덜 걸으며 여자들의 날씬한 다리에 정신을 팔고 있었다. 어째서 여자들의 다리는 여자인 나에게도 황홀감을 줄까, 그런 생각을 하다가 문득! 가방에 대한 생각이 떠올랐다.

숨어있기 좋은 방

방금 내린 택시에 가방을 두고 내린 것이다. 여러 도장들과 회사 서류들, 새로 발급한 회사 카드, 오만 원짜리 현금이 들어있는 가방이었다. 택시에서 내려 그 생각이 떠오를 때까지 무슨 생각을 했었는지 지금도 알 수가 없다.

부리나케 은행으로 분실 신고를 하고 난 뒤 원장은 이 세상에서 가장 멍청한 인간을 바라보듯이 나를 쏘아보았다. 그리고 참을 수 없는 잔소리를 늘어놓기 시작했다. 십 분, 삼십 분, 한 시간……. 한 시간에서 끝났다면 내 정신이 돌아버리지는 않았을 것이다. 그놈의 잔소리는 끝날 줄 몰랐고 어느 한순간 정신이 핑 돌아 탁자 위에 있는 장식용 돌덩이를 원장의 면상을 향해 날려버렸다. 원장의 이마에서 당장에 붉은 피가 쏟아져 내렸고 그것으로 끝이었다.

나는 한숨을 쉬었다. 직장을 다니는 동안 내 꿈은 그놈의 직장을 그만두는 것이었다. 그러나 실직이 된 지금 당장, 나는 어쩔 수 없이 또 다른 직장을 구해야만 하는 처지에 놓였다. 내가 앉은 탁자 위에 그 돌덩이 부처만 없었더라도 그런 일은 없었을 텐데. 그 학원은 지금까지 다닌 다른 직장에 비해서 그리 나쁜 곳은 아니었다는 아쉬운 생각이 들었다. 최소한 슈퍼마켓 앞에 전을 펴고 "사은품 드립니다. 맛보고 가세요. 당면 두 개를 구입하시면 멸치액젓을 드립니다. 맛보시고 알뜰 구매하세요" 하고 쉬지 않고 종알거리며 잡채까지 만들어내야 하는 곳은 아니었다. 원장의 잔소리가 한 시간 만에 끝났더라도 그런 일은 없었을 텐데.

또 다른 직장을 찾아야 한다고 생각하자 벌써부터 머리가 아파왔다. 어떤 직장을 구해야 할지는 생각도 하기 싫었다. 직장을 가지 않고도 돈을 마음대로 쓸 수는 없을까 하는 생각밖에 들지 않았다. 왜 돈은 비처럼 일없이 쏟아져 내리지 않는지. 내월급으로 매달 적금을 붓고 있는 어머니는 지금쯤 나를 기다리다 지쳐 목이 빠져나가 있겠지. 아아, 나는 털썩 침대 위로 드러누웠다. 적금 따위는 알게 뭐람. 어떻게든 돌아가겠지! 그런데 왜 나는 지금 혼자 있는 거지? 어제는 분명 이 방주인과 함께였지 않은가. 그도 직장을 나간 것인가? 하긴 누구라도 생계는 유지해야 하니까.

우선 이 낯선 방을 떠나야겠고 그 전에 담배를 한 대 피워야겠다는 생각이 들었다. 그러나 침대 위에 놓인 담배는 빈 갑이었다. 나는 좁은 방바닥에 떨어진 초록색 셔츠를 주워 들고 바닥으로 내려섰다. 방문을 열기 위해서는 침대에서 딱 두 걸음만 걸으면 되었다.

"가지 마."

방문 손잡이에 손을 대자 이런 소리가 들렸다. 고개를 돌려보았지만 아무도 보이지 않았다. 나는 방문을 열었다.

"가지 마. 비가 오잖아. 우산이 없어."

정말 비가 내리고 있었다. 나는 문을 활짝 열고 방문 밖 베란다를 기웃거렸다. 빗속에는 아무도 없었다. 나는 다시 침대 위

숨어있기 좋은 방

에 걸터앉았다. 사실 지금 나간다 해도 마땅히 갈 곳도 없다. 침대 밑에서 부스럭거리는 소리가 들렸고 한 남자가 침대에 걸터앉은 내 다리 사이로 기어 나왔다.

"장마가 시작되었나 봐."

그는 나의 두 다리 사이에 드러누워 나를 올려다보며 웃었다. 이십 년 전부터 나를 알아왔던 것 같은 표정을 짓고 있었다. 나는 멍하니 내 다리 사이에 누운 남자를 내려다보았다. 어젯밤 그에게 말을 건 것이 나였던가? 그렇다면 그것은 순전히 내 우울한 기분 탓이었을 것이다. 한바탕 빗속을 거닐다 온 것처럼 흠뻑 젖어있는 남자는 어린애처럼 작고 깡말라 보였다.

돌덩이를 던지고 학원을 나온 뒤 나는 아무 거리나 어슬렁거렸다. 어디에도 가고 싶지 않았고 누구도 만나고 싶지 않았다. 정말 슬플 때는 친구도 위로가 되지 않는 법이다. 나는 완전히 취해서 죽어버려야겠다는 생각을 했다. 이렇게 초라하게, 아무 즐거움도 없이 살 필요는 없다는 생각이 들었다. 맨 먼저 포장마차에서 우동을 먹고 소주를 마셨다. 그리고 걸었다. 다음에는 거리에 서서 닭꼬치 하나를 먹으며 소주를 세 잔 마셨다. 그리고 다시 걸었다. 다음에는 슈퍼마켓에 들어가 작고 납작한 나폴레옹을 한 병 사서 주머니에 넣었다. 주머니에 꼭 알맞게 들어갔다. 나는 거리를 걸으며 홀짝홀짝 나폴레옹을 마셨다. 이 술은 뭔가, 내 인생에 불가능은 없을 것이라는 생각을 하게 만들었다. 금방 다 마셔버렸고 나는 눈에 보이는 슈퍼마켓에 들어가 새로운 나폴레옹을 샀다. 그리고 또다시 걸었고 이곳까지 온 것이었다.

수배된 자들이 몸을 숨기기 위해 캄캄한 밤에 남몰래 드나들 것 같은 여관이었다. 몇 십 년은 된 것 같은 간판이 삐뚤게 걸려 있고, 녹이 슬어 얼룩덜룩한 대문 사이로 보이는 흙 마당에는 쓰레기 더미들이 지저분하게 쌓여있었다. 그 안쪽 구석에는 버려진 듯이 오동나무 한 그루가 서있었다. 내가 이 여관 대문 앞에서 걸음을 멈춘 것은 그 오동나무 때문이었다. 밤바람에 널따란 잎사귀를 한가롭게 흔들고 있는 키가 큰 나무였다. 나는 나무가 무엇인가 내게 말을 건넸다고 생각했다. '괜찮아. 그냥 흘러가는 대로 맡겨둬 보라구.' 분명 그런 소리였다. 나는 녹슨 대문을 열고 여관으로 들어갔다. 2층에 방을 얻어 방문을 활짝 열어놓고 오동나무를 바라보며 밤새워 술을 마셔볼 생각이었다.

남자를 만난 것은 계단을 올라와 2층 베란다에 섰을 때였다. 그는 문지방에 앉아서 버너 불 위에 냄비를 올리고 무언가를 끓이고 있는 중이었다. 처음에 나는 그가 여행 중인 사람으로 생각했다. 그러나 그는 3개월째 이 여관에서 생활하는 장기 투숙자였다.

"이것 봐. 난 오늘 새로 태어났어. 네 몸속에서 나오는 기분이야."

그는 내 가랑이 사이로 불쑥 몸을 일으켜 세우며 말했다. 이

숨어있기 좋은 방

렇게 지저분하게 태어나는 아이라니.

"밤새도록 거기서 잤어? 나 때문에?"

나는 늘어뜨린 발을 침대 위로 올리며 말했다.

"아니. 난 주로 침대 밑에서 자."

그는 침대 밑으로 쑥 들어갔다가 다시 나왔다.

"덮고 자려고 침대 샀어?"

"아니. 공짜로 얻었어. 가구회사 퀴즈에 당첨됐거든. 흠."

그는 으쓱 뽐을 내었다.

"근데 이 침대는 너무 높아. 꼭 산꼭대기에 누운 것 같더라 니까. 그래서 이 밑에 들어가봤지. 정말 좋았어. 완전히 숨겨진 기분이 되거든."

그는 킥킥 웃었다. 나는 얼굴을 찌푸렸다.

"비가 그칠 때까지만 있을게."

나는 좀 싸늘한 어투로 말했다. 어젯밤은 어젯밤이고 더 이상 그를 알고 싶은 마음은 없었다. 그는 비웃듯이 힐끗 나를 쳐다보았다. 그리고 아무 말도 하지 않았다. 밖으로 열린 베니어판 방문이 줄줄 물을 흘리며 비를 맞고 있었고 빗방울이 얼굴로 튕겨 들어왔다. 그는 입을 꽉 다물고 문밖을 바라보았다. 태정…… 문득 그의 이름이 떠올랐다. 그에게 화를 낼 필요는 없었다. 아무튼 지금 나는 자유의 몸이고 다음 직장을 구할 때까지는 마음껏 게으름을 피울 수 있게 되었다. 이럴 때가 아니면 어떻게 놀 수 있단 말인가. 그리고 지금은 잠에서 깨어날 때마다 내가 원했던 바로 그 상태인 것이다.

아침에 눈을 뜨면 언제나 비가 오기를 바랐고 그리고 낯선 장소에 있고 싶었다. 더구나 지금은 가야 할 직장 따위도 없다. 세 가지가 완벽하게 이루어진 것이다. 이 순간에 화를 낸다는 건 시간 낭비이다. 달게 담배를 피우고 싶었다.

"담배 피우고 싶다."

태정은 동감한다는 듯 두리번거리며 담배를 찾았다. 나는 빈 갑을 찌그러뜨렸다.

"우산이 없어."

그는 한 발짝도 움직이고 싶지 않다는 듯 중얼거렸다.

"그래도 피우고 싶다. 미치게 피우고 싶다."

내가 팡팡 침대를 두드렸다. 그는 벌떡 일어나더니 빗속으로 휙 사라졌다.

"두통약도!"

베란다로 뛰어나가 계단을 내려가는 태정을 향해 소리쳤다. 그새 내 몸은 흠뻑 젖어버렸다. 나는 침대 위로 올라와 몸을 굴렸다. 젖은 머리카락이 온 얼굴에 들러붙었다. 기분이 침울해졌다. 내가 왜 이곳에 멍청이처럼 있는지 알 수 없었다. 이 모든 것이 한심하게 보였다. 눈을 떴을 때 당장 이 방을 떠났어야 했다. 하지만 이곳을 떠나 어디로 가야 한단 말인가. 어디에도 가고 싶은 곳이 없었기 때문에 이곳에 있을 수밖에 없었다.

태정이 흠뻑 비를 맞은 채 문 앞에 다시 나타났다. 그는 물을

뚝뚝 흘리며 방으로 들어와 담뱃갑 비닐을 뜯었다. 그리고 정
중하게 담배 한 개비를 내밀었다. 나는 필터에 빗물이 묻은 담
배 한 개비를 입에 물었다. 태정이 자신의 입에도 한 개비 빼물
고 내 담배에 불을 붙여주었다. 나는 담배를 물고 태정을 바라
보았다. 그도 담배를 물고 나를 바라보았다. 우리는 내기를 하
듯이 깊이 연기를 빨아들이기 시작했다. 그의 눈알이 튀어나올
것처럼 둥그렇게 커졌고 담배연기로 가득 찬 내 가슴은 터질 것
같았다. 우리는 손가락 사이에 담배를 끼우고 천천히 연기를
내뿜기 시작했다. 연기를 내뿜으며 태정과 나는 캑캑거리며 기
침을 했다. 눈꼬리에서 눈물이 났고 약간 기분이 좋아졌다. 이
렇게 오늘 내 기분은 오락가락할 것 같았다.

"두통약!"

담배를 눌러 끄며 내가 말했다. 태정이 주머니 속에서 알약
과 물약을 꺼내주었다. 나는 알약을 털어놓고 물약을 마셨다.
그는 담배를 입에 물고 쌍권총을 빼듯이 바지 뒷주머니에 꽂힌
술병과 잡지를 빼내어 술병은 침대 밑으로 잡지는 침대 위로 던
졌다. 그리고 젖은 손을 비벼 닦더니 셔츠 주머니에서 소중하
게 뭔가를 꺼내었다. 그는 기도하듯이 마주 잡은 두 손을 내 코
앞에 내밀었다.

"너에게 주는 선물이야."

"뭔데?"

"자동차."

"흥."

나는 콧방귀를 뀌었다.

"정말이야. 봐."

그의 손바닥 위에 놓인 것은 즉석복권이었다.

"너에게 자동차를 선물하고 싶어서 샀어. 당첨되면 그걸로 뭘 할까?"

그가 복권을 흔들며 말했다.

"자동차가 눈멀었어?"

나는 비웃듯이 쏘아붙였지만 약간 솔깃해졌다.

"난…… 마구 달릴 거야. 멋진 여행을 하는 거지. 쉬지 않고 달리다가 콰앙! 낭떠러지로 떨어져 내리는 순간이 오겠지. 이 왕이면 하얀색 자동차면 좋겠다. 그걸 관 삼아서 해저 깊은 바 닷속으로…… 넌?"

그는 키득거리며 물속으로 가라앉는 시늉을 했다. 나는 진 지하게 생각했다. 어쩌면 진짜 자동차가 당첨될지도 모르는 일 이라는 생각이 들었다. 행운이란 언제나 이렇게 느닷없이 오는 법이니까.

"난…… 난 그걸 팔아서 현금으로 우리 엄마한테 줘버릴 거 야. 날 키운 몸값으로 말이야. 그러면 나는 자유의 몸이 되겠 지. 아무렇게나 되어도 누구도 날 상관할 수 없을 거야."

나는 볼멘소리를 했다.

"자, 기대하시라!"

그는 풀썩 침대 위에 엎드려 복권의 얇은 껍질을 긁기 시작했다. 나는 약간 초조하게 입술을 씹으며 그의 손끝을 바라보았다. 결과는 꽝이었다. 오백 원짜리도 걸리지 않았다.

"쳇!"

나는 진짜 김이 새버렸다.

"세상에 눈먼 돈은 없다는 교훈……. 자, 노력해서 돈을 벌자고."

그는 은행 직인이 찍힌 잡지와 얇은 백화점 팸플릿 앞에 코를 박고 엎드렸다. 그가 관심을 가진 페이지는 가로세로 낱말을 꿰맞추는 퍼즐 게임이었다.

"맞춰서 당첨되면 잡지에서는 카세트를 주네. 그리고 백화점에서는 배낭을 준대. 둘 다 당첨돼야지. 이것 봐, 멋지지? 카세트 귀에 꽂고 륙색(rucksack) 메고 걷고 싶다! 음…… 아기 같은 감성을 지닌 어른을 뜻하는 말? 키덜트! 쉽네. 카세트가 당첨되면 내가 가지고 륙색이 당첨되면 너에게 줄게. 진짜야. 음…… 외톨이, 센 척하는 겁쟁이, 못된 양아치…… 상처뿐인 머저리, 더러운 쓰레기…… 뭐야 이거, 나 태정? 우헤헤."

그는 키득거리며 웃다가도 모범생처럼 진지하게 문제를 풀어 종이 위에 답을 적어 넣었다. 나는 그 옆에 주저앉아 또 한 대의 담배에 불을 붙이며 엎드려 누운 그의 등을 바라보았다. 젖은 머리카락에 슬쩍 가려진 흰 목덜미와 동그란 어깨, 날씬한 허리 아래 볼록 솟아오른 엉덩이, 그의 몸은 이제 막 성숙해지기 시작한 소녀의 몸처럼 보였다.

"이런…… 이제 막혔어. 세 가지 손해…… 이게 뭐지? 논어에 있는 말? 분에 넘치게 즐거워하고, 일하지 않고 놀기를 좋아하고, 주색을 좋아하는 것은 세 가지 손해다? 이게 뭐야? '손'자로 시작되는 네 글잔데?"

태정이 고개를 들고 나를 바라보았다. 천진스러워 보이는 반달눈에 동그란 턱에는 수염 자국도 없는 진짜 어린 얼굴이었다.

"글쎄…… 손…… 손해 막심?"

나는 그의 목덜미에 손가락 끝을 갖다 대며 중얼거렸다. 축축한 비의 느낌이 전해져 왔다.

"끝 자는 '요'야."

그는 몸을 움츠리며 킥킥 웃었다. 나는 그의 뒷목덜미에서 척추를 따라 엉덩이까지 곡선을 따라 가볍게 쓰다듬었다.

"……그럼 …… 손…… 손해 봐요……?"

내 손끝이 그의 엉덩이에서 겨드랑이 속으로 들어가자 태정이 간지럼을 타며 폭소를 터뜨렸다. 침대가 울렁거리며 나를 흔들었다. 어젯밤 그와 나 사이에 무슨 특별한 일이 있었음이 분명했다. 그렇지 않다면 이런 친밀감을 느낄 수는 없을 것이다. 약 냄새가 목구멍으로 싸하게 올라왔고 나는 침대 위로 드러누웠다. 이 남자의 몸을 만진 첫 느낌들을 하나도 기억할 수 없다니, 그것은 억울한 일이었다. 그는 생각에 잠긴 표정으

18   숨어있기 좋은 방

로 나에게서 약간 비켜났다. 나는 손등으로 뾰족해 보이는 그의 턱을 쓰다듬었다. 그는 슬쩍 고개를 꼬았다.

예쁜이 일루 와……. 나는 그의 턱에서 손을 떼며 눈을 깜박거렸다. 이 방이 아닌 다른 곳에서 들려오는 느릿한 남자의 목소리였다. 미친 새끼. 또 시작이야. 약간 날이 선 여자의 목소리가 뒤이어 들려왔다. 여보…… 내 예쁜이 일루 와봐…… 남자는 술 취한 것처럼 흥얼거렸다. 내 인생…… 넌 내 인생을, 나를 망쳐놨어. 불쌍한 내 새끼들, 가엾은 것들! 여자는 흐느끼듯이 한탄했다.

"이거 무슨 소리야?"

나는 반쯤 몸을 일으키며 태정을 바라보았다. 그러나 그는 아무 소리도 못 들은 사람처럼 낱말 맞추기에 정신을 쏟고 있었다.

"세 가지 손해…… 도대체 이게 뭐야. '손'자로 시작해서 '요'자로 끝나는데……."

보고 싶어. 보고 싶어…… 그 애들이 보고 싶어! 이것 봐. 젖이 퉁퉁 불어났어. 여자는 이제 불어난 젖을 짜듯이 징징거리는 소리를 냈다.

"뭐야! 이거 무슨 소리야?"

나는 태정이 코를 박고 있는 잡지를 확 빼내었다.

"에이!"

태정이 침대 밑으로 머리를 집어넣더니 작은 라디오를 꺼냈다. 라디오를 켰다. 가늘고 찢어지는 듯한 소프라노 목소리가 터져 나왔고 태정은 다시 엎드려 퍼즐 게임에 코를 박았다.

……비가 오면 더 그래…… 내가 미친년이야! 내가 죽을 년이라고…… 라디오 속 노래가 잠시 잦아지는 사이에 여자의 목소리가 불쑥 끼어들었다. 뒤이어 무엇인가 쾅 넘어지는 소리가 났다. 침대 맡 한쪽 벽이 울렁거렸다. 태정이 혀를 차며 라디오 볼륨을 더 높였다. 그러나 라디오 속 여자의 목소리는 두 사람의 쿠당탕거리는 소리를 넘어서지 못했다. 쳉강, 무엇인가 깨어져 나갔다. 철썩, 뺨을 갈기는 것이 분명할 소리가 들려왔다. 흑흑, 울고 있는 여자의 목소리가 뒤이어 들려왔다. 내 귀에는 더 이상 라디오 노랫소리 같은 건 들리지도 않았다.

자자, 쉬이…… 쉬이…… 훌쩍거리는 여자를 달래는 남자의 목소리가 들려왔다. 침대 머리맡 벽 너머 방에서 들려오는 소리가 분명했다. 잠시 후 여자의 훌쩍거림이 잦아들고 오…… 남자의 긴 한숨소리가 들려왔다. 하…… 오……! 남자의 한숨에 뒤섞여 들려오는 여자의 긴 탄성은 내 몸을 오그라들게 했다. 칭얼거릴 때와는 달리 리드미컬한 목소리였다.

"으……."

태정이 라디오를 끌어안고 채널을 마구 돌려댔다. 그러나 더 이상 라디오 소리로는 두 사람의 아우성을 감출 수는 없었다.

"저 사람들, 왜 저래? 지금 뭐 하는 거야?"

숨어있기 좋은 방

내가 말했다. 태정이 건넌방 벽을 물끄러미 바라보았다. 이제 두 사람은 총 맞은 짐승처럼 무시무시한 신음소리를 내기 시작했다.

"몰라."

태정이 라디오를 바닥으로 아무렇게나 집어던지며 말했다.

"대낮에 저렇게 놀아도 먹고 살 게 있나 봐. 저 사람들?"

"뭐…… 오늘은 비가 왔으니까, 공친 날이지, 뭐…… 비 오는 날은 매일 저래. 대낮부터 밤까지 헤아릴 수도 없어. 에이…… 세 가지 손해…… 풀 수가 없어……."

태정은 잡지를 확 구겼다. 그는 구긴 잡지를 무릎 위에 얹고 갑자기 장난감을 빼앗긴 아이처럼 멍하니 꿇어앉아 있었다. 그는 두리번거려 담배를 찾아 한 개비 빼물었다. 나는 누운 채 그의 무릎을 만졌다. 몰랑하고 딱딱했다. 갑자기 빗소리가 더욱 세졌고 어디선가 긴 기적소리가 들려왔다. 철컥 철컥, 곧이어 기차의 바퀴소리가 아주 가깝게 들려왔다. 잠 속에서 들었던 기차소리는 꿈이 아니라 바로 이 집 옆을 지나는 기차가 내는 소리였다. 기차소리는 갑자기 시끄러워졌고 일순간 다른 모든 소리를 삼켜버렸다. 라디오 소리도, 건넌방의 아우성 소리도 아무것도 들리지 않았고 내 귀를 멍멍하게 만들었다.

"기차가 타고 싶어졌어."

나는 그의 무릎 사이로 손을 집어넣으며 말했다. 그는 쑥스러운 듯 담배 낀 손가락으로 머리카락을 툴툴 털었다. 나는 그에게로 다가가 그의 목덜미에 코를 문질렀다. 그의 목에서는 눅눅하게 젖은 낙엽 냄새 같은 것이 났다. 나는 태정의 허벅지 사이를 천천히 쓰다듬으며 그의 배를 만져보았다. 축축하고 부드러웠다. 그는 허리를 꼬며 슬쩍 내 손을 밀어냈다. 나는 그의 목을 껴안고 두 다리로 그의 허리를 감았다. 태정이 옅은 숨소리를 내더니 갑자기 내 허리에 두 팔을 감아왔다. 우리는 부둥켜안은 채 침대 위로 쓰러졌다. 침대는 철컥거리는 소리를 내면서 우리를 흔들었다.

"이건 진짜, 침대칸에 탄 것 같군……."

나는 쿡쿡 웃으며 두 팔을 치켜든 태정의 윗도리를 벗겨냈다. 그리고 덜 익은 복숭아 같은 태정의 어깨를 꽉 깨물었다. 태정이 비명을 지르며 나를 밀쳐냈고 나는 다시 달려들어 그의 등을 덮쳤다. 그리고 혓바닥을 길게 내밀어 그의 어깨를 쓸어내리며 지그시 깨물었다. 태정이 양다리를 버둥거리며 비명을 질렀다. 그의 한쪽 등은 금세 새파랗게 물들었고 그는 복수자처럼 벌떡 일어나더니 나의 셔츠를 거칠게 벗겨냈다. 그는 나의 젖가슴을 움켜쥐고 바게트를 물어뜯듯이 왼쪽 젖가슴에 이빨을 꽉 박아 넣었다. 나는 비명을 내지르며 뒤로 넘어졌다. 침대가 출렁거렸고 멀리서 달려오는 기차의 기적 소리가 나의 비명 위로 길게 이어졌다.

숨어있기 좋은 방

2

꼬부리고 누워 열린 방문 밖 세상을 바라보았다. 하늘은 태정의 멍든 등짝처럼 푸르죽죽했다. 푸른색 밑으로 흰색이나 분홍색이 깔린 것 같기도 했다. 태양 같은 것은 보이지 않았다. 나는 어떤, 알 수 없는 불안감 때문에 가슴을 움츠리며 얼른 문을 닫았다. 다시 눈을 감았지만 더 이상 잠은 올 것 같지 않았다.

태정은 침대 발치쯤에서 있는 대로 구부리고 잠들어있었다. 그는 급히 달려와 쓰러진 사람처럼 배를 할딱거렸다. 나는 오랫동안 그를 굽어보았다. 그의 몸에는 어른스러운 티가 하나도 보이지 않았다. 허벅지나 가슴엔 한 오라기의 털도 없었고 다리와 팔은 아직 더 자라야 되는 풀처럼 여릿여릿해 보였다. 소년의 몸이었다.

"애, 제발 좀 일어나라. 수면 파리한테 물렸니?"

나는 태정을 흔들었다. 그는 몸을 더욱 웅크리며 귀찮은 파리를 쫓듯 몇 번 고개를 흔들고는 다시 꿈쩍도 하지 않았다. 나는 아무 할 일도 없었고 그의 등에 내 등을 대고 다시 웅크려 누울 수밖에 없었다. 그와 함께 한 지 사흘째였다.

잘 있어. 난 이제 가봐야겠어. 3일 동안 나는 내내 이렇게 이별의 말을 던지고 가볍게 이 방문을 나서는 내 모습을 생각했다. 그러나 나는 이 커다란 침대에 묶인 것처럼 이곳을 떠나지 못했다. 첫날은, 이제 가볼까, 아니 좀 더 있다 완전히 어두워지면 가지 뭐, 망설이는 사이에 하루가 가버렸다. 그리고 둘째날은, 왜 어제 진작 떠나지 못했을까, 오늘이 어제라면 훨씬 집으로 가는 마음이 편했을 텐데, 후회하느라 떠나지 못했다. 그리고 사흘째인 오늘은, 이제 너무너무 늦어버렸다는 생각이 든다. 이미 이렇게 지내버린 사흘을 돌이킬 방법도 없다. 적금 날짜를 꼽으며 날 기다렸을 어머니도 오늘쯤엔 포기하고 다른 방법을 강구하겠지.

담배를 피워 물었다. 아무런 맛도 느낄 수 없었다. 갑자기 기침이 터져 나왔고 나는 한쪽 가슴을 꾹꾹 눌렀다. 가슴 한쪽이 찔린 것처럼 통증이 왔다. 나는 가슴에 손을 얹고 웅크렸다. 얼굴이 확확 달아올랐고 침대가 빙글빙글 돌았다. 이곳에 죽치고 있는 것이 아니었다. 진작에 집으로 돌아가야 했다. 그랬더라면, 또 어떻게 생활은 되어갔을 것이다. 바로 그날, 돌덩이를

숨어있기 좋은 방

던진 그날, 곧장 집으로 가서 어머니에게 모든 것을 얘기하고 도움을 요청해야 했다. 그랬더라면 내 생활은 순조롭게 되어갔을 것이다. 어머니도 억지로 나를 그 학원으로 밀어 넣지는 않았을 것이다. 잠시 쉬게 하고 다른 일자리를 찾을 때까지 그냥 내버려두었을 것이다. 그러나 지금은 모든 게 엉망이 되어버렸다. 다시 밖으로 나가기가 겁이 난다. 이곳에서 지낸 지 사흘, 나는 세상으로부터 너무 멀리 와버린 기분이다.

"왜…… 아파?"

태정의 손이 내 어깨를 흔들었다. 그는 내가 돌아누운 쪽으로 건너왔다.

"……이건 눈물이잖아."

그가 손가락으로 내 눈 밑을 닦았다. 나는 가슴을 꼭 껴안고 아무 말도 하지 않았다. 그는 졸음에 겨운 눈을 비비며 침대 밑으로 기어 들어갔다. 그리고 무엇인가를 들고 나왔다. 가루약 봉지였다.

"자, 먹어. 금방 아프지 않게 될 거야."

그는 네모난 약봉지를 뜯어 가루약을 입에 쏟아부었다.

"어때?"

내가 물을 마시고 나자 그가 물었다.

"좋아."

나는 입술에 묻은 가루약을 혓바닥으로 핥으며 말했다. 태정이 천진스레 웃으며 나를 바라보았다. 태양이 다시 나왔을까. 창으로 들어온 햇살이 그의 머리카락을 반짝거리게 했다. 나는 태정의 손을 잡고 그의 이마에 키스를 했다. 미지근하고 달착지근한 땀 냄새가 났다. 우리는 손을 잡은 채 스르르 침대 위로 누웠다. 나는 두 다리를 좌악 펴고 발끝으로 그의 발목을 쓰다듬었다. 태정이 허벅지를 들어 내 허벅지에 갖다 붙였다. 나는 엉덩이를 쑥 내밀고 그의 배에 내 배를 갖다 댔다. 태정이 얼굴을 들어 자신의 한쪽 볼을 내 볼에 갖다 붙였다. 우리는 손을 깍지 끼고 높이 쳐들었다. 나는 약간 위로받는 기분이 들었고 완전히 그의 몸속으로 사라져버리고 싶었다. 우리는 좀 더 서로의 몸을 밀착시키기 위해 온몸을 활처럼 휘었다 비틀었다 하며 끙끙 댔다. 옷 같은 건 벗을 필요도 없었다. 오늘 새벽 마지막 섹스를 하고 잠이 들고부터 지금까지 우리는 한 번도 옷을 입지 않았다. 나는 머리가 터져버릴 만큼 지독한 쾌락에 젖어들고 싶어서 미친년처럼 소리를 질렀다. 아주 오랫동안, 내일이 될 때까지 그렇게 있고 싶었다. 그러나 절정은 너무 쉽고 짧게 지나가버렸다.

나는 땀을 흘리며 엎어져서 눈을 감았다. 섹스는 수면제와 같다는 생각이 들었다. 잠이 오지 않거나 마음이 성가실 때는 꼭 필요한 약이었다. 약간 지친 상태로 아무 생각 없이 잠들어버릴 수 있는 것이다. 섹스를 할 때마다 내 몸이 전혀 새로울 수 있다면 얼마나 재미있을까 하는 생각을 하며 나는 잠 속으로 빠졌다.

다시 깨어났을 때는 하루가 저물고 있는 시간이었다. 문 옆에 뚫린 작은 창문으로 아주 연한 노을빛이 쏟아지고 있었다.

"벌써 저녁이야. 도대체 오늘은 몇 시간이나 잔 거야?"

나는 벌떡 튕겨 일어났다.

"일어날 필요 없어. 해야 할 일이 아무것도 없잖아."

태정이 누운 채 중얼거렸다. 하긴 그랬다. 해야 할 일도 없었고 시간을 따져야 할 필요도 없었다. 나는 다시 털썩 침대 위로 엎어졌다. 바깥은 조용했다. 어젯밤의 그 소란스러움을 생각하면, 태정과 나 둘만을 버려둔 채 그들은 몹시도 좋은 곳으로 가버린 것만 같았다.

그렇게 시끌벅적한 집은 처음이었다. 옆방의 남자와 여자는 끊임없이 이상한 괴성을 질러댔고 열렸다 닫히는 대문소리가 새벽까지 끊이지 않았다. 어느 방에선가는 노랫소리가 들려왔고 또 어디에선가는 고함소리가 들려왔다. 희미한 여자의 울음소리와 마당 한쪽 구석에서 구토하는 소리가 번갈아 가며 들려왔다. 그 위로 기차소리가 귀를 쩌렁쩌렁 울리면서 매번 지나갔다.

그만 가자구! 안 돼, 더 마셔야 해! 배신자! 산들바람 불어와 기분도 좋아 고무신을 신고 가는 시인사야아! 삐이, 쾅! 웨엑 웨엑! 놔줘요! 빨리 오지 못햇! 유리 없는 안경에 모양을 내고 커다란 목소리로 육자배기를 얼룰루루 부우르네에! 아아, 미친 새끼들, 잠 좀 자자 잠! 뿌우, 철컥철컥…… 온갖 소리가 태정과 내가 든 술잔 속으로 빠져들었고 우리 또한 그러지 않으면 손해 볼 것처럼 야 이 미친 인간들아! 소리를 지르다가 어느새 곯아떨어져 버렸다.

어디선가 또다시 기차의 기적소리가 들려오기 시작했고 그 바퀴소리는 금방 두 귀를 멍멍하게 만들었다. 한 시간에 한 대, 어떨 땐 오 분에 한 대씩 기차는 몹시도 자주 오갔다. 그때마다 그 요란한 소리는 내 정신을 멍하게 만들었고 방바닥과 침대까지 들썩이게 했다.

"개같이 시끄럽군. 정말……."

나는 침대 속으로 머리를 쑤셔 넣으며 투덜거렸다.

"하지만 난 저 소리를 들을 때마다 안심이 돼. 위로가 되고."

태정이 엎드린 채 나를 돌아보았다. 그도 진작부터 깨어있었다.

"뭐랄까…… 저 소리는 시간이 가고 있다는 걸 느끼게 해 줘. 기차가 한 번씩 오고 갈 때마다 뭉텅뭉텅 시간이 가고 있는 것이 보여……."

"뭉텅뭉텅?"

"그래…… 그래서 빨리 늙은이가 되어버렸으면 좋겠어."

"왜?"

"경로우대증을 받을 수 있잖아. 노인연금도 있지, 노인 돌봄 서비스도 있지, 공원도 공짜, 버스도 공짜, 뭐든지 공짜 아니면 반값이야. 누가 내 인생을 좀 돌봐줬음 좋겠어."

숨어있기 좋은 방

그가 빙긋 웃었다.

"쳇. 너는 완전히 겁을 먹었군. 현실도피 주의자!"

나는 침대 속으로 얼굴을 파묻었고 우리는 한동안 아무 말도 하지 않았다. 무엇을 해야 할지 알 수가 없었다. 아무 할 일이 없었다.

"좋은 생각이 났어. 우리 밖으로 나가자."

태정이 갑자기 벌떡 일어나며 말했다.

"왜, 무엇 때문에?"

이렇게 묻는 내 목소리는 약간 불안하게 들렸다. 태정이 창을 가리키며 말했다.

"진짜 기차를 타는 거야. 그리고……."

"바다!"

나는 벌떡 일어나 앉으며 큰 소리로 외쳤다.

"그래. 바다로 가는 거야. 바다를 본 지 너무 오래됐어!"

태정이 바닷속에 뛰어들 듯이 첨벙 방바닥으로 뛰어내렸다.

"나도야!"

나도 그를 따라 방바닥으로 뛰어내렸다. 우리는 쿠당탕거리며 옷을 꿰입고 베란다로 나가 신발을 신었다.

"와아, 바다다!"

나는 베란다 난간에서 빙빙 몸을 돌리며 고함을 질렀다. 태정이 이빨을 드러내고 웃었다. 석양빛이 그의 이빨을 노랗게 반짝거리게 했다. 나는 너무 기분이 좋아 그의 손을 잡고 휘청,

가슴을 하늘로 향한 채 머리를 베란다 아래로 늘어뜨렸다. 태정이 나를 끌어당겼고 우리는 노래를 흥얼거리며 계단을 뛰어내려갔다.

그러나 태정과 나는 계단을 내려가서 여관 대문 앞에 섰을 때 뭔가 미심쩍은 얼굴로 서로를 바라보았다. 정말 밖으로 나갈 거야? 그 모든 위험을 감수하고? 바다에 가면 뭐가 있는데? 우리는 수배된 자들처럼 멍하니 여관 담벼락에 기대어 서서 세상을 바라보았다. 여관 벽에서는 역겨운 지린내가 났고 한쪽에는 허연 구토물이 동그랗게 말라붙어 있었다. 철둑을 건너는 육교 위로 느릿느릿 사람들이 지나가고 있었고 그 위로 어느새 노을도 사라져버린 흐릿한 저녁 하늘이 펼쳐져 있을 뿐이었다.

"에이…… 모든 게 귀찮아졌어. 벌써 밤인걸 뭐."

내가 힘없이 중얼거렸다.

"하긴, 바다는 여기서 너무 멀어."

태정이 고개를 숙이고 패배자처럼 웅얼거렸다. 우리는 동시에 휙 돌아서서 대문 안으로 뛰어들어 계단을 올라섰다.

방문을 여니 널찍한 침대가 우리를 기다리고 있었다. 나는 털썩, 그 정다운 곳으로 엎어졌다. 태정이 라디오를 켰다. 뿜빠 뿜빠, 신나는 왈츠곡이 쏟아져 나왔다. 나는 엉덩이를 털썩거리며 일어나 태정의 손을 잡고 빙글빙글 돌며 베란다로 나와 어지러워 쓰러질 때까지 돌았다.

"버너 불 피워."

나는 털썩 시멘트 바닥으로 주저앉으며 말했다.

"오케이. 이 세상 최고의 요리를 만드는 거야."

태정이 베란다로 버너를 들고 나왔다. 한쪽 귀퉁이에 버너를 놓은 그는 버너 손잡이를 몇 번 들쑤셨다. 기름 냄새가 진동을 했다. 태정의 말썽 많은 기름버너가 또 말썽을 피울 모양이었다. 백 년은 된 것 같은 그의 버너는 한 번도 한 번 만에 불이 붙은 적이 없었다. 어제는 내 얼굴에다 분수처럼 길게 기름을 뿜어대기까지 했었다.

"빌어먹을 버너 새끼."

내가 투덜거렸다. 태정이 아니란 듯이 고개를 흔들며 라이터를 갖다 댔다. 너울너울 붉은 불이 타올랐다. 태정이 열심히 손잡이를 들쑤셔댔다. 곧 새파란 불이 쉬, 거리며 타올랐다.

"당장 버려. 내가 가스버너 하나 선물해줄게."

나는 불 옆에 쪼그려 앉으며 말했다.

"필요 없어. 가스버너보다 기름버너가 더 좋아. 얜 내게 그 누구보다 다정해. 불이 한 번 만에 붙을까, 아닐까…… 어떨 땐 그걸로 오늘의 재수 점도 친다구."

"쳇."

태정은 버너 불 위에다 냄비를 얹고 어슬렁거리며 베란다 옆쪽으로 걸어갔다. 그는 옆방 문 앞에 놓은 플라스틱 쓰레기통 뚜껑을 열었다.

"싫어!"

태정의 의도를 알아차린 나는 이마를 찌푸리며 소리쳤다. 태정은 나를 보고 빙긋 웃은 뒤 태연히 쓰레기통을 뒤졌고 다음 쓰레기통으로 가 그 짓을 계속했다. 베란다를 한 바퀴 돈 그는 시든 파와 쪼그라든 당근과 싹이 난 감자, 그리고 싱싱하기만 한 상추를 한 아름 안고 왔다.

"환경을 사랑하는 첫걸음, 저는 음식물 쓰레기를 재활용하는 것부터 시작합니다."

그는 시든 야채를 가슴에 안고 환경부 광고 모델처럼 이마에 흐르는 땀을 닦으며 킬킬거렸다.

"엣또…… 제 사전에는 절대로 쓰레기라는 것이 없답니다…… 엣또, 일단 제 손에 들어온 것은 완전히 먹어 치우든가 영원히 가지고 있든가…… 엣또…… 환경문제, 어렵게 생각할 것 없습니다. 먼저 각 가정마다 쓰레기통을 없애버리면 되지요…… 똥 외에는 절대 버릴 게 없는 인생, 네에…… 확실한 환경사랑의 길이지요. 네에…….."

그는 시든 당근을 마이크처럼 입에 대고 우쭐거리며 말한 뒤 수돗물을 틀어 쓰레기통에서 나온 재활용품들을 씻기 시작했다. 그사이에 버너 위에 얹힌 냄비에서는 물이 펄펄 끓었다. 그는 주머니에서 맥가이버 칼을 꺼내어 씻은 채소들을 공중에서 툭툭 잘라 넣었다.

"고추장은 있는 대로, 된장 조금, 카레 한 스푼, 네에, 거기다 소금은 적당히. 소금이 무조건 나쁘다고 하는데, 세상에서

숨어있기 좋은 방

가장 나쁜 말이 무조건 나쁘다 무조건 좋다는 말이죠. 네에, 거기다 천연 조미료 적당히."

그는 냄비 위로 고개를 숙이고 머리카락을 툴툴 털었다. 곧이어 이상야릇한 냄새가 나기 시작했다. 나는 웃음을 터뜨렸다.

베란다는 완전히 어두워졌고 여관 1층에서 사람들 발걸음 소리와 두런거리는 소리가 들려왔다. 태정의 얼굴은 너울거리는 버너 불빛을 받아 발갛게 익어있었다. 나는 발목을 축축하게 적셔오는 습기를 느끼며 슬며시 미소를 지었다. 바닷가로 바캉스를 와 어느 게스트 하우스에 짐을 풀고 저녁밥을 해 먹는 기분이 들었다. 지금 바다는 비안개에 잔뜩 덮여있고 우리는 해수욕하기를 포기하고 방에 들어앉아 버너 불을 피우고 요리를 만든다. 카레 냄새, 된장 냄새, 끓어오르는 밥 냄새, 멀리서 들려오는 와자지껄 떠드는 소리들. 바다에 갈증 난 사람들은 하루 종일 파도 곁을 맴돌다 이제 곧 각자의 방으로 돌아와 바짓가랑이에 묻은 모래를 털어낼 것이다. 아아, 배고파. 옆방에서는 된장찌개를 했나 봐. 아니야, 이건 카레 냄새야. 이런 말을 주고받으며 냄비에 부은 쌀을 씻으러 나오는 것이다. 누군가는 벽에 기대앉아 기타를 탕탕 뜯기도 할 것이다.

"네에, 보글보글…… 자, 그럼 마지막으로 손끝 맛을!"

태정은 달그락거리며 들썩이는 냄비 뚜껑에다 손가락을 활짝 펼치고 얍 하고 짤막한 기합을 넣었다. 그 소리에 놀란 듯 어둡던 베란다가 갑자기 환하게 밝아졌다. 다른 방에 사는 사람이 계단을 올라오며 스위치를 누른 모양이었다. 태정이 그들과 마주치기를 꺼리는 듯 서둘러 버너 불을 끄고 냄비를 들고 방으로 들어갔다.

양념통을 들고 일어서던 나는 베란다로 올라온 한 남자와 눈이 마주쳤다. 그는 캔 맥주를 마시고 발로 밟은 것 같은 모양새를 하고 있었다. 때가 꼬질꼬질한 회색 양복과 머리에 쓴 검은색 중절모가 얼굴과 한 세트처럼 쪼글쪼글 주름져 있었다. 그는 약간 놀란 듯이 나를 쳐다보았고 뒤이어 무슨 말인가를 투덜거리며 여자가 베란다 위로 올라섰다. 희끗한 생머리를 질끈 묶은 여자의 얼굴은 퉁퉁 부어있었다. 그녀는 검붉은 원피스를 입고 있었다. 결혼식에 다녀오는 거지 부부 같은 차림새였다. 두 사람은 각자 검은색 비닐봉지를 하나씩 들고 태연스레 옆방 문을 열고 들어갔다.

밤마다 요란한 탐닉의 괴성을 질러댄 사람이 저들이라니, 내 귀를 의심해야 할지 내 눈을 의심해야 할지 알 수 없었다. 나는 멍하니 두 사람이 벗어놓은 신발을 바라본 뒤 방으로 들어갔다. 태정은 빈 그릇들을 있는 대로 늘어놓고 담배를 피워 물고 있었다. 나는 침대 밑으로 기어 들어갔다. 그 밑에는 온갖 잡동사니들이 다 들어있었고, 그리고 술이 있었다. 나는 손에 잡히는 술병을 모조리 꺼냈다. 태정은 밖으로 나갈 때마다 술을 한 병씩 사 들고 오는 버릇이 있었다. 그것은 부인네들의 과소비

　　　　　　　　　숨어있기 좋은 방

와 같은 형태였다. 휴지를 사러 갔다가도 뭔가 허전해서 한 병, 담배를 사러 갔다가도 뭔가 허전해서 한 병, 약을 사러 갔다가도 뭔가 허전해서 한 병, 그때마다 침대 밑으로 던져진 것들이었다. 싸구려 붉은 포도주가 두 병, 상표가 다른 맥주가 세 병, 소주가 두 병, 나폴레옹이 한 병이었다.

태정은 맨 먼저 맥주를 땄다. 그리고 소주를 따고 포도주를 땄다. 그는 바닥에 늘어놓은 빈 그릇에 맥주와 소주, 포도주를 두 잔씩 따랐다. 그는 먼저 맥주를 부은 그릇을 들었다. 나도 술잔을 들었다. 우리는 가볍게 잔을 부딪고 한 번에 모두 마셨다. 그의 턱으로 맥주 거품이 흘러내렸다. 그는 그것을 닦지도 않고 소주잔을 들었다.

"나한테 왜 이제 그만 가라는 말을 하지 않지?"

나는 빈 그릇을 놓고 소주 그릇을 들며 물었다. 태정은 깜짝 놀란 것처럼 눈을 둥그렇게 뜨더니 못 들은 척하며 술을 마셨다. 그가 가라고 말했더라면, 아니, 조금이라도 그런 눈치라도 주었더라면 나는 지금이라도 당장 이 방을 나갈 수 있을 것 같았다. 그러나 또다시 생각해보니 지금 당장은 안 될 것 같았다. 냉큼 떠나버리기에는 지금 분위기가 그런대로 괜찮다는 생각이 들었다. 태정은 소주를 한 번에 마시고 포도주 그릇을 들었다. 그는 꿀꺽꿀꺽 소리를 내면서 술을 마셨다. 그의 턱으로 붉은 물이 주르르 흘러내렸다. 나는 홀짝홀짝 붉은 술을 마시며 그를 쳐다보았다. 그는 무엇을 하는 남자일까.

"이야기해줘."

그는 다시 맥주와 소주와 포도주를 두 잔씩 따르며 딴청 피우듯이 말했다.

"무슨?"

이번에는 맥주를 홀짝거리며 내가 물었다.

"네가 만난 남자 이야기."

"뭐!"

나는 출렁 맥주를 쏟으며 웃음을 터뜨렸다.

"유치하네. 그런 거 없어. 쳇."

나는 콧방귀를 뀌며 새로 따른 소주잔을 들었다.

개똥 같은 새끼! 드디어 옆방에서 소리를 내기 시작했다. 사흘의 경험에 의하면 그들은 매일 이 시간에 한바탕 소란을 피워야만 다정한 밤을 맞이할 수 있는 사람들이었다. 오, 여보……남자의 애원하는 듯한 목소리. 여보! 여보! 여보라고 부르지마! 내가 미쳤지. 저 개똥에 뭐 좋은 냄새가 난다고! 여자의 앙칼진 대꾸. 뒤이어 어김없이 무엇인가 날아가 떨어지는 소리.

"난 저 사람들 얼굴 봤어. 깜짝 놀랐어."

내가 옆방을 손가락질하며 말했다.

"왜?"

"내가 아는 사람인 줄 알았거든."

"누구?"

"우리 아버지!"

태정이 비명을 지르며 웃었다. 내가 미쳤지! 내가 미친년이야! 여자의 아우성 소리가 태정의 웃음소리 위에 흩어졌고 철썩 갈기는 소리가 뒤이어 들려왔다. 그리고 여자를 달래는 남자의 웅얼거리는 소리, 뒤이어 늘 정해진 각본대로 남자의 거친 숨소리가 들려왔다.

나는 갑자기 고함을 지르고 싶어졌다. 나 자신과 앞에 앉은 남자에 대해서 말할 수 없이 역겨운 생각이 들었다. 나는 나폴레옹 한 그릇을 한 번에 다 마셔버렸다. 위장이 꿈틀거렸다. 이번에는 포도주를 홀짝거리기 시작했다. 태정은 소주와 포도주와 맥주를 같은 잔에 찔끔찔끔 따랐다.

"정말 한심스러워."

나는 그의 머리를 밀어제치며 중얼거렸다. 그의 뒤통수가 쾅, 소리를 내면서 문에 가 박혔다.

"고마워. 넌 오늘 처음으로 솔직한 말을 했어."

그는 문 쪽에 처박힌 채 반쯤 누워 웅얼거렸다.

"하긴, 내가 더 한심스럽지."

나는 입술을 비틀었다. 태정이 우울한 표정으로 술잔을 들었다. 터덜터덜 구두를 끌고 계단을 올라오는 소리가 들렸다. 뒤이어 불만스럽게 뭔가를 중얼거리는 여자의 목소리도 함께 들려왔다. 이제 또 한바탕 시끄러운 소란이 벌어질 시간이 다가온 것이다. 처음엔 이렇게 좀 조심스러운 듯이 속삭이다가 어느새 모두 한꺼번에 소리를 지르며 소동을 피우는 것이다.

완전히 제정신을 잃은 무리들처럼.

"휴, 갑자기 더워지네."

태정이 내 눈치를 보며 술을 홀짝였다. 나는 아무 말 없이 맥주와 소주 그리고 포도주를 차례대로 홀짝거렸고 드디어 웃음보를 터뜨렸다. 술이 더 이상 내 우울을 내버려두지 않았다. 어떻단 말인가. 나는 나를 어떻게 처치해야 될지 모르겠고 지금은 술을 마시고 있다. 뭐, 어떻단 말인가? 모두들 잘 돌아가게 되어있는 거라고! 나는 담배를 한 모금 빨았다. 천장이 빙그르 돌았다. 하지만 너무 빨리 취하면 재미없다!

이제 옆방에서는 달그락거리는 그릇소리와 능숙하게 도마를 두드리는 소리가 들려왔다. 태정과 나는 담배를 한 모금씩 빨고 웃었다. 그리고 한 모금 술을 마시고 또 웃었다. 술만 마시면 이상하게도 계속 웃음이 터져 나왔다.

"난 평생 결혼하지 않으려고 했어."

태정이 얼간이처럼 둥그렇게 눈을 뜨고 말했다.

"쓰레기통에서 나온 재활용품으로 밥하면서 살 여자가 있기나 하겠어."

나는 살짝 코웃음을 쳤다.

"사실 난, 내가 고잔 줄 알았거든."

"뭐?"

입으로 가져가던 내 맥주잔이 출렁, 넘쳤다. 태정은 멍청한 표정으로 나를 쳐다보았다. 나는 배를 쥐고 웃기 시작했다. 얼

숨어있기 좋은 방

마나 세게 웃었는지 웃음을 멈추었을 땐 그릇에 맥주가 한 방울
도 남아있지 않았다.

"나를 비웃고 있구나."

태정이 얼굴을 붉혔다. 나는 다시 웃어대기 시작했다. 그러
나 처음처럼 세게 웃지는 않았다. 너무 웃어서 탈진한 기분이
었다.

"휴, 난 아무래도 완전히 타락한 창녀 같아. 너도 분명히 그
렇게 생각하고 있지?"

나는 너무 웃어서 눈가로 흘러내린 눈물을 닦으며 말했다.

"아니, 아니!"

나를 위로하려는 듯 그는 험악한 표정으로 소리쳤다.

"그럼 난 왜 이럴까. 왜 아무것도 소중하게 여겨지지 않지?
내 몸도, 내 인생도."

나는 좀 울고 싶은 심정이 되었다. 철들면서 지금까지 한 번
도 행복하다고 생각해본 적이 없었다. 항상 이유를 알 수 없는
불안감을 안고 서성거려야 했다. 속으로는 항상 '좀 즐겁고 싶
어', '좀 자유롭고 싶어' 하고 중얼거렸지만 어떻게 해야 할지를
몰랐다. 무엇을 해도, 직장을 다니든, 사직서를 던지든, 집에
있든, 밖에 있든, 내 몸이 있는 곳에는 항상 불안감이 따라다녔
다. 태어날 때부터 불안에 잠식된 존재였다. 어떻게 살아야 할
지 알 수 없었다.

문제는 나에게 '인생의 스승'이 없기 때문이 아닌가 하는 진

지한 생각을 하기도 했다. 그래서 밝은 빛으로 나를 이끌어줄 스승을 찾기 위해 두리번거리기도 했다. 하지만 내 마음에 드는 스승이란 없었다. 고작 '지금이 네 인생의 최고 아름다운 때야. 그 절망까지도 얼마나 황홀한 것인지를 나이가 들면 알게 되지. 그렇게 살았단 나중에 후회하게 돼. 좀 진지하게 생각해보라고.' 들으나 마나 한 소리나 하는 스승은 아무 도움이 되지 않았다. 어느 순간 나는 모든 게 귀찮아졌고 '될 대로 되라지 뭐!' 하고 소리쳐버렸다.

"봐! 날 좀 봐!"

태정이 비틀거리며 일어서더니 방문을 활짝 열었다. 캄캄한 하늘에서 서늘한 바람이 불어왔다. 태정은 침대 끝에 올라서 발꿈치를 살짝 들고 천장을 향해 팔을 활짝 뻗었다. 그리고 다이빙을 하듯이 침대를 한 번 구르고 베란다 쪽으로 핑, 몸을 날렸다.

"미쳤니? 여기가 무슨 수영장인 줄 아니?"

나는 벌떡 일어나 그에게로 갔다. 태정은 베란다 바닥에 엎드린 채 꼼짝도 하지 않았다. 나는 그를 흔들었다.

"로켓처럼 발사되려고 했는데. 피웅……."

그는 부스스 일어나더니 하늘을 향해 로켓처럼 천천히 손가락을 날렸다. 시멘트 바닥에 떨어졌는데도 그의 얼굴은 멀쩡해 보였다. 방으로 들어온 태정은 맥주와 소주를 함께 마시면 속에서 수소폭탄과 같은 위력이 발생하기 때문에 날아갈 수 있

숨어있기 좋은 방

다고 주장했다. 나는 웃었다. 그리고 그의 이마와 입술에 키스를 해주었다. 그의 입에서는 가스 냄새 같은 야릇한 냄새가 새어 나왔다. 우리는 다시 마시기 시작했고 조금씩 기분이 고조되어 갔다. 서로 눈이 마주칠 때마다 키들거리며 배를 잡고 웃어댔다.

"나, 여기서 영원히 나가지 말아버릴까 봐."

나는 나른하게 늘어지는 몸을 침대에 기대며 중얼거렸다.

"응?"

태정이 반쯤 드러누운 채 흐릿하게 풀어진 눈으로 나를 쳐다보았다.

"너, 나 좀 받아줄 수 있니?"

내가 물었다.

"언제까지?"

"영원히. 아니, 내가 지겨워질 때까지만."

나의 말에 태정이 고개를 주억거리더니 웃기 시작했다.

"왜 웃어…… 비웃는 거야 지금?"

그는 손가락으로 옆방을 가리키며 클클댔다.

"우리도 그렇게 될 거야…… 예쁜이 일루 와…… 응? 응?"

"개자식. 완전히 취해버렸어."

나는 담배를 피워 물었다. 진짜 이곳에서 영원히 나가지 않아버리면 어떻게 될까. 맨 먼저 어머니가 울면서 수소문하겠지. 사람들은 동정 반 흥미로움 반으로 우리 집을 몇 번 들락거릴 것이고. 결국엔 어머니도, 어디서 잘 먹고 잘 살겠지, 긍정적인 방향으로 생각하고 살아갈 것이다. 정말, 집으로 돌아가지 말까? 거기에 답하듯 기차가 시끄러운 소리를 내면서 지나갔다. 기차의 대답은 이것이었다. 나도 모르겠다, 뿌아아.

태정이 비틀거리며 일어나 침대 위에 드러누웠다. 그가 무슨 소린가를 웅얼거렸지만 기차소리 때문에 들리지 않았다. 그는 침대 위로 내 손을 잡아당겼다.

"아, 난 갑자기 좋은 생각이 났어. 난 지금 진짜 기차를 탄 기분이야. 넌 어때? 음…… 술 기차…… 이런 이름은 어때? 이건, 보통 기차가 아니야. 어디든지, 우리가 가고 싶은 곳은 어디든지 갈 수 있다고. 어때?"

그가 침으로 풍선을 불며 말했다.

"술 기차? 오, 좋아!"

나는 벌떡 일어나 침대 위로 올라가 태정 옆에 드러누웠다.

"우리는 지금, 각자 여행을 가는 길에 이 기차 안에서 처음 만난 거야. 이렇게 마주 앉아서 말이야. 그리고 서로에게 첫눈에 반하는 거지. 어때? 내가 먼저 말을 붙여볼까?"

태정은 보글보글 거품 풍선을 만들며 웃었다. 그는 천장을 바라보며 점잖게 입을 열었다.

"나는 김태정입니다."

"나는 윤이금입니다."

우리가 잠시 눈길을 마주치며 킥킥 웃었다.

숨어있기 좋은 방

"내 나이는 스물둘이지요."

"내 나이도 스물둘이지요."

우리는 다시 눈길을 마주치며 웃었다.

"술 한잔하시겠습니까."

"고맙습니다."

우리는 술을 한 모금씩 마시고 동시에 바닥으로 잔을 던져버렸다.

"어머니와 누이, 나는 외로운 외동아들입니다."

"아버지와 어머니, 남동생, 여동생, 나는 불쌍한 장녀입니다."

태정이 고개를 들었다. 나는 누운 채 그의 입술에 키스를 했다. 그의 입 속에 가득 고였던 침이 내 입으로 넘어왔다.

"어릴 때 내 꿈은 슈퍼맨이었지요."

"어릴 때 내 꿈은 원더우먼이었지요."

우리는 잠시 황당한 눈길을 주고받았다.

"담배 한 대 하시겠습니까?"

"고맙습니다."

우리는 각자 담배를 물고 불을 붙였다.

"지금은 되고 싶은 것이 없는 그냥 남자지요."

"지금은 저 또한 되고 싶은 것이 없는 그냥 여자지요."

우리는 서로 눈길을 마주하며 과장스럽게 한숨을 쉬었다.

"내 나이 여섯에 한글을 뗐지요."

"내 나이 열셋에 첫 월경을 했지요."

태정과 나는 쿡 웃음을 터뜨렸다.

"내 나이 열둘에 아버지 돌아가셨지요."

"내 나이 열둘에 아버지 집을 나갔지요."

우리는 좀 더 세게 웃어대기 시작했다. 빙글빙글 돌아가는 사이키 조명 아래 누워있는 기분이었다. 모든 것이 제멋대로 출렁거렸다.

"내 나이 스물에 군대에 갔지요."

"내 나이 스물에 첫 경험을 했지요."

우리는 또다시 웃어대기 시작했다. 첫 경험의 순간의 떠올려보려 해도 기억이 나지 않았다. 어디선가 와장창 유리 부서지는 소리가 들렸다. 나는 웃음을 멈추지 않은 채 고개를 들었다. 옆방이 아니라 바로 태정의 방 유리창이었다. 나는 웃음을 뚝 그쳤다. 태정이 머리맡에 있던 재떨이를 유리창을 향해 던져버린 것이었다.

방바닥에는 유리파편이 꼴사납게 흩어져 있었고 그는 빈정거리듯이 나를 쳐다보고 있었다. 나는 어안이 벙벙해졌다. 그는 갑자기 화난 사람처럼 고개를 숙인 채 바닥에 흩어진 파편들을 멍하니 바라보았다. 그리고 천천히 손을 뻗어 날카로운 파편 하나를 주웠다. 그는 파편을 쥔 손등으로 내 볼을 천천히 쓰다듬었다. 나는 거칠게 그를 쏘아보았다.

"왜 이래! 술 취했어?"

나는 날카롭게 소리쳤다. 순간 이마 쪽에서 섬뜩한 느낌이 전해졌고 붉은 피가 뚝뚝 떨어져 내렸다. 나는 갑자기 위장이 비틀렸고 마셨던 술을 왁 토해버렸다. 나는 꼬부린 채 이마를 만졌다. 아무렇지도 않았다. 침대 위에 떨어진 피는 나의 것이 아니라 태정의 손에서 떨어진 것이었다. 그는 입을 앙다문 채 파편을 으스러져라 쥐고 있었다.

"미쳤어? 주먹을 펴. 주먹을 펴란 말이야!"

나는 그의 손목을 잡고 흔들었다. 그러나 그는 내 손을 홱 뿌리치며 허리를 접고 그사이에 손을 숨기고 꼼짝도 않았다.

"왜 이래! 손을 펴!"

나는 그의 어깨를 마구 후려쳤다.

"고집불통. 계속 이러면 난 가버릴 테야. 진짜로!"

나는 신경질적으로 소리치며 벌떡 침대에서 일어났고 그는 픽 쓰러지며 피 묻은 손으로 나의 발목을 잡아당겼다.

3

날이 갈수록 집으로 돌아가기는 점점 힘들어지고 있었다. 벌써 일주일째였다. 태정과의 이 한심스러운 항해는 언제까지 계속될는지, 침대는 비극영화의 끝 장면처럼 태정의 피로 얼룩덜룩했고 태정이 그 위에 엎어져 잠들어있었다.

이 방에서 나는 잠자는 여자였고 그는 잠자는 남자였다. 지독한 잠이었다. 세수도 하지 않았고 화장실도 가지 않았다. 빈 술병이 태정의 화장실이 되었고 주둥이 넓은 그릇이 내 화장실이 되어주었다. 창문은 신문지로 가려졌고 간혹 태정이 켜거나 내가 켜는 라디오 소리가 울려 퍼졌고 그렇게 날들이 갔다. 간혹 비 오는 소리가 들렸고 하루에 수십 번씩 기차가 기적을 울리며 지나갔다. 누구도 우리의 잠을 방해하거나 깨우러 오는 사람은 없었다.

숨어있기 좋은 방

나는 드러누운 채 내키지 않는 담배를 피워 물었다. 이제 정말 떠나야겠다는 생각이 들었다. 나는 침대 끝에서 위태롭게 발을 뻗어 방문을 밀었다. 오동나무, 넓은 잎사귀가 눈앞을 가렸다. 나는 좀 놀라운 기분으로 나무를 바라보았다. 이 집에 들어올 때 봤던 바로 그 오동나무. 그러나 일주일 동안 나는 한 번도 이 방문 앞에 오동나무가 있다는 것을 느끼지 못했다. 넓적한 오동나무 잎은 방문을 통해 볼 수 있는 풍경을 모두 가리고 있었다. 지붕과 기찻길과 거리가 나뭇잎이 바람에 흔들릴 때마다 얼핏 보였다 사라졌다.

나는 잎사귀 넓은 나무를 한동안 바라보았고 모든 것들을 떠올려보았다. 내가 걸었던 거리와 내가 만난 사람들. 그리고 여고 시절 수학 선생님을 떠올렸다. 그녀는 세상에서 자신이 가장 좋아하는 것은 '나무'라고 했다. 그녀는 버스에서 내려 집으로 돌아가는 길이 한 시간이 걸린다고 했다. 남의 집 대문을 기웃거리며 나무를 살피느라고 그런다고 했다. 수업하다가도 그녀는 "저 나무를 한번 봐" 하면서 물끄러미 창밖을 바라보곤 했다. 거기에는 '벽오동'이라는 명찰이 붙은 나무가 서있었다. "저 나무를 오랫동안 한 번 쳐다봐. 나무가 하는 말을 들을 수가 있을 거야. 나무는 종종 사람이 할 수 없는 말을 하기도 한단다. 왜냐하면 나무는 평생 스스로는 움직이지 않기 때문이지. 누구든지 저 나무를 오랫동안 바라보기만 한다면 나무는 좋은 친구가 되어줄 거야." 이렇게 말하기도 했었다. 그때까지 그렇게 말하는 사람을 보지 못했고 나는 그녀가 마음에 들었다.

　나는 문득문득 창으로 고개를 돌려 벽오동을 바라보았고 나무는 언제나 천천히 잎을 흔들어주었다. 내 벽오동에게. 여고 시절 내내 나는 이렇게 시작되는 일기장을 썼다. 나는 무엇인가를 물었고 벽오동은 대답을 해주었다. 졸업을 할 때 나는 오랫동안 그 나무를 바라보았다. 그러나 그뿐이었다. 졸업을 하고는 한 번도 '내 벽오동에게'라는 식의 일기를 써본 적이 없었다. 나무가 말을 한다는 따위도 까맣게 잊고 지냈다.

　한 번씩 나는 그 선생님과 얘기를 하고 싶다는 생각을 한 적이 있었지만, 그래 본 적은 없었다. 부끄러웠다. 그녀는 진짜 나무와 얘기를 할 줄 알지만 나는 그렇지 못한다고 생각했다. 그녀는 자신이 수학을 전공한 이유가 철학을 공부하기 위해서라고 했다. 진짜 철학은 수학의 공식처럼 명쾌한 것이라고 했다. 나는 갑자기 그녀를 만나고 싶은 생각이 솟구쳤다. 이제쯤 인생의 비밀을 수학의 공식처럼 명쾌하게 풀어냈을지도 모른다. 나는 침대에서 일어나 침대 밑으로 기어 들어갔다. 그리고 일주일 전에 처박아 두었던 셔츠를 꺼내 입었다.

　태정을 돌아보았다. 그는 오른쪽 무릎을 가슴에 껴안은 채 옆으로 누워있었다. 나는 그의 볼에다 입을 맞추었다. 지난 일주일간 그는 나의 남자였지만 더 이상 그를 만날 일은 없을 것이라는 생각이 들었다.

　"어디 가……."

　　　　　　　　　　　　　　　　숨어있기 좋은 방

그가 슬며시 눈을 뜨며 내 목을 껴안았다. 나는 갑자기 가슴이 아파왔다. 그는 지금까지 내가 알던 몸보다 훨씬 야윈 느낌이 들었다.

"가려는 거지? 가지 마."

그는 아이처럼 내 목을 안고 입술에 키스를 했다. 그의 입에서는 열띤 흙 냄새가 났다. 나는 그를 밀어내고 붕대 감긴 손을 만졌다. 그리고 검게 피가 말라 붙은 붕대 위에 입을 맞추었다.

"안 가. 가지 않을 거야. 붕대 사가지고 올게. 너무 더럽잖아."

나는 미소를 지어 보이고 문 쪽으로 돌아섰다.

"그 옷, 그 셔츠 벗어놓고 갔다 와."

그가 내 눈을 빤히 바라보며 말했다. 나는 말없이 셔츠를 벗어 그에게 건네주었다. 그는 싱긋 웃으며 내 셔츠를 안듯이 거꾸로 껴입었다.

나는 순식간에 계단을 내려와 대문을 나섰다. 그리고 골목길을 빠져나왔다. 아무렇지도 않았다. 이상하게도, 태정의 방에서 끊임없이 느껴야 했던 종류의 불안감은 조금도 느껴지지 않았다. 단지 연일 퍼 마신 술 때문에 다리가 떨렸고 피곤한 느낌이 들 뿐이었다. 기분은 그런대로 괜찮았다. 암흑의 터널을 통과해 이 세상으로 나온 기분마저 들었다.

나는 정신없이 걸어갔다. 지나가는 사람들이 흘낏거리며 나를 바라보았다. 분명 내 몰골이 우스꽝스러워서일 것이다. 머리카락은 며칠째 빗지 않아 엉망으로 엉켜들어 있었고, 무엇보다 등판이 훤하게 드러난 속옷이라니, 완전히 정신 나간 여자의 차림이었다.

무엇을 해야 할지 알 수가 없었다. 태정의 방을 나오는 것으로 내가 해야 할 일을 다 해버린 느낌이었다. 나는 공중전화 박스 앞에 멈추었다. 이럴 땐 아무에게라도 전화를 걸어 하릴없는 친구를 불러내는 것이 상책인 것이다. 수학 선생님께 전화를 거는 건 비현실적으로 느껴졌다. 내 이름을 기억할지도 의문이었지만, 이렇게 별 볼일 없는 제자가 전화를 하면 선생님 기분도 별로일 것이라는 생각이 들었다. 선생님을 찾을 땐 뭔가 기쁜 일을 준비하고 만나야 하는 것이다.

나는 봉희에게 전화를 걸기로 했다. 그러나 생각해보니 핸드폰도 없었다. 그런 물건이 있었던가 하는 생각이 들 정도였다. 어디다 버렸는지도 기억나지 않았다. 나는 벽에 기대섰다. 누구라도 핸드폰을 빌릴 만한 사람이 지나가기를 기다리면서.

하늘엔 새하얀 구름이 둥둥 떠갔고 거리는 너무나 깨끗해 보였다. 붉은색 타일이 그토록 선명하게 보였던 적은 처음이었다. 담배를 피우고 싶다는 생각이 들었다. 나는 바지 주머니에 든 담뱃갑을 만지작거렸다. 여기서 담배를 피운다면 진짜 구경거리가 될 것이다. 담배를 피울까 말까 망설이며 나는 나를 구경하며 걸어가는 사람들을 구경했다.

여고생으로 보이는 소녀 둘이 내가 선 벽 맞은편 게시판 앞에 서서 무슨 얘긴가를 주고받으며 깔깔거렸다. 나는 눈을 찡

숨어있기 좋은 방

그려 게시판에 붙은 포스터를 바라보았다. 그들이 보고 있는 포스터는 '여군 하사관 모집'이라는 포스터였다. 나는 천천히 게시판 쪽으로 걸어갔다. 여고생 얘기를 엿듣고 싶었다. 어쩌면 핸드폰을 빌릴 수 있을지도 몰랐다.

내가 옆으로 가자 그들은 과장스럽게 놀라며 나를 쳐다보았다. 나는 멍하니 게시판을 바라보았다. 그들은 내가 알아들을 수 없는 말을 소곤거리며 걸어갔다.

"저어."

나는 그들을 불렀다. 그들은 내 말을 기다리거나 한 것처럼 획 돌아섰다.

"전화 잠깐만 쓸 수 있을까요?"

한 여학생이 얼른 주머니에 손을 넣어 핸드폰을 내밀었다. 그리고 약간 동정 어린 미소를 지으며 멈칫거리며 서있었다.

나는 용케도 봉희 전화번호는 기억하고 있었다. 내 목소리에 그녀는 깜짝 놀랐다. 그녀는 나의 여고 1학년 짝꿍이었다. 그때 우리는 별로 친하게 지내지 못했다. 아니, 나는 그녀의 말이라면 질색을 하는 편이었다. 그녀는 남의 외모에 대해 이러쿵저러쿵 얘기하기를 좋아했다. 내 몸과 얼굴을 빤히 바라보고서는, 볼륨도 없이 마른 몸이라는 등, 이마가 좁다는 등, 손이 못생겼다는 등, 듣기 싫은 말을 하는 데는 선수였다. 그러나 자기 자신에 대해서만은 달콤한 찬사를 한도 없이 늘어놓는 아이였다. 봉희는 상당한 뚱보였다. 적어도 몸무게가 60킬로그램에서 70킬로그램 사이였을 것이다. 그런데도 자기가 아주 날씬한 여자인 걸로 언제나 착각을 했다. 교실 뒤에 붙은 대형 거울 앞에서 자신의 몸을 이리저리 비춰보며 초콜릿 같은 달콤한 것들을 즐겼다. 허리가 너무 가늘어도 몸의 볼륨이 깨어진다면서, 살찌려는 자신의 노력이 눈물겹지 않느냐는 듯이 냠냠 먹어댔다. 한마디로 주제 파악을 못하는 아이였다. 그 일 년 동안 나는 그녀에게 진저리를 쳤지만 그녀는 어디에서나 내가 자기와 얼마나 절친한 사이인지를 떠벌이곤 했다.

봉희와 제대로 친해진 건 2학년 때였다. 2학년에 올라가면서 그녀는 자살 소동을 벌였다. 자신의 살찐 몸을 비관한 자살 소동이었다는 소문이 학교에 파다하게 퍼졌다. 나는 그녀의 집으로 문병을 갔다. 누워있는 그녀의 방에서 내가 가장 먼저 발견한 것은 그녀의 머리맡에 붙은 카뮈 사진이었다. 그 사진은 학교 도서관의 《이방인》 첫 페이지에 붙은 것이었다. 카뮈의 입에 물린 담배 위에 찍힌 '자료실'이라는 붉은 도장으로 그것을 알 수 있었다.

나는 자료실 책으로 《이방인》을 읽었고 그 앞에 붙은 알베르 카뮈의 사진에 더 감동을 받았다. 카뮈는 약간 돌아선 상태에서 얼굴을 카메라로 돌린 포즈를 취하고 있었다. 한마디로 너무 잘생겨버린 얼굴이었다. 무엇보다 멋져 보이는 것은, 그의 입에 물린 거의 다 타버린 짧은 담배와 바바리코트의 널따란 칼라였다. 나는 자료실에 갈 때마다 《이방인》을 꺼내어 그 사

숨어있기 좋은 방

진을 바라보며 꿈에 젖곤 했다. 그런데 언제부턴가 카뮈의 사진이 사라져버렸고 나는 그것을 봉희 방에서 다시 보게 된 것이었다.

"멋있지? 내 이상형이야."

이렇게 해서 우리는 친구가 되었다. 이상하게도 그 자살 소동 이후로 그녀는 다른 사람이 되어버렸다. 그녀는 자신이 뚱보라는 것을 솔직히 시인했고 나에게 다이어트 음식을 추천해달라고 말하곤 했다. 더구나 대학에 들어가면서 그녀의 살 빼기 작업은 더욱 처절해졌다. 그녀는 경영학과를 갔었는데 신입생 중에 여자가 둘밖에 없다고 했다. 남자들의 시선이 오직 두 여자에게 쏠리는데 뚱뚱한 몸으로는 안 되겠다는 것이 그녀의 말이었다.

"나한테 길게 말 시키지 마. 힘 빠져."

봉희가 꺼져 들어가는 목소리로 말했다. 내 안부 같은 것도 묻지 않았다.

"또 단식?"

"이틀째야. 이번에 또 실패하면 난 정말……."

그녀의 살 빼기 노력은 실로 눈물겨웠다. 매일 잣을 씹어 먹기도 했고 밥 한 숟가락을 이백 번을 씹기도 했고 소금물로 목욕을 하기도 했고 비파차를 마셔대기도 했다. 어디서 주워들은 온갖 민간요법을 다 동원했지만 그녀의 몸은 끄떡도 하지 않았다. 어쩌면 자기도 모르는 사이에 초콜릿을 먹고 있는지도 모를 일이었다. 그녀가 살 빼려는 이유는 단 한 가지였다. '뚱뚱한 여자가 하는 사랑은 정말 꼴불견이야. 전혀 플라토닉하지 않단 말이야. 생각해봐. 아침마다 카뮈 같은 남자가 내 뚱뚱한 배를 본다고 생각해봐. 정말 싫어. 미쳐버릴 거야!'

"……먹지 않는 방법이 가장 확실하다고 들었지만 너무 괴로워…… 그리고 영원히 먹지 않고 살 수는 없잖니. 뭐, 다른 방법 없을까. 힘들지 않고……."

"이제 좀 그만할 수 없니?"

나는 그녀를 불러낼 수 없다는 것에 화가 치밀어 짜증스레 말했다.

"얘는…… 네가 내 마음 어떻게 알겠니…… 지방 흡입술이 가장 확실하다고 하던데, 혹시 그거 해본 사람 얘기 못 들어봤니? 부작용 같은 거 말이야. 지방을 분무기 같은 걸로 뽑아 올린다니 너무 징그럽지 않니? 그리고 실패하면 살결이 울퉁불퉁해진다고 하더라……. 사실, 단식은 너무 괴로워."

그녀는 지금 살 빼는 것 외에는 아무것도 관심이 없어 보였다.

"넌 살 하나도 안 쪘어. 날씬해! 진짜야! 그러니까 얼른 밥 먹고 좀 나와봐. 네가 보고 싶어 죽겠어. 위에 입을 스웨터도 하나 가지고, 응?"

나는 약간 애원하듯이 말했다.

"정말 내가 날씬해? 진심이야? ……알아, ……날 위로하려고 하는 말인 줄⋯⋯. 옷을 입어도 멋있지가 않아⋯⋯. 맞는 옷도 잘 없어. 긴 치마에 박스 티밖에 입을 수 없다니, 비참해. 예쁜 옷들이 얼마나 많은데! 그런데 저번에 효소 그건 완전히 사기였어. 살은 하나도 안 빠지고 위장만 나빠진 거 있지⋯⋯ 진흙 사우나를 해볼 생각이야? 진흙을 바르고 사우나를 한다던데⋯⋯ 좀 우습지 않니? 하지만 뭐, 살만 빠지면 되지만 말이야⋯⋯."

"알았어. 알았어. 이제 제발 그만 좀 해주라 응?"

나는 핸드폰을 던지고 싶은 걸 겨우 참으며 말했다.

"얘는, 넌 친구의 고민을 조금도 심각하게 들어주지 않아. 항상 그래. 섭섭해⋯⋯ 내가 지금 얼마나 힘든지 안다면⋯⋯."

"아이고, 알았습니다! 그만 끊자. 단식, 잘 해보셔요."

봉희의 웅얼거리는 소리가 들려왔지만 나는 얼른 끊어버렸다. 친구라고 하나 있는 것이 필요할 때는 전혀 도움이 안 되다니⋯⋯. 나는 핸드폰을 쥔 채 멍하니 여고생을 보았다. 그녀는 어디라도 계속 전화를 걸어도 좋다는 듯 착한 미소를 지었다. 마땅히 전화 걸 곳이 생각나지 않았고 기억나는 전화번호도 없었다. 숫자 버튼을 보는 순간 퍼뜩 떠오르는 번호가 있어 재빨리 눌렀다. 휘종이 바로 전화를 받았다. 그가 자신의 전화번호는 아주 쉬운 기역자 패턴이라며 그려 보였던 것이 도움이 되었다.

"거기 어디야? 꼼짝 말고 거기 있어. 당장 갈 테니까."

그는 핸드폰을 들고 내 전화 오기를 기다린 사람처럼 나를
반겼다. 하지만 나는 이곳에 꼼짝 말고 서있고 싶은 생각은 없
다고 말했다. 어딘가 시원한 곳으로 들어가서 물도 마시고 담
배도 피우고 싶었다. 휘종이 가르쳐준 카페는 새로 생긴 곳이
었고 북극처럼 추웠다. 나는 발가벗은 기분으로 앉았다가 두
번이나 밖으로 나가서 담배를 피우며 몸을 녹였다 들어왔다.
북극곰이 그려진 대형 에어컨에서 불어오는 바람을 맞으며 성
냥팔이 소녀처럼 라이터로 손가락을 녹이고 있는데 휘종이 들
어왔다. 그는 흰색 바탕에 검은색 체크가 있는 캐주얼 양복을
입고 넥타이까지 맨 차림이었다. 노란색과 붉은색, 보라색이
뒤섞인 원색적인 넥타이였다. 꽤 준수해 보였다.

"멋있어졌다."

나는 싱긋 웃으며 말했다. 칭찬에 기분이 좋아진 그는 유쾌
한 소리를 내면서 웃었다. 그의 웃음소리는 지난 일주일 동안
나에게 아무 일도 없었던 것처럼 생각하게 해주었다.

"너, 일주일 동안 어디 갔었어?" 맞은편에 앉자 그는 거침없
이 물어왔다. 나는 탁자에 머리를 쾅 박았다 일으켰다.

"그냥 좀."

"그냥 좀?"

"좀, 숨어있었지."

"어디?"

휘종의 눈빛에 슬쩍 호기심이 떠올랐다.

숨어있기 좋은 방

"아, 몰라. 귀찮게 캐묻지 마."

나는 약간 짜증스레 대답하며 담배를 물었다. 휘종이 술을 주문했다. 맥주 한 병과 위스키 한 잔.

"너 옷, 그렇게 하고 시내를 돌아다닌 거야?"

휘종이 염려스럽다는 듯이 말했다.

"뭐, 어때."

나는 오른쪽 손으로 왼쪽 어깨 끈을 완전히 벗겼다 다시 올렸다. 휘종이 눈을 껌벅거리며 주위를 두리번거렸다. 웨이터가 술을 가지고 왔다. 그는 맥주와 맥주잔을 내 앞으로, 위스키를 휘종 앞으로 놓고 돌아섰다. 휘종이 방긋 웃으며 맥주와 맥주 잔을 자기 앞으로 위스키를 내 앞으로 바꿔주었다. 휘종은 맥주를 따라 한 모금 마셨다. 거품이 묻은 입술로 그는 빙그레 웃었다.

"나 합격 먹었어."

그는 더 이상 감출 수 없다는 듯이 털어놓았다.

"축하해. 드디어 엘리트 사원이 되었구나."

나는 위스키 잔을 들어 올렸다. 우리는 잔을 부딪치고 한 모금씩 마셨다.

"대학원 시험도 합격했어."

그는 웃음을 터뜨렸다.

"와, 따블로 축하해. 대단하구나."

나는 다시 잔을 들어 올렸다. 우리는 한 모금씩 마셨다.

"일주일 만에 네 처지는 완전히 달라져버렸어. 다른 나라로 가버린 거 같아."

나는 좀 멍청한 표정으로 중얼거렸다.

"난 이제 한 가지만 하면 다 끝나."

"뭐가 끝나. 네 인생이?"

"아니, 그런 뜻이 아니야."

"그래, 나머지 한 가지가 뭔데."

"결혼."

그는 약간 부끄럽다는 듯이 웃었다.

"그렇네. 너 정도라면 여자들이 10미터 정도는 줄 설 거야."

나는 중얼거리며 손을 쳐들어 웨이터를 불렀다.

"아, 술은 그만해. 우리 여기서 나가."

휘종이 일어섰다. 반대할 이유도 없었다. 오 분만 더 앉아있다간 코밑에 찬 서리가 앉을 것만 같았다. 밖으로 나오니 갑자기 너무 더웠다. 나는 가게에서 껌을 한 통 샀고 질근질근 껌을 씹었다. 나 자신이 한없이 천박하게 여겨졌다.

"껌 좀 뱉을 수 없니?"

휘종이 나에게서 떨어지더니 경멸스러운 표정으로 나를 쳐다보았다. 나는 들은 척도 않고 딱딱 소리를 내며 껌을 씹었다. 그리고 바지 주머니에 손을 넣은 채 흔들거리며 거리를 걸었다.

"아니면, 주머니에 그 손이라도 좀!"

휘종이 다가와 신경질적으로 내 손목을 확 잡아당겼다. 나는 미친년처럼 소리 내어 웃으며 그가 이끄는 대로 따라갔다. 그가 나를 끌고 간 곳은 백화점이었다. 그는 흰 벨트가 달린 푸른색 원피스를 사주었다. 그 옷을 입자 나는 완전히 다른 사람으로 변해 있었다. 나는 껌을 뱉고 옷 가게에 있는 빗으로 머리를 빗었다. 조신해 보였다. 휘종이 거울 뒤에서 안도의 미소를 지으며 나를 바라보았다.

"넌 내 오빠였더라면 정말 좋았을 텐데."

백화점을 나와 그의 팔짱을 끼며 내가 말했다.

"그럼 내가 널 가만두지 않았을 거야."

"내가 어떻길래."

"이런 불량소녀를 어떤 오빠가 그냥 두겠어. 다리몽둥이가 분질러져도 여러 번 분질러졌을 거야."

"정말로? 정말……. 누가, 내 다리몽둥이 좀 분질러줬으면 좋겠어."

나는 갑자기 우울해져 고개를 숙였다. 휘종이 내 어깨를 껴안으며 웃었다.

"아니야. 내가 네 오빠라면…… 나는 너를 이 세상에서 최고로 행복한 누이동생으로 만들어줬을 거야. 화나게도 하지 않고 울게도 하지 않고…… 담배도, 술도…… 하지 않게 했을 거야. 이렇게 숨어 다니게도 하지 않았을 거야."

"고마워."

나는 코맹맹이 소리를 냈다.

"자자, 빨리 가자. 보여줄 게 있어!"

그는 내 어깨를 꽉 안고 어딘가로 성급하게 나를 끌고 갔다.

휘종은 조금 특별난 남자였다. 휘종이란 인간 자체가 특별난 것이 아니라 나에게 그렇다는 것이다. 그를 만난 것은 대학을 다닐 때였다. 나는 단 일 년간 불문과에서 적을 두고 대학을 다닌 적이 있었다. 그만둔 이유는 돈이 너무 들기 때문이었다. 그리고 지독히도 따분한 장소이기도 했다. 대학 다니는 것이 그럴듯해 보이는 것은 다니지 않는 사람들이 꾸며낸 환상임이 분명했다. 직접 다녀본 사람이라면 누구나, 대학이라는 것이 얼마나 별 볼일 없는 곳인지를 적어도 백 가지 정도는 말할 수 있을 것이다.

책이라도 몇 권 끼고 잔디 새순을 밟으며 어슬렁거리다가 휴강을 한다고 하면 좋아라 만세를 부르며 기념으로 술집에 뛰어가는 이들이 득시글거리는 곳이 대학이었다. 물론, 도서관에서 죽으라고 공부하거나, 그럴듯해 보이는 모임에 참여하라고 목소리를 높이며 '참된 대학인'의 모습을 보여주려고 노력을 하는 이도 있기는 했다. 하지만 나는 아무 데도 관심을 가질 수가 없었다. 다 별 볼일 없어 보였다. 공부도 싫었지만 독특하고 재미있는 취미생활도 싫었다. 스터디니 뭐니 하면서 알고 싶지도 않은 이론에 핏대를 올리는 따위는 더욱 질색이었다. 도대체 그래서 어쨌단 말인가, 나는 늘 뒤에 앉아서 이렇게 투덜거리

숨어있기 좋은 방

며 일 년을 보냈다.

불어만 해도 그랬다. 불어는 지독히도 까다로운 말이었고 너무 어려웠다. 나는 늘 수업 진도를 따라가지 못했고 동사 변화를 배울 즈음엔 완전히 진력이 나버렸다. 프랑스 남자와 연애를 할 것도 아니요, 프랑스에 이민을 갈 것도 아닌 내가 왜 이복잡하기 짝이 없는 동사 변화를 외우고 시험 치는 고통을 당해야 하는지 도무지 알 수가 없었다. 1학년을 마쳤을 때 나는, 내인생에는 절대로 프랑스 남자와 연애할 일은 없을 것이다, 하는 결론을 내렸고 자퇴를 해버렸다.

그때 휘종은 3학년이었고 학회장 자리를 맡고 있었다. "하하, 그렇습니까? 정말 멋진 제안을 해주셨습니다. 하하하." 학회 모임이 있을 때마다 그는 이런 너털웃음을 적어도 열 번 이상은 터뜨렸다. 한마디로 사람 좋아 보이는 그런 유형의 사람이었다. 그때마다 나는, 그 의견은 전혀 멋지지도 않았고 우습지도 않다는 생각을 했고, 휘종이 지독히도 따분한 남자일 것이라는 생각을 하곤 했다. 그것은 틀린 생각이 아니었다.

그가 나에게 말을 건 것은 프랑스 소설 강의를 마치고 났을 때였다. 생텍쥐페리의 《어린 왕자》를 공부하는 시간이었고 그날 교수는 학생들의 리포트를 읽어주었다. 교수는 재미있게 읽은 리포트 중 하나라면서 작문을 읽어주었는데, 그것은 나의 것이었다. 별거는 아니었다. 교수는 사막에 대해서 생각나는 대로 써오라고 했다. 사막이라고 느껴지는 그 모든 것에 대해서. 잘 기억나지 않지만 내 리포트는 이렇게 시작되었다. '무엇인가 쓰기를 요구하는 이 백지가 바로 나의 첫 번째 사막이다. 무엇을 써야 할지 모르겠고 나는 지금 막막하고 끝없는 사막 앞에 서있는 기분이다.' 그런 식이었다.

휘종은 나의 리포트에 대단한 감동을 받았다고 말했다.

"어떻게 그런 생각을 했지? 리포트 용지가 사막이라니! 하하하. 정말 멋진 생각이야. 정말! 넌 정말 뒤라스 같은 작가가 될 거야. 하하하."

그는 내 팔을 끌고 교내 서점으로 가 몇 권의 책을 사주었다. 그때부터 그는 나에게 하나의 즐거움을 선사했다. 돈 쓰는 즐거움. 책을 사고 구두를 사고 영화를 보고 꽃을 사고 외식을 하고, 그는 나에게 돈 쓰는 즐거움을 알게 해주었다. 나는 학교를 그만두게 되었지만 그와의 관계를 마다할 이유가 없었다. 그는 언제든지 나를 기다리고 있는 돈 많은 남자였다. 사실 난 그를 만나면 어느 정도 행복한 기분이 들기도 했다.

"어때?"

휘종은 상기된 표정으로 골목 어귀에 세워진 어떤 자동차 앞에 나를 세웠다. 나는 멍청하게 그를 쳐다보았다.

"뭐가?"

그는 즉각적이지 못한 내 반응에 약간 실망하면서 자동차를 가리켰다.

"내 거야! 일주일 됐어……"

숨어있기 좋은 방

그는 이제 자신 없어 하는 표정이 되었다. 먼 바다색 푸조였다. 나는 눈을 껌벅거렸다. 정말 예쁘다고 생각했던 프랑스 자동차를 이렇게 쉽게 가지다니.

"야…… 오늘 여러 번 놀라네. 멋있다. 좋다…….."

나는 얼이 빠져 중얼거렸다.

"타! 드라이브 시켜줄게."

그는 으스대며 자동차 문을 열었다. 그리고 멋있는 포즈로 조수석 문을 열고 나를 밀어 넣었다.

"그리고 공주처럼 집 앞까지 바래다줄게."

그는 기세 좋게 시동을 걸고 차를 출발 시켰다. 그러나 뭔가 불안했다. 그는 엎어질 듯이 핸들에 코를 박고 연신 투덜거리기 시작했다.

"아니, 저건 뭐야. 언제 저기에 전봇대가 있었어? 어이쿠…… 깜짝이야. 쓰레기 더미를 밟았어…… 야아…… 이제 좀 나가네…… 어때? 기분이 나…… 왜 그래…… 저 새끼는 완전 초보네. 가려면 가고 비키려면 비키지…….."

그는 내가 옆에 있다는 것조차 잊어버린 것 같았다. 나는 안전벨트를 체크했다.

"짜식…… 내 실력을 못 믿는다는 거야? 자, 이제 간다! 최고 속도로…… 어때 기분이 좀 나?"

그는 여전히 핸들에 코를 박은 채 중얼거렸다.

"겨우 50킬로미터야."

내가 말했다.

"그래도 여긴 제한속도 40이야. 10킬로미터나 초과했다구. 과속으로 사고……."

눈 깜짝할 순간이었다. 뭔가 쿵 하는 소리가 났을 뿐이었다. 무슨 일이 일어났나 제대로 생각도 하기 전에 어떤 남자가 삿대질을 하면서 우리 쪽으로 걸어왔다.

"난 몰라. 일주일밖에 안 된 나의 새 차를……."

휘종이 울상이 되어 밖으로 나갔다. 밖으로 나간 휘종은 얼굴을 찌푸리고 자기 차부터 두리번거리며 살폈다. 남자가 삿대질하며 다가오자 휘종이 굽신거리며 무슨 말인가를 늘어놓기 시작했다. 웃음을 머금고 머리를 긁적이기도 했다. 그렇게 말하는 그의 인상은 무척 선량해 보였다. 잠시 후 삿대질하던 남자가 휘종에게 미소 지어 보였고 휘종은 무슨 쪽지를 적어주고 악수를 한 뒤 돌아왔다.

"짜식, 별것도 아닌 걸로, *째째하게*…… 재수 없어……."

그는 투덜거리며 담배를 빼물었다.

"큰일 날 *뻔했어.* 일주일도 안 됐는데……."

그는 차창을 열고 다시 차를 살폈다.

"그만 가봐야겠어."

나는 안전벨트를 풀고 밖으로 나와 골목 끝을 향해 걸어갔다. 어느새 거리는 어두워지기 시작했고 골목에는 노란 등이 환하게 켜져 있었다.

숨어있기 좋은 방

"그렇게 그냥 가버리면 어떡해."

휘종이 나를 따라오며 말했다. 갑자기 지겨워서 견딜 수가 없었다. 나는 아무 말도 하지 않았다. 뭐라고 말하는 것조차 귀찮게 여겨졌다.

"타달타달 귀엽게도 걷네…… 미안해. 더 잘할 수도 있었는데…… 저기, 갈까."

그는 풀이 죽은 목소리로 말했고 우리는 함께 카페로 갔다. 휘종은 위스키와 맥주를 시켰다. 나는 한 번에 위스키 한 잔을 다 마셔버렸고 그는 다시 한 잔 더 시켜주었다. 나는 또다시 한 번에 다 마셔버렸다. 기분이 약간 나아지는 것 같았다. 무슨 말을 할까, 그는 망설이는 것처럼 맥주를 홀짝거리며 나를 쳐다보았다. 그의 얼굴을 보자 또다시 따분해진 나는 한쪽으로 고개를 돌렸다. 저기가 어디람! 나는 눈이 둥그래져서 오른쪽에 설치된 대형 스크린을 바라보았다.

"……난 너를 이해할 수 있어. 사람이라면 누구라도 그런 때가 있어. 무엇을 해야 할지, 그냥 사라지고 싶은 그런 기분 말이야. 문제는 얼마나 지혜롭게 넘길 수 있느냐는 것인데…… 이럴 때일수록……."

나는 화면에 눈을 떼지 않은 채 건성으로 그의 말을 들었다. 두 명의 남자가 눈 덮인 산에서 스키를 타고 있었다. 새하얀 눈과 새파란 하늘, 그리고 인간, 이 세 가지 외에는 아무도 없었다. 부드럽게 눈보라를 일으키며 눈밭을 내려오던 남자는 가볍게 공중을 날아올랐다. 그리고 다시 살짝 눈 위에 앉았다가 또 다시 하늘로 가만히 날아올라 팽글팽글 두 바퀴 원을 그렸다. 인간이 바람에 날리는 커다란 깃털처럼 가벼워 보였다.

"말하자면 넌 지금 길을 잃은 거야. 산속을 걸어가다가 어떤 땐, 갑자기 길이 딱 끊겨 당황할 때가 있잖아. 물론 어딘가 길이 다시 시작되는 곳이 있지. 그런데 넌 너무 당황해서 여기저기 마구 풀숲을 헤매고 다니고 있는 거지. 그래도 길은 나타나지 않고 거기다 이젠 캄캄한 밤이 되어버린 거야. 그런 상태지. 당황하지 말고 잘 살펴보면 한줄기 빛이 있어. 너를 인도할 한줄기 빛……."

나는 고개를 돌려 그를 쳐다보았다.

"한줄기 빛이라니, 그거 참 멋진 표현이네. 하하하……."

나는 학회장 시절 그의 웃음을 흉내 냈었다. 그는 말을 하면 할수록 매력이 줄어들고 따분해지는 남자였다. 진짜 최악. 그는 기분 나쁜 표정으로 잠시 나를 쏘아보았다. 그렇지만 마음을 다시 잡는 인내심을 발휘했다. 잠 오는 연설을 계속 이어갔다.

"사람이라면 누구나 그런 때가 있어. 나도 그런 때가 있었지. 대학교 1학년 때였어. 여러 가지 복합적인 문제였지만 종교적인 문제가 가장 힘들었어. 하나님에 대한 회의가 정말 컸거든…… 하나님이 정말 계시는가? 어떻게 그런 생각을 할 수 있는지 나 자신을 감옥에 넣고 싶었어. 그래서 생각한 것이 군대에 지원하는 것이었어. 어차피 군대는 가야 하는 것이니까, 그 방황의 시간을 군대에서 보낸 거지. 그러니, 실제로 난 방황하느라 시간을 낭비해버린 적은 없는 거지.”

“……군대라고?”

나는 다시 화면에 눈을 박은 채 말했다.

“왜 그래. 내 말을 좀 들어봐. 스키 타는 거 처음 봤어? 그렇게 부러워? 그러면 언제, 타러 가면 되잖아. 당장 프랑스 샤모니에도 갈 수 있다!”

휘종이 약간 언성을 높였다.

“아니, 난 쟤들 스키 타는 게 부러운 게 아니야. 뭐랄까…….저렇게 가볍게 날았다 닿았다 하는 저 동작이 부러워. 너무 가볍잖아. 너무 가벼워…….”

나는 화면에서 고개를 돌려 그를 쳐다보았다. 그는 거품이 말라붙은 맥주잔을 들었다 놓았다.

“뭐든지 마음먹고 시작해봐. 가장 나쁜 건 포기하고 멍하니 있는 상태야. 뭐든지 시작하면 활력이 생길 거야.”

“뭘 할까? 포장마차를 한번 시작해볼까?”

“진지하게 생각해봐. 학교에 다시 등록하는 것도 괜찮아. 어디든지 적을 두고 있어야 해. 내가 밀어줄 수도 있어.”

“정말 고맙군. 그런데 나한테 왜 그렇게 선심을 쓰지?”

휘종이 맥주잔을 빙글 돌렸다.

“넌 뭐랄까. 왠지 그냥…… 비 오는 날 아침에 집을 나서는

데 예쁜 소리가 들려 돌아보니 나무에 앉은 한 마리 작은 새 같다고 할까. 처마 밑에 들어와도 되는데 왜 저기서 비를 맞으며 있을까. 정말 이상한 새야. 그런데 참 예쁜 소리로 노래하네. 우는 것일까…… 그런 생각을 하게 만들어. 그래서…… 너를 나의 처마 밑으로 들이고 싶어."

그가 조금 떨리는 것 같은 목소리로 말했다. 나는 술잔을 입으로 가져가다가 쿨럭하며 기침을 했다. 어울리지 않는 시적 언어들이었다. 그는 맛없어 보이는 맥주를 쭈욱 들이켰다. 그리고 다시 맥주 한 병과 위스키 한 잔을 다시 주문했다. 우리는 묵묵히 앉아있었다. 새로운 술이 와서 우리는 한 잔씩 따르고 잔을 들었다.

"아, 좋은 생각이 났어. 무엇을 해야 할지!"

한 모금 술을 마시던 나는 갑자기 소리쳤다.

"뭔데."

휘종이 반색하며 어깨를 앞으로 당겨 앉았다.

"군대."

"군대?"

"그래. 여군하사가 되어야겠어."

나는 희망에 부푼 목소리로 말했다. 휘종이 인상을 찌푸렸다.

"미쳤군."

"어때서 그래. 먹여주고 입혀주고 재워주지, 월급 주지. 난 그냥 시키는 대로 하면 되잖아. 계급이 오르면 아파트도 주고 화장품도 주고 가전제품도 주고 뭐든지 다 준대. 아, 왜 진작 생각 못했지? 한 오 년만 하면 평생 먹고살 걸 모을 수 있을까?"

"정말 구제불능……. 군대가 무슨 속세 도피 장소인 줄 아니? 얼마나 괴롭고 힘든 곳인 줄 네가 어떻게 알겠어. 더구나 여군들은…… 하여간 여자가 군대 갔다 왔다는 건 볼장…… 아니, 꼭 그런 건 아니지만, 아무튼 난 싫어. 남자들 득실거리는 데를 제 발로 가겠다니, 젊음의 낭비야. 절대로 안 돼. 넌, 받아 주지도 않을 거야."

"쳇. 무슨 소린지 알 수가 없네."

휘종은 한숨을 쉬었고 우리는 서로 기분 나쁜 얼굴로 각자의 술잔을 들었다.

"난 진짜 지원하기로 결심했어. 이제야 내 인생의 진로를 찾았어!"

나는 술잔으로 탁자를 꽝 치며 힘주어 말했다.

4

집으로 가는 길, 내 마음은 발목에 쇠 덩어리를 차고 가는 것처럼 무거웠다. 나는 다리를 질질 끌면서 자꾸만 고개를 푹푹 꺾었다. 이 골목길에만 들어서면 나는, 내가 해결할 수 없는 커다란 짐을 등에 얹고 있는 기분에서 벗어날 수가 없다. 누군가 나를 데리고 어딘가로 가주었으면 좋겠다는 생각이 든다. 누군가와 함께 어딘가로.

어둠 속에서 문득 고개를 들던 나는 혀를 차면서 그 자리에 멈추어 섰다. 한 남자가 어깨를 잔뜩 구부린 채 부엌으로 들어가는 우리 집 문 앞에 서있었다. 옆집 술손님이 분명할 그는 '고무신을 신고 가는 신사야'를 흥얼거리며 두 손으로 바지 앞 단추를 풀고 있는 중이었다. 그는 허리를 비비 돌리며 '화장실 아님'이라고 써진 판자 문 위에다 'S' 곡선을 그리며 오줌줄기를 쏟아냈다. 나는 멍하니 남자를 쳐다보았고 그는 클클 웃으며 바지 앞섶을 만지며 '3학년 2반 대포집'이라고 적힌 옆집 판자 문을 열고 들어갔다.

재수 없는 새끼. 나는 투덜거리며 부엌으로 뛰어 들어가 한 양동이 물을 떠서 문에 퍼부었다. 밤이 되면서 얼마나 많은 술 꾼들이 오줌을 갈기고 갔는지 지린내가 가시지를 않았다. 나는 코를 쿵쿵거리며 가루비누를 풀고 문과 시멘트 바닥을 박박 문질러 씻었다.

방의 불은 환하게 켜져 있었고 어머니는 혼자였다. 어머니는 서랍장을 마주 보고 꿇어앉아 꼼짝도 않고 있었다. 나는 방으로 들어갔다. 어머니는 이발관에서 걸치는 것과 같은 이상한 망토를 어깨에 걸치고 두 손을 모은 채 무슨 주문 같은 것을 중얼거리고 있었다. 만디리리밀리마다하아반아짜으…… 내가 들어오는 기척을 듣더니 어머니는 한동안 그 주문을 더욱 열성적으로 중얼거렸다. 그 괴상한 주문 속에 딸을 새 사람으로 만들 수 있는 신령스러운 영험이라도 있는 듯.

"나 왔어요."

나는 퉁명스레 입을 뗐다. 어머니는 중얼거리기를 멈추지 않았다. 약간 목소리를 높여 주문을 외쳤다. 다시 낮은 소리로 웅얼거리더니 천천히 끝을 맺었다. 어머니는 고개를 세 번 숙여 절을 하고 경건한 자세로 망토를 벗어 차곡차곡 개켜 서랍장 위에 얹었다. 그리고 지갑 속에서 천 원짜리 한 장을 꺼내어 망토 위에 가만히 얹고 돌아앉았다. 어머니는 생각에 잠긴 듯한 눈으로 가만히 나를 쳐다보았다. 나는 눈길을 떨어뜨렸다.

"현이가 들어오지 않는다. 벌써 사흘째."

어머니는 비명을 지르고 싶은 걸 간신히 참는 것 같은 표정으로 조용히 입을 열었다. 양 볼이 쑥 들어가 있어 일주일 사이에 몇 년은 더 늙어버린 것 같았다.

"뭐…… 친구 집에 가 있겠죠."

나는 아무렇지도 않는 것처럼 대답을 했지만 갑자기 가슴이 심하게 울렁거렸다. 드디어, 내 속에서는 '드디어'라는 말과 함께 한숨이 새어 나왔다.

언젠가 시내에서 현이를 만난 적이 있었다. 봉희가 아니었다면 그 애가 현이라는 것도 모르고 지났을 것이다. 현이는 지하도 난간에 달랑 올라앉아 있었다. 그녀는 친구와 함께였고 누군가를 기다리고 있는 것 같았다. 내가 현이를 알아보지 못한 것은 그녀의 괴상한 차림새 때문이었다. 종아리가 드러난 청바지는 죽죽 찢어져 두 허벅지 살이 훤하게 드러나 보였고 발목엔 붉은색, 노란색, 푸른색, 세 개의 플라스틱 발찌를 하고 있었다. 머리엔 남자들이 쓰는 갈색 중절모가 얹혀 있었고 하얗게 분을 바른 얼굴에 입술은 새빨갛게 칠해져 있었다. 해괴하다 못해 정신병자와 같은 차림새였다. 이건 최첨단 의상도 뭣도 아니었다.

나는 눈을 어디에 둬야 될지 몰라 그녀의 발목에 걸린 노란

72   숨어있기 좋은 방

색 플라스틱 발찌를 멍하니 바라보았다. 현이는 연신 다리를 흔들었고 저럭저럭, 발찌들이 이상한 소리를 냈다. 그녀는 나와 봉희를 보고도 낯선 사람에게 하듯 응, 응, 하고 귀찮다는 듯이 이러저리 두리번거릴 뿐이었다.

"너, 오늘 학교 안 갔니……."

나는 현이의 차림새에 기가 질려 조심스레 물었다. 그녀는 목에 두른 기다란 주홍빛 머플러를 한 번 더 감고는 귀찮다는 듯 몰라, 몰라, 하고 고개를 흔들었다.

"야아, 여기야. 빨리 타!"

어디선가 이상한 소리가 들렸고 현이는 훌쩍 난간에서 뛰어내려와 그쪽으로 달려갔다. 청바지는 뒤쪽도 죽죽 찢어져 현이의 엉덩이 살이 하얗게 드러나 있었다. 현이는 한 번쯤 돌아보지도 않은 채 냉큼 자동차에 올라탔고 어딘가로 사라져버렸다.

"쟤, 네 동생 현이 맞니……?"

봉희가 얼빠진 얼굴로 중얼거렸지만 놀랍기는 나도 마찬가지였다. 나는 현이가 말이 없는 얌전한 동생이라고 생각했다. 가방을 들고 학교에 갈 때나 돌아올 때 그녀의 복장은 지극히 여고생다웠고 집에서도 그랬다.

어머니는 지갑 속에서 무슨 종이인가를 꺼내어 나에게 건네주었다. 'Rock Cafe 슈가슈가', 만년필로 이렇게 적힌 종이 쪽지였다.

"오늘 현이 학교에서 담임선생 만났다. 글쎄, 현이가 춤추는데 도사라는구나…… 디스코장도 아니고 이건 뭐…… 거기 뭐라고 되어있냐. 담임선생이 적어서 주더라."

"락 카페 슈가슈가."

"그래…… 락, 까, 페. 말 들어보니 거기가 신식 카바레 같은 덴가 보더라. 학교에서도 그 앨 만날 수가 없었어. 사라진 거야…… 거기가 걔 단골이라고 하더구나. 춤바람이 난 거야."

어머니는 터져 나오는 울음을 참는 것처럼 입을 꼭 다물고 고개를 숙였다.

"춤바람은 무슨…… 그냥 친구들 따라 한번 간 거겠지."

어머니를 안심시키기 위해 한 말이었지만 내 목소리는 몹시 떨렸다.

"그리고 춤추는 게 그렇게 나쁜 것만은 아니야, 엄마. 요즘은 뭐든지 하나만 잘하면 되는 세상이야. 텔레비전 봐. 춤 잘 추는 애들이 최고야. 현이도 그걸로 잘 풀리겠지."

내가 말했다. 어머니가 멍한 눈빛으로 나를 바라보았다.

"진짜…… 아까 시장에서 나도 〈인간시대〉를 봤는데…… 어떤 아가씨가 잘 다니던 대학교 때려치우고 가수가 되려고 고생하는 이야기였는데, 뭔가 느껴지는 게 있었어…… 뭐라더라, 사람은 저마다 한 가지씩은 잘하는 게 있대. 그걸 키워야 한다고 했어."

어머니는 조금 기운을 차린 듯한 목소리로 말했다.

"그래, 바로 그런 생각을 가져야 한다고. 한줄기 빛을 잃어

숨어있기 좋은 방

버리면 안 돼."

나는 맞장구를 쳤다.

"진짜…… 현이 담임은 아주 말세라는 듯이 호들갑을 떨더라만, 나는 속으로 그런 생각을 했어. 그 애가 혹시 가수가 될지도 모른다고 말이야. 김완선이도 처음엔 인순이 따라 다니며 춤이나 췄다면서?"

어머니는 약간 자신만만한 어투로 말했다.

"걔가 저기에 틀어박혀 매일같이 하는 일이 뭔지 아니? 영어 노래 듣는 거란다. 어떨 땐 안 보는 척하고 들여다보면 저도 노래를 막 따라 부르면서 까딱거리더라니까. 보통 잘 부르는 게 아니었어. 영어 노래를 말이다!"

어머니가 현이가 벌써 가수가 되기라도 한 것처럼 들뜬 표정으로 서랍장 뒤를 손가락질했다. 그곳은 벽과 서랍장 사이의 1미터쯤 되는 공간으로 현이만의 밀실이었다. 학교에 갔다 오면 현이는 그 밀실에 틀어박혀서는 나올 생각을 안 했다. 언젠가 현이가 없을 때 그곳에 들어가다가 혼쭐난 적이 있었다. 그녀는 라디오가 비뚤게 놓여있다고 했다. 그리고 CD와 책들이 자기가 쌓아놓은 순서대로 있지 않다는 것이었다. 그러면서 마구 울부짖으면서 히스테리를 부렸다. 나는 그 애가 그렇게 미친 듯이 우는 것을 처음 보았고 그 뒤로는 서랍장 뒤는 눈길조차 주지 않았다.

"그런데 넌……."

어머니는 말하기도 두려운 듯, 좀 망설이더니 입을 열었다.
나는 어머니의 눈길을 피했다. 이제 내 차례가 된 것이다. 그때
막둥이가 다락방 계단을 내려오는 것이 보였다.

"야아! 너 지금 거기서 뭐 하고 내려오는 거야!"

나는 막둥이를 쏘아보며 신경질적으로 소리쳤다. 남동생은
흠칫, 계단에 멈추어 서서 겁먹은 눈으로 나를 쳐다보았다.

"그냥 둬라. 내가 거기서 공부하라 그랬다. 넌 이제 공부도
하지 않으면서 혼자 방 하나를 차지하고 있는 게 미안하지도 않
니? 쟤는 이제 중3이야."

나는 다락방을 엄연히 '방'이라고 표현하는 어머니와 남동생
을 거칠게 쏘아보았다. 처음 이 집으로 이사 왔을 때 다락방은
사람이 사용할 수 없는 창고에 불과했다. 쥐들이 들락거리더니
다음엔 고양이들이 차지했다. 그러나 '나만의 공간'을 가져보겠
다는 내 의지에 의해 그곳은 새로이 탄생되었다. 그런 만큼 나
외에는 누구에게도 금지구역이었다. 그러나 두 동생은 틈날 때
마다 내 구역을 엿보았고, 어머니에게 나 혼자 큰 방(!)을 쓴다
고 은근히 불평불만을 해왔다.

어머니는 방문을 열고 나가 밥상을 들고 들어왔다. 시간이
새벽 한 시였다. 밥상을 보자 막둥이는 슬며시 계단을 내려와
숟가락을 들었다. 그 애는 허겁지겁 밥을 떠 넣었다.

"애 밥 먹는 것 좀 봐라. 이렇게 먹는 걸 안 차려주면 그냥 굶
고 잔다니까. 불쌍한 우리 막둥이, 애가 제일 고생이야…… 많

숨어있기 좋은 방

이 먹어라."

어머니가 막둥이 엉덩이를 툭툭 쳤다.

"쳇. 맏이로 안 태어나서 행운이지 뭐."

내가 쏘아붙였다.

"그러지 마라. 얘가 앞으로 맏이 노릇 다 할 거다. 얼마나 점
잖고 의젓한지……."

"흥, 공부도 못하면서."

내 말에 남동생은 숟가락을 밥그릇에 꽂은 채 고개를 푹 꺾
었다. 어머니가 자존심 상한 표정으로 나를 쏘아보았다.

"넌 나보다 훨씬 덜 트였구나! 공부 잘하는 사람이 세상도
잘 사는 줄 아니? 절대로 아니야! 난 지금부터 그런 것 따지지
않기로 했다. 진짜로! 얜, 태권도를 얼마나 잘하는지 아니? 그
저께 검은 띠 땄다. 내가 물어보니까, 자기는 경찰관이나 형사
가 될 거라고 했어. 착한 사람 편을 들어주는 그런 사람이 된다
고 했어. 얼마나 장하니! 그러니, 얘도 하나 정도 잘하는 게 있
는 거야. 그러니까 걱정할 필요 없어…… 자, 자, 밥 먹어야지."

어머니는 다시 막둥이 엉덩이를 토닥거렸다. 남동생은 여전
히 고개를 숙인 채 우물우물 밥을 씹기 시작했다.

"……공부는 그래도 네가 가장 낫지. 넌 네 머리와 손재주로
먹고산다고 그랬어. 총명한 아이로다! 사주를 보면 어디서나
그렇게 나오더라."

어머니가 은근한 눈빛으로 나를 쳐다보았다.

"아이, 그런 얘기 좀 하지 마!"

"왜 화를 내고 그래! 내가 어디 없는 이야기를 지어내서 하니, 지금? 저 봐라. 저 트로피하고 상패는 그럼 누가 따온 거니? 모두 네가 따온 거야. 벌써 잊어버렸어? 넌 중학교 졸업할 때 학년 대표로 우등상까지 받았어. 그리고 저 트로피들은 모두 글짓기해서 받은 거잖니. 난 다 기억하고 있다. 한번은 전국에서 글 좀 짓는다는 학생들은 다 모였던 적이 있었지. 난 그때 상 받긴 틀렸구나 생각했어. 너무 많은 학생들이 왔기 때문이야. 그런데 그때도 넌 금상을 받았어. 너희 교장 선생님이 내 손을 꼭 잡고 무슨 말을 했는지 아니? 윤이금은 훌륭한 작가가 될 겁니다! 우리 학교의 자랑입니다!"

어머니는 흥분해서 서랍장 위에 놓인 상패와 트로피를 가리켰다. 어머니가 신주단지 모시듯 윤을 내면서 닦아대는 것들이었다.

"그 얘긴 제발 좀, 그만해. 현이 가수 되고 막둥이 형사 되고, 그러면 됐지 뭘 그래!"

나는 짜증스레 내뱉었다.

"그래도 머리 쓰는 일이 최고 고급이지 뭐."

어머니는 샐쭉해져서 얼굴을 한쪽으로 돌렸다.

"난 그만 자야겠어."

"잠깐 있어봐라……."

어머니는 일어나서 트로피 옆에 놓인 의자 같은 것에서 무언가를 꺼냈다. 처음 보는 이상한 의자였다. 푸른색 천이 덮인 아기 소파같이 생긴 작은 의자였다.

"이건 또 뭐야."

내가 물었다. 어머니는 부끄러운 듯 눈을 내리깔며 망설였다.

"으응…… 고요히 빈자리야."

"고요히 빈자리?"

나는 웃음을 터트렸다. 어머니는 불경스럽다는 듯이 손을 흔들며 내 웃음을 제지했다. 그리고 은밀한 표정으로 바싹 내 앞으로 무릎을 당겨 앉았다.

"저긴 말이야…… 인간이 가닿아야 할 최상의 자리야. 저 자리에 앉으면 어떤 걱정도 아픔도 없어지는 거지…… 난, 며칠 전에 그분을 만났어. 내 손을 잡고 이렇게 말하더구나. 보살님, 모든 것을 놓으십시오. 그리고 기도하십시오. 그러면 고요히 빈, 한없이 청정한 자리에 있는 자신을 만나게 될 겁니다…… 난 정말 감동을 받았어. 진짜 마음이 편안해지더라. 세상일이 내 마음먹은 대로 되지 않는다는 것도 알았어. 난 모든 걱정거리를 그분께 내려놓고 왔어…… 너도 언제 나하고 같이 한번 가자."

어머니는 약간 들뜬 표정으로 서랍장 위 '고요히 빈자리'를 쳐다보았다.

"세상에…… 그런 건, 여자들 돈이나 뜯으려는 사이비……."

나는 한심스럽다는 듯이 웅얼거렸다. 그러나 어머니는 내 말을 못 들은 척하며 손에 들고 있는 무언가를 건네주었다.

"아무 말 말고 이거 받아라. 어딜 가나 항상 소중하게 지니고 다녀라."

어머니는 비밀문서를 건네주듯이 의미심장한 목소리로 말했다.

"아이, 미쳤어!"

나는 종이를 팽개쳤다. 누런 기름종이에 붉은 글씨가 적힌 부적이었다. 어머니는 멍하니 방바닥에 팽개쳐진 종이를 바라보았다. 넋이 나간 듯 침통한 표정이었다. 괴롭지 않게 오늘 밤을 넘기기 위해서라면 저 종이를 소중히 받아 넣어둬야 하는 건데, 그리고 다락방으로 올라가서 당장 찢어버리면 되었을 것을. 나는 뒤늦은 후회를 했다.

어머니는 갑자기 가슴에 경련이 일어난 것처럼 두 손으로 가슴을 움켜쥐고 얼굴을 일그러뜨리며 고개를 숙였다. 그때까지 숟가락을 들고 있던 막둥이가 눈을 껌벅거리며 어머니를 바라보았다. 어머니는 고개를 꺾은 채 부들부들 어깨를 떨기 시작했다. 가슴을 움켜쥐고 있는 어머니의 손등으로 눈물이 툭툭 떨어져 내렸다. 막둥이가 울상을 지으며 어머니를 바라보았고 그 애의 커다란 눈에서 자동적으로 눈물이 툭 떨어져 내렸다. 녀석은 숟가락을 쥔 채 손등으로 눈물을 닦았다. 어머니는 더 이상 참지 못하고 소리 내어 울음을 터뜨렸다.

"정말…… 골치 아파……."

숨어있기 좋은 방

나는 한숨을 쉬며 신경질적으로 중얼거렸다. 어머니의 어깨가 갑자기 떨기를 멈추었다. 어머니는 고개를 홱 돌리더니 새빨개진 눈으로 나를 쏘아보았다.

　"너 지금 한 말 다시 한번 해봐!"

　어머니가 소리쳤다.

　"왜 화를 내고 그래!"

　나는 지지 않고 버럭 소리를 질렀다.

　"뭐! 골치 아파? 세상에, 정말 동네 부끄럽다! 그런 짓을 하고도 눈곱만큼도 부끄러운 줄 모르다니! 정말 뻔뻔스러운 화냥년이구나! 난 이제 얼굴 들고 고향에 못 간다. 하나는 춤바람 났어, 하나는 서방질에 미쳤어…… 그게 내 딸년들이야. 난 이제 끝났어. 얼굴 들고는 고향에 못 가……."

　어머니는 갑자기 이마를 바닥에 짓찧기 시작했다.

　"서방질은 누가 했다고 그래!"

　"안 그럼! 누가 너를 몇 날 며칠 이유도 없이 먹여주고 재워주더냐? 그 미친놈이 누구냐, 누구!"

　"봉희 집에 있었어. 봉희!"

　"봉희! 잘도 둘러대는구나. 봉희한테 매일 전화 왔다. 너 집에 들어왔냐고!"

　나는 털썩 장롱에 등을 기댔다. 집으로 올 때만 해도, 내가 먼저 용서를 빌고 어머니의 어떤 잔소리도 고스란히 들을 생각이었다. 그러나 모든 것에 짜증이 나고 화가 나서 견딜 수가 없었다. 어머니고 뭐고 이 모든 것들과 깨끗이 끝장내고 싶다는 생각밖에 들지 않았다.

"아이고 내가 죄가 많다. 하늘님 하늘님 우리 하늘님……!"

어머니는 한동안 서러운 울음소리를 내며 신세타령을 했다. 나는 꼼짝도 않고 방바닥만 쏘아보았다. 어머니는 아까 외우던 주문 같은 이상한 소리를 몇 번 웅얼거리더니 코를 팽 풀고 눈물을 닦았다.

"……원장 선생님한테서 전화 받았을 때 얼마나 놀랐는지 모른다. 그분은 네 바늘 꿰맸다더구나…… 중요한 은행 서류와 돈을 잃었다니, 그만두더라도 일을 마무리 짓고 그만둬야 사람의 도리지 않아…… 얼마나 놀랐는지 모른다."

어머니가 화해를 요청하듯이 부드럽게 말을 건네왔다.

"……뭐, 서류는 다시 만들면 되고 수표는 분실 신고 했으니 상관없고…… 현금은 얼마 되지도 않았어. 그 원장 볼 때마다 내 언제고 면상 한번 날린다 했는데……."

나는 장롱에 기댄 채 중얼거렸다. 어머니는 나직이 한숨을 쉬었다.

"직장 옮겨 다니는 것도 지겨워, 정말."

나는 다음 직장을 곧 구하겠노라는 뜻으로 이렇게 말했다.

"지겨운 사람은 바로 나다."

어머니는 발끈 화를 냈다.

"저번에 너 앞으로 넣은 적금, 도대체 네가 낸 게 몇 번이냐.

숨어있기 좋은 방

나도 따로 적금 붓는 게 있는데, 네 것까지 내려니 몸이 열이라도 당해내질 못하겠다. 왜, 한곳에 진득이 있을 줄을 몰라? 어딘들 남의 돈 뺏기가 그리 쉬운 줄 알아? 마음에 안 든다고 그렇게 나와버리면 세상에 직장 다닐 사람 한 명도 없다. 한곳에 진득이 있다 보면 월급도 올라가, 퇴직금도 올라가, 사는 재미가 나지…… 그래야 내년에는 학교도 다시 복학하고…… 졸업을 해야지. 대학은 나와야 어디 가서 큰소리치지……"

"아이, 알았어! 알았어!"

나는 팔을 휘저었다. 어머니는 진심이냐는 듯이 말끄러미 나를 쳐다보았다. 나는 시계를 보는 척 얼굴을 돌렸다. 도대체 어머니는 언제쯤 나에 대한 저 터무니없는 기대를 버릴지 마음이 무거워졌다. 어머니는 내가 무슨 일이든 마음만 먹으면 해낼 수 있을 것이라는 믿음을 가지고 있었다. 내가 대학만 졸업하면 우리 집이 벌떡 일어날 수 있으리라 믿고 있었다. 돈을 벌고 집을 사고 동생들 공부도 시킬 것이고 아버지도 찾아와 모두 함께 행복하게 살게 해줄 것이라는 것이 나에 대한 어머니의 기대이자 믿음이었다.

어머니는 생각에 잠긴 슬픈 얼굴로 상을 한쪽으로 치우며 방바닥에 걸레질을 했다. 옆에서 보니 어머니의 볼이 아무래도 이상해 보였다. 볼이 빈 모래주머니처럼 홀쭉했고 입술도 동그랗게 쪼그라든 것 같았다.

"근데 엄마, 입이 왜 그래."

다락으로 올라가던 계단에 서서 내가 말했다. 어머니는 부끄러운 듯 손으로 입을 가리고 웃었다.

"으응. 며칠 사이에 다 빼버렸어. 몇 개 남지도 않은 것들이 얼마나 애를 먹이는지, 일을 할 수가 있어야지. 차라리 편하다 얘. 나중에 여유가 되면 틀니라도 하지 뭐. 요즘은 틀니가 본이보다 더 잘 나온다더라. 왜, 흉하니?"

어머니는 잇몸을 보이지 않으려고 입술을 동그랗게 오므리고 웃었다. 나는 얼굴을 찡그렸다. 어머니의 입 안은 동굴처럼 시커멓게 보였고 그것은 영원히 뱉어버릴 수 없는 불행 덩어리를 보는 것만 같았다.

5

    현이를 찾기 위해 거리로 나섰다. 현이 담임의 말대로 현이
가 잘 간다는 '슈가슈가'에 가보기로 했다. 거리엔 환한 여름 햇
살이 쏟아졌고 나는 휘종이 사준 푸른색 원피스를 입고 양산까
지 썼다. 나는 꼿꼿이 양산을 들고 얌전하게 걸었다. 뭔가, 숙
녀다운, 그리고 언니다운 폼이 나는 것 같아서 기분이 좋았다.

    현이의 단골집은 찾기가 꽤 어려웠다. 더럽고 퀴퀴한 냄새
가 나는 골목길을 자꾸만 걸어갔다. 어디선가 희미한 음악소리
가 들려왔고 나는 그 소리를 따라 걸어갔다. 역시 그 음악은 '슈
가슈가'에서 쏟아져 나오는 것이었고 나는 약간 걱정스러운 기
분이 들었다. 지금 당장 현이를 만난다면 무슨 말을 해줘야 할
지 알 수가 없었다. 나는 누구를 충고해줄 만한 자격이 눈곱만
큼도 없었다. 더구나 동생에게는 그럴듯한 거짓 충고는 통하지

도 않을 것이다. 현이는 내가 얼마나 한심스러운 앤지 누구보다 더 잘 알고 있다. 그 애의 충고를 내가 받아들이는 편이 나을지도 모를 일이다.

문을 열자 태풍 같은 음악이 내 귀를 때렸다. 나는 휘청거리며 뒤로 물러났다 다시 안으로 들어갔다. 무슨 음악이 이렇게 시끄럽담! 나는 장대비를 피하듯이 어깨를 움츠리고 바 쪽으로 걸어갔다. 홀은 텅 비어있었고 무더웠다. 바텐더와 눈이 마주쳤지만 그는 나를 보고 있는 것 같지도 않았다. 나는 맥주를 시켰다. 맥주가 왔고 그것은 별로 시원하지가 못했다. 하여튼 현이가 없어서 다행이다 싶었다. 천천히 술을 마시면 그럴듯한 말이 생각날 것도 같았다. 맥주를 마셨다. 시원하지 않았고 좀 맥 빠지는 기분이었다. 웨이터가 갑자기 이상한 괴성을 지르며 미친놈처럼 두어 번 어깨를 흔들다 뚝 그쳤다. 벽에는 옛날 영화 포스터들이 잔뜩 붙어있었다. 하나같이 이곳이 아닌 어딘가, 그곳에서 멋진 일이 벌어지고 있는 것 같은 것들이었다. 그중에서 〈색계〉 포스터가 눈에 들어왔다. 남자와 여자의 눈빛에서 출렁이는 슬픔이 어찌나 강렬한지 내 심장을 찔렀다. 덫에 걸린 사람들일까.

나는 식어빠진 맥주를 마셨고 담배를 피웠다. 들어온 지 삼십 분이 지나도록 아무도 들어오지 않았다. 텅 빈 홀 가득 음악만 미치도록 쿵쾅거렸다. 그리고 웨이터가 한 번씩 괴성을 지르며 온몸에 경련을 일으킬 뿐이었다. 연탄불 위의 오징어를

숨어있기 좋은 방

생각나게 했다. 나는 맥주를 한 병 더 주문했다. 세 병째였다. 휘종이 들어서는 것이 보였다. 그는 미색 반팔 셔츠에 카키색 면바지를 입고 있었다. 그는 요즘 유행하는 스타일로 입은 듯이 보였다. 나와 눈이 마주치자 놀랍다는 듯이 그의 눈이 휘둥그레졌다. 아주 쾌활한 몸짓으로 걸어왔다.

"여기가 네 동생 단골집?"

그는 놀랍고도 즐겁다는 표정을 지으며 바짝 내 귀에 입을 대고 말했다. 나는 조용히 고개를 끄덕였다. 그는 내 얼굴과 탁자 위에 놓은 맥주병을 번갈아 바라보며 고개를 갸웃거렸다.

"위스키를 마시자, 어때!"

그가 내 귀에다 대고 소리쳤다.

"웬일이니? 네 공식 술은 맥주잖아!"

나는 그의 귀를 잡아당겨 바짝 입을 대고 소리쳤다.

"문제는 내가 아니고 너인 것 같은데? 넌 지금 너무 우울해 보여!"

그가 나의 귀를 잡아당겨 말을 했다. 우리는 서로 자신의 한쪽 귀를 잡고 웃음을 터트렸다. 이곳에선 오 분 만에 아무렇지도 않은 것처럼 누구하고라도 자연스럽게 키스를 할 수 있을 것만 같았다.

"이건 정말, 영혼마저 다 부서지고 말겠어!"

그가 머리를 흔들며 소리쳤다. 나는 엄지손가락을 꼽아 보였다. 괜찮은 표현이군, 하는 표정을 지으면서. 휘종은 위스키를 시켰다. 우리는 고개를 젖히고 단번에 마셔버렸다. 그는 두 잔의 위스키를 더 시켰고 그제야 나는 약간 기분이 나아지는 것 같았다. 휘종과 나는 한동안 아무 말도 하지 않았다. 음악이 아무 말도 주고받을 수 없게 만들었다. 우리는 두 잔의 위스키를 더 마셨고 세 대의 담배를 피웠다. 갑자기 시끄러운 음악이 끊기면서 느릿느릿한 리듬의 블루스가 흘러나왔다.

"휴!"

우리는 동시에 한숨을 쉬었고 웃음을 터뜨렸다. 온몸이 얼얼해지도록 음악에 두들겨 맞다가 풀려난 기분이 들었다. 홀 안은 텅 비어있었지만 이상하게도 뜨끈하게 달아있는 느낌이 들었다.

"저 영화 어때?"

휘종이 벽에 붙은 여러 영화 포스터 중 하나를 가리켰다.

"한 남자가 한 여자를 너무나 사랑하여, 죽었지만 이승을 떠나지 못하고 그 여자 곁에 머무르는 얘기지. 영혼이 되어서도 이승의 연인을 잊지 못하는 남자. 옛날에 본 영화지만 지금도 잊히지 않아."

휘종이 블루스에 취한 듯 천천히 어깨로 리듬을 타며 말했다.

"생각만 해도 지겨워."

나는 홀짝 술을 마시며 말했다.

"뭐가? 너 또 삐딱한 생각을 하는구나."

"이 세상에서 만났던 사람들을 죽어서 또 만나야 한다면 난 정말 미쳐버릴 거야. 너무 재미가 없잖아. 특히, 내가 알던 남자는 누구도 만나고 싶지 않을 거야. 전혀 새로운, 듣도 보도 못한 남자를 만나보고 싶어. 죽으면 가장 먼저 내가 알고 지냈던 사람들부터 물갈이할 거야."

"쳇. 아무래도 넌 변태야. 진실을 볼 줄 아는 눈이 멀어버렸어…… 그래서, 사랑을 위해 목숨을 거는 저 남자보다 저번에 봤던 그 치사한 남자가 더 좋단 말이지?"

휘종이 일전에 봤던 영화 〈죽음 전의 키스〉에 나오는 주인공 남자를 또다시 비난했다. 휘종은 그렇게 치사한 남자는 이 세상에서 사라져야 한다고 말했다. 그 남자는 대학을 졸업했고 아무 일도 하지 않았다. 머릿속에는 일확천금의 꿈밖에 없었다. 가난한 그의 어머니는 그에게 은행이나 어디나, 빨리 취직을 해서 돈을 벌어오라고 매일 잔소리를 했다. 어느 날 그는 바닷가로 가서 옷가지와 신발과 유서를 두고 사라져버린다. 그의 어머니는 그가 자살한 것으로 생각하고 사망신고서를 내지만 그는 미국의 다른 주로 가서 다른 사람의 이름으로 그 사람 행세를 하며 다른 인생을 살아간다. 그런 내용이었다. 휘종은 그 남자를 이해할 수 없다고 말했다. 하지만 나는 너무 이해가 되었다.

"어째서 하나밖에 없는 어머니한테 그런 짓을 할 수가 있어. 나쁜 새끼…… 그건 남자도 아니야……."

쿵! 쾅쾅! 쿵! 쾅쾅! 갑자기 휘종의 말을 뒤덮어버리는 드럼

소리가 온몸을 강타해왔다. 그리고 왈칵 문이 열리면서 대여섯 명의 사람이 쏟아지듯 우르르 몰려 들어왔다.

그들은 하나같이 기다랗게 끈을 늘어뜨린 가방을 메고 있는 영락없는 고교생들이었다. 현이는 보이지 않았다. 그리고 날아 갈 듯이 팔다리를 흔들어대기 시작했다. 휘종과 나는 약간 얼이 빠져서 그들을 쳐다보았다. 춤을 추기 전에 최소한 탁자에 앉아 콜라라도 한 모금 마셔야 될 것이 아닌가, 하는 생각이 들었기 때문이었다.

또다시 왈칵 문이 열렸고 이번엔 한 무리의 여학생들이 몰려 들어왔다. 그들도 가방을 탁자 위에 팽개치더니 미친 듯이 몸부터 흔들어댔다. 역시 현이는 보이지 않았다. 휘종은 물끄러미 그들을 바라보았고 나는 술을 시켰다. 또다시 가방을 멘 아이들이 몰려 들어왔고 잠시 후 또 다른 무리가 줄을 이어 들어왔다. 학교가 끝난 시간인 모양이었다. 잠깐 사이에 홀은 아이들로 꽉 들어찼고 이상한 열기가 넘쳐나기 시작했다. 나는 거푸 술을 마셨고 조금씩 폭포처럼 쏟아지는 음악이 내 몸속으로 흘러 들어옴을 느낄 수 있었다. 조금 전부터 음악은 정신 차릴 수 없도록 제멋대로였다. 재즈, 록, 디스코, 레게, 고고 트위스트, 번갈아 가며 터져 나왔다. 어느새 내 어깨는 저절로 흔들렸고 발은 제멋대로 들먹거렸다. 이제 의자에 앉아있는 사람은 우리밖에 없었다.

휘종이 슬며시 일어났다. 나는 그가 화장실에라도 가려고

숨어있기 좋은 방

하나 보다 생각했다. 그러나 그는 엉거주춤하게 뒤돌아서 뭔가를 하는 것 같았다. 그러더니 갑자기 나를 향해 휙 뒤돌아섰다. 그는 검은색 선글라스를 끼고 있었다. 나는 웃음을 터뜨렸다. 그의 준비성에 놀랄 수밖에 없었다. 휘종은 엉덩이를 이상하게 흔들며 아이들 속으로 걸어 들어갔다. 그 속에서 그는 단연 돋보였다. 왕성하게 팔을 뻗고 고함을 지르는 아이들 속에서 그는 병든 고기처럼 천천히 흐느적거렸다. 그러더니 갑자기 무릎을 굽혔다 폈다 하면서 맹렬하게 춤을 추며 내가 있는 곳으로 걸어왔다. 그는 내 손을 잡아당겼고 나는 끌려나가며 웃음을 터뜨렸다.

내 손목을 잡고 나간 휘종이 갑자기 나를 확 밀어제쳤고 나는 뒤로 나자빠지듯이 내던져졌다. 나는 비명을 질렀다. 내 목소리는 음악과 아이들 고함소리 속에 섞여 들어갔다. 휘종이 다시 내 팔을 잡아끌어 빙빙 돌렸다. 한순간 나는 휘종의 어깨에 얼굴을 부딪쳤고 또 한순간 내던져졌다. 휘종은 생각보다 훨씬 춤을 잘 추었고 나도 그랬다. 우리는 땀을 뻘뻘 흘리며 몸을 흔들었다. 나는 내 몸이 그토록 음악과 유사하게 움직일 수 있다는 것에 즐겁고 신이 났다.

"너 그 말 아직 유효하니?"

휘종이 땀으로 얼룩진 얼굴로 잠시 음악이 끊어진 상태를 이용해 소리를 질렀다.

"뭐!"

"군대 간다는 거 말이야!"

쿵! 쿵쿵! 또다시 음악과 아이들 괴성이 터져 올랐다. 그러더니 느닷없이 느린 드럼소리가 이어졌다. 아이들이 즐거운 목소리로 야유를 보냈다.

"유효하지. 어디든 가긴 가야 하니까! 갈 거야!"

"어디든 가야 한다고? 진짜지? 그럼 나에게로 와! 우리 결혼하자!"

다시 음악이 시작되었고 휘종이 초조해하는 눈빛으로 나를 쳐다보았다. 그는 이제 춤도 추지 않고 그냥 멍하니 서있었다. 나는 웃음을 터뜨렸다.

"왜 웃어!"

그는 여전히 꼼짝도 않고 꽥 소리를 질렀다.

"징그러워!"

이번엔 내가 소리쳤다.

"뭐가!"

휘종이 내 손목을 잡고 바 쪽으로 걸어갔다. 나는 그의 손목을 뿌리치며 다시 아이들 속에 섞여들었다. 휘종이 나를 따라왔다. 그는 울상을 짓고 나를 쳐다보았다.

"너하고 잠자는 것 말이야! 세상에! 난 그걸 생각도 해본 적이 없어! 징그러워!"

나는 소리치고 허리를 마구 비틀며 춤을 추었다. 완벽한 율동이라는 생각이 들었고 만족스러웠다. 휘종은 눈을 껌벅거리

숨어있기 좋은 방

며 울상을 지었다.

"벌써 새벽 한 시야. 괜찮아?"

휘종이 나가자는 듯 엄지손가락으로 입구를 가리켰다.

"상관없어!"

나는 완전히 쉬어버린 목소리로 소리쳤다. 밤새도록이라도 춤을 출 수 있을 것 같았다. 그러나 어느 순간 갑자기 음악은 뚝 끊어졌고 아이들도 건전지가 떨어진 인형처럼 춤추기를 멈추었다. 그들은 탁자 위에 따지도 않은 맥주병을 그대로 놓아둔 채 가방을 들고 우르르 밖으로 몰려나갔다. 그들 속에 섞여 나오면서 그제야 나는 현이를 찾아 두리번거리기 시작했다. 춤을 추면서 그 애를 완전히 잊고 있었던 것이다.

"애, 오늘 윤이현 못 봤니?"

나는 한 여자애를 붙들고 물었다.

"몰라요."

그 애는 짜증스레 대답하고 터덜터덜 걸어갔다.

"오늘 윤이현 못 봤니?"

이번엔 남학생한테 물었다.

"몰라요……."

그 애는 몹시 우울한 표정으로 웅얼거리며 무리들 속으로 사라졌다. 휘종과 나는 그들 속에 섞여 택시 정류장으로 걸어갔다. 아이들은 독서실에서 나온 것처럼, 진지하고도 피곤한 얼굴로 묵묵히 택시를 기다렸다.

"우리는 저 위에까지 걸어가서 타자."

휘종이 내 어깨를 밀었다. 공기는 후텁지근했고 어디선가 바닷바람이 불어오는 느낌이 들었다. 우리는 한동안 말없이 걸었다. 휘종의 어깨가 간혹 나의 어깨에 부딪쳤고, 그때마다 휘종이 고개를 돌려 빤히 나를 바라보았다. 발밑에서부터 이유를 알 수 없는 우울함이 올라왔고 내 입에서 신음인지 한숨인지 흘러나왔다. 지금쯤 현이가 집에 돌아와 있다면 조금은 마음이 가벼워질 텐데, 걔는 대체 뭐가 문제람!

"그거…… 생각해봤어?"

휘종이 입을 뗐다.

"뭘?"

나는 모르는 척하고 물었다. 휘종이 아무 대꾸도 하지 않았다. 나는 힐끗 그를 쳐다보았다. 그는 마른침을 삼켰다. 뭐든지 하기는 해야 했다. 취직을 하든지, 결혼을 하든지. 군대를 가든지, 난 그냥 어디든지 가버리고 싶었다.

"나는 결혼할 돈 없어."

내가 말했다.

"숟가락 하나도 필요 없어."

그는 갑자기 들뜨며 내 손을 잡았다.

"난, 예쁘지도 않아."

휘종이 웃음을 터뜨렸다.

"그리고 난, 조신한 구석도 없어. 막돼먹었지."

　　　　　　　　　　　　　숨어있기 좋은 방

어디선가 날아온 신문이 내 발목을 휘감았다.

"난 널 알아, 넌 너무 예쁘고도 착해."

"난, 집안일에도 취미 없어."

"그런 거 못해도 돼. 우리 엄마가 다 할 거야."

"난 남의 엄마랑 살고 싶지도 않아."

"따로 살면 되지 뭘."

휘종이 허리를 구부려 내 발목을 감고 따라오는 신문지를 치워주었다.

"난 아이 같은 것도 낳고 싶지 않아."

"그런 건 아주 나중의 일이야."

"그래도 싫어. 결혼하면 뭔가, 심각해질 거야. 심각하고 싶지 않아."

"아니야. 그냥, 영화관에 가듯이 그렇게 오면 돼. 우린 정말 잘 살 거야."

휘종이 내 손을 세게 쥐었다.

"하지만 문제는…… 난 너를 사랑하는 것 같지도 않……."

휘종은 잡고 있던 내 손목을 확 비틀며 내 말을 잘랐다.

"난 널 사랑해!"

그는 거칠게 나를 껴안고 성급히 키스를 했다. 휘종과의 첫 키스였고 그의 입술은 풍선처럼 축축하고 물렁물렁했다. 어쩌면 그는 키스라고는 생전 처음 해보는 남자인지도 모른다는 생각이 들었다. 내 입 속에 들어온 그의 혓바닥은 우물쭈물 어쩔 줄 몰라 했고 그의 가슴은 세차게 뛰고 있었다. 나는 엉거주춤하게 그에게 안긴 채 꼼짝도 할 수가 없었다. 어디선가 휘익, 휘파람 소리가 들려왔다. 나는 그의 가슴을 밀어제쳤다. 그러나 그는 바위 덩어리처럼 꼼짝도 하지 않았다.

숨어있기 좋은 방

6

일요일. 나는 시끄러운 소리에 잠을 깼다. 옆집에서 켜놓았을 라디오 소리가 다락방 창문을 통해 커다랗게 들려왔다. 더이상 잠을 잘 수 없게 하는 노랫소리였다. 꼼짝없이 엎드려 노랫소리가 끝나기만을 기다렸지만 노래는 또다시 시작되었다. 나는 벌떡 일어날 수밖에 없었다.

어머니가 나를 부르는 소리가 들려왔다. 다락방 문을 열고 방으로 내려오니 고소한 냄새가 진동을 했다. 현이는 방바닥에 앉아 전기 팬에 무언가를 굽고 있었고 어머니는 부엌에서 요란스레 도마질을 하고 있었다. 어머니는 옆집에서 들려오는 노랫소리를 따라 부르며 흥얼거리고 있었다. 어머니 등 뒤로, 가스레인지 두 개의 불은 모두 켜져 있었고 무엇인가 김을 내며 요란스레 끓고 있었다.

"저놈의 노래 때문에 잠을 잘 수가 있어야지. 정말, 이사를 가던지 해야지……."

내가 투덜거렸다. 어머니는 콧노래를 뚝 그치고 나를 쳐다보았다.

"넌 음악을 싫어하는구나."

어머니는 약간 뽐내듯이 말했다.

"저것도 노래라고."

내가 비웃었다.

"넌 정말 음악을 모르네. 나는 저 사람, 현철이가 제일로 좋더라."

묵묵히 전을 뒤집던 현이가 웃음을 터뜨렸다. 나는 그 애를 돌아보았다. 현이는 내가 '슈가슈가'에 갔던 다음 날 제 발로 집으로 돌아왔다. 어머니는 현이가 또다시 집을 나가버릴까 봐 두려워서 아무 잔소리도 하지 못했다. 현이는 그 며칠의 외박에 대해서 일언반구도 하지 않았다. 아무 일 없었던 것처럼 학교에 갔고 순순히 돌아왔다. 어머니는 별 탈 없이 두 딸이 돌아온 것을 '고요히 빈자리'의 청정한 힘으로 믿었고 더욱 열성적으로 이상한 망토를 어깨에 두르고 틈날 때마다 중얼중얼 주문을 외웠다.

"그래, 그 사람, 자기 집은 있고? 가봤니? 양옥이야? 한옥이야? 아파트야?"

어머니는 칼질을 멈추고 또다시 질문 공세를 시작했다.

숨어있기 좋은 방

"아이, 몰라. 정말 몰라. 이제 좀 그만해둬."

나는 현이가 구운 동태 살 하나를 입에 넣으며 짜증을 냈다.

"모른다고? 너무 무심하구나. 어떻게 신랑 될 남자가 집이 있는지 없는지도 몰라."

어머니는 정말 아무것도 모르는 사람처럼 말했다. 나는 한숨을 쉬며 어머니를 바라보았다. 휘종이 인사하러 올 것이라는 말을 한 뒤부터 어머니는 내 얼굴만 보면 휘종에 대해서 끝도 없이 질문을 퍼부었다. 아까 했던 똑같은 질문을 전혀 모르겠다는 듯이 또 하고, 또 하고.

"아아, 집은 있다고 했지…… 아무렴, 네가 집도 없는 남자를 고르겠어…… 인물은 어떠니? 난 키 작은 남자는 질색이다…… 그래, 월급은 얼마나 받는대?"

어머니는 방 안으로 바짝 얼굴을 들이밀고 물었다.

"몰라, 정말 몰라!"

나는 험악한 표정을 지었다. 그러나 어머니는 아랑곳하지 않았다.

"봉투 옆에 끼고 다니는 월급쟁이니 뭐…… 다달이 월급 받아서 언제 돈 모으겠어. 요즘 세상에 월급으로 돈 모으는 바보는 없다니까……."

어머니는 멍한 눈빛으로 웅얼거렸다.

"돈이 최곤가, 뭐. 돈 모아서 뭐 하게."

나는 한숨을 쉬며 약간 경멸하듯이 말했다.

"돈이 최고지 뭐. 돈이 있어야 집도 사고 땅도 사지."

어머니는 토라진 듯 다시 칼질을 시작했다. 그러다 문득 칼질을 멈추고 멍하니 나를 쳐다보았다.

"넌 서른을 넘어서 결혼해야 남편 복도 있고 일부종사한다고 그랬는데…… 이렇게 빨리 결혼을 하다니, 넌 남자 보는 눈이 별로 까다롭지 않나 봐……."

"제발 제발! 엄마 딸 잘난 거 하나도 없으니 정신 좀 차려!"

"네가 어때서…… 난 나대로 너에 대한 계획이 있었어."

"도대체 그 원대한 계획이 뭐요?"

어머니는 서랍장 위 '고요히 빈자리' 쪽에 눈길을 둔 채 슬며시 웃었다.

"대학원도 보내고 유학도 보내고 박사를 만들어보려고 했어. 넌 머리가 좋으니까 뭐든지 마음만 먹으면 할 수 있잖아. 여자라고 못할 게 뭐가 있니. 난 여자라고 집안일만 해야 한다 주의는 아니야. 아무리 그래도 너 하나 정도 밀어줄 힘은 있어."

어머니는 단호하게 말했다. 나는 쓴웃음을 지었다. 내가 대학 시험에 합격했을 때 어머니는 식당 일을 그만두었다. 남의 일로는 더 이상 자식들 공부시킬 수 없겠다는 것이 어머니 생각이었고 어머니는 장사를 하겠다고 나섰다. 어머니와 나는 떼돈을 벌 것 같은 기대감으로 무슨 장사를 할까 생각하기 시작했다. 그때 우리 방에는 시골 삼촌댁에서 보내준 쌀 한 말과 찹쌀 한 말이 있었고 어머니는 저걸로 찰시루떡을 만들어 팔아야겠다고 했다. 어머니와 나는 당장에 방앗간으로 가 찰떡을 만들었다. 우리는 약간 부끄러워하며 팥고물을 입힌 찰떡을 들고 시장으로 갔다. 놀랍게도 찰떡은 한 시간 만에 동이 나버렸다. 그러나 집으로 돌아와 돈 계산을 하니까 본전도 못 찾은 적자였다. 떡을 너무 크게 만들었기 때문이다.

다음에 어머니는 호떡 장사를 하겠다고 나섰다. 그러나 어머니는 호떡을 전혀 만들 줄 몰랐다. 설탕물이 줄줄 흘러나왔고 동그랗고 먹음직스럽게 만들어지지가 않았다. 리어카 위에 팬을 놓고 굽고 있는 건너편 호떡집은 불이라도 난 것처럼 사람들이 우글거렸지만 작은 팬 앞에 쪼그려 앉은 어머니한테는 아무도 오지 않았다. 나는 어머니 옆에 있기가 너무 슬펐고 그 뒤로는 한 번도 시장에 나가보지 않았다.

그 뒤로 어머니는 사과 한 궤짝을 떼온다, 멍게 한 통을 떼온다, 튀김을 한 소쿠리 떼온다, 별별 장사를 다 하는 것 같았지만 나는 더 이상 관심을 두지 않았다. 이제는 내가 돈을 벌어야겠다는 생각을 하기 시작한 것이었다. 나는 어머니가 그렇게 번 돈으로 공부를 해야 할 만큼 가치 있는 학생은 아니었기에 미련 없이 학교를 그만둘 수 있었다. 그러나 뜻대로 되는 일은 없었다. 어머니가 장사에 소질이 없듯이 나 또한 돈 벌기에 별 능력이 없었다. 능력이 없는 정도가 아니라 죽을 지경이었다.

"아이쿠나, 시간이 벌써 이렇게 됐네. 그 사람 곧 들이닥치겠다. 현아, 그만 굽고, 가서 그릇 좀 사오너라. 유리잔 다섯 개, 대접 두 개, 술 주전자 하나…… 어떡하냐…… 그릇들이 너무 구식이니…….”

어머니는 갑자기 당황해하며 싱크대에 있는 그릇들을 불만스레 바라보았다.

“쟤, 요즘 어때 보여?”

현이가 문을 나가자 어머니가 은밀하게 물어왔다.

“뭐, 내가 결혼한다니까 속 시원해하는 것 같은데?”

“언니라는 것이…… 참, 그 사람이 아버지에 대해서 묻지 않던?”

어머니는 걱정스러운 표정이 되었다.

“글쎄…… 얘기한 것 같기도 하고…….”

“답답하구나! 그래도 그쪽에서 물으면 뭐라고 대답할 말이라도 생각해놔야 될 거 아니니! 아이고, 한심스러운 양반. 딸자식이 결혼을 하는지, 학교를 가는지, 그래 진짜, 눈곱만큼도 궁금하지 않단 말이야? 어쩌면 좋아…… 멀쩡하게 살아있는 아버지가 딸 결혼식장에도 안 나타나 봐. 그 집에서 우리를 어떻게 보겠니? 시어른 앞에서 네가 작은 실수라도 해봐. 당장에, 어른 없이 막 자란 아이라서 그렇다고 괄시할 텐데…… 사람들은 그런 얄궂은 편견을 가지고 있지…….”

“그러면 엄마. 그냥, 아버지 죽었다고 하면 안 될까?”

“뭐?!”

어머니는 벌떡 튕겨 일어났다.

숨어있기 좋은 방

"아니, 그렇잖아. 아버지는 이제 영영 안 올지도 몰라. 그리고 진짜 죽었는지도 몰라. 벌써 몇 년째야. 십 년이 넘었어."

"못된 것! 오 년밖에 안 됐어!"

어머니는 털썩 주저앉으며 탄식했다. 그리고 원망스레 방문 위에 걸린 완전히 바래진 가족사진 속의 아버지를 바라보았다. 가르마 없이 머리를 완전히 뒤로 빗어 넘긴 아버지는 넥타이에 조끼까지 입은 양복쟁이였다. 그러나 그는 사진 속에서나 우리 가족과 함께할 뿐, 실제로 내가 '아버지'라고 불러본 적은 통틀어 오십 번도 되지 않을 것이다. 그리고 내 평생 그와 대화를 나눈 시간은 두 시간도 채 되지 않을 것이다. 그것도 '아버지 진지 드세요', '아버지 오셨어요?', '아버지 학교 다녀왔습니다' 따위를 모두 총 합계를 내야 될 정도이다.

아버지에 대해서는 뭐라고 말해야 할지 모르겠다. 나는 그가 어떤 생각을 가진 사람인지, 정확히 말하면 그에 대해서 아는 바가 전혀 없다.

"걱정 마, 이번에는 이 아버지 실력이 어떤가를 보여주겠어. 이거 오백만 원이지? 다섯 달 만에 오천만, 아니 오억으로 만들어 올 테니까. 자, 그럼 그때까지…….."

아버지는 불안하게 서있는 어머니 대신 나의 볼을 툭툭 두드리곤 돌아섰다. 그리고 몇 달 만에 완전히 거지꼴이 되어서 나타났다. 그런 일은 몇 년 동안 끊임없이 반복되었다. 어떨 땐 오십만 원, 어떨 땐 오백만 원, 돈이 생기는 대로 아버지는 그것을 들고 밖으로 나갔다. "기다려! 이번엔 틀림없어!" 하고 언제나 자신만만하게 나갔다가 빈털터리가 되어 돌아왔다. 어머니가 꼬깃꼬깃 단지 속에, 그릇 속에 모아둔 얼마 되지 않는 돈도 다 털어갔다.

나는 아버지가 일확천금을 꿈꾸는 사람이라고 생각했다. 그러나 그것도 아니었다. 돈 없이도 훌쩍 나가서는 일 년씩 돌아오지 않기도 했다. 그러더니 언제부턴가는 이번엔 틀림없으니 기다려보라는 식의 말도 하지 않았다. 휭 하니 나갔다가 기별도 없이 왔다. 그러고는 온다 간다 말도 없이 사라져버렸다. 무책임한 가장 덕분에 돈 벌어서 아이를 기르는 일은 어머니 몫이 되었다. 원래 우리는 시골에서 살던 사람이었다. 조상으로부터 물려받은 땅이 있어 농사를 짓고 살았는데 다 사라져버렸다. 아버지가 다 날려버렸다. 어머니는 용감하게 도시로 나왔다. 자식들 공부를 시키겠다는 것이 목적이었다. 처음엔 친척집에 얹혀살면서 식당 일을 시작했다. 어머니는 자신이 돈을 벌 수 있다는 것이 신기했다. '매달 돈이 들어오는구나!' 새로운 꿈에 부풀었다. 그러나 홀연히 아버지가 나타나 삥을 뜯어갔고 우리는 점점 더 어려워졌다. 겨우 얻은 전세방 돈을 빼 들고 나간 뒤 아버지는 더 이상 오지 않았다. 우리는 시장통 선술집 옆, 사람이 살 수 없는 점포를 얻어 보일러를 넣고 겨우 집을 꾸며 살고 있었다. 어머니가 있기에 흩어졌다가 다시 모이지만 다들 기회만 되면 도망갈 태세들이었다. 도망의 유전자를 갖고

숨어있기 좋은 방

태어난 식구들, 잠들어서도 할딱할딱 도망치는 듯한 소리로 숨을 쉬었다.

집을 나간 아버지가 무엇을 하고 돌아다니는지 어렴풋이 알게 된 것은 고등학교 때였다. 그는 새로이 집을 나설 때마다 새로운 여자를 만났던 것이 분명했다. 그가 일 년에 한 번씩, 이 년에 한 번씩 집으로 돌아올 때마다, 어머니가 낳지도 않은 자식들이 어머니도 모르게 우리 호적에 올랐던 것이다. 어느 날 호적을 떼어보고 보지도 못한 내 동생들이 수두룩한 것을 보고는 얼마나 경악했는지 모른다.

여고 시절까지만 해도 아버지는 내게 죽어 마땅한 사람 외에 아무것도 아니었다. 그는 결혼도 하지 않은 여자들에게 아이를 낳게 했다. 그리고 있는 돈은 모두 탕진하고 진짜 가족에게는 눈곱만큼도 관심이 없었다. 부도덕하고 무책임한 한량, 그는 아버지도 아니었다.

그러나 스무 살이 넘으면서 아버지에 대한 생각도 바뀌었다. 나의 아버지이긴 하지만 아버지의 인생은 바로 그 자신의 것이라는 생각이 들었다. 알코올 중독자로 살든, 바람둥이로 살든, 거지로 살든, 그것은 아버지 스스로의 권리라는 생각을 하게 된 것이다. 내가 관여할 바가 아니었다. 어떨 땐 가족이고 뭣이고 다 팽개치고 떠돌고 있는 그의 인생이 부럽기도 했다. 돈 버는 일과 아이를 여자에게 맡겨버리고 세상을 어슬렁거리는 일은 아무 남자나 할 수 있는 일이 아닌 것이다. 뻔뻔한 배짱이 있어야 한다.

집을 나서서 길을 걷는다. 술집에서 술을 마시고 우연히 여자를 만난다. 여자와 잠을 자고 아이를 낳는다. 마음이 떠날 때까지 여자와 사랑을 한다. 문득 떠나고 싶을 때 나와 다시 걷는다, 술집에 들러 술을 마시고 또 다른 여자를 만난다…… 어쩌면 아버지가 무척 매력 있는 남자인지도 모른다. 어머니가 아버지를 기다리는 것은 가족으로서 완전해지고자 하는 바람이었지만, 나는 같이 술을 한번 마셔보고 싶다는 생각이 들기도 했다. 지금이라면 그가 어떤 남자인지 파악할 수 있을 것 같았다. 뭔가, 이야기가 통하는 남자, 인생이 뭔지 아는 아저씨일지도 모른다는 생각이 들기도 했다.

"언젠가는 내 앞에서 무릎을 꿇고 용서를 빌 날이 있을 거야. 저라고 어디, 매일 젊을 줄 아는 모양이지? 흥. 꼬질꼬질 늙어빠져서 돌아오면 내가 아이고, 덥석 받아줄 줄 알고…… 어림도 없다…… 흥…… 어림 반 푼어치도…….."

어머니는 갑자기 맹렬한 기세로 칼질을 하기 시작했다. 저러다 어머니의 살점까지 함께 먹게 되는 것은 아닌가, 염려스러운 생각이 들 정도였다.

"엄마, 이거면 되겠어?"

현이가 부엌문을 열고 들어왔다. 그녀는 비닐봉지에 담긴 것들을 싱크대에 풀어놓았다. 은색 수저와 은색 주전자, 하얀색에 푸른색 체크가 그려진 반투명 유리잔이었다.

　　　　　　　　　　　　　숨어있기 좋은 방

"곱구나. 우리 현이는 물건 보는 눈이 있어."

어머니는 잘 보이려는 듯한 웃음을 띠었다. 현이는 그릇들을 설거지통에 담고 물비누를 듬뿍 풀었다. 나는 전기 팬 플러그를 뽑고 방을 치웠다.

남동생이 문을 열고 들어오는 것이 보였다. 녀석은 이발관에 다녀오는 길인 듯했다. 이마와 귀가 환하게 드러난 짧은 스포츠머리를 하고 있었다.

"우리 막둥이 인물 하나는 정말 잘났어. 이따가 자형 될 분이 오시면, 안녕하십니까, 하고 씩씩하고 예의 바르게 인사해야 한다. 알지? 자자, 이것들 차리자. 아이고, 큰일이네. 나 옷도 갈아입어야 되는데."

어머니는 갑자기 돌아앉아 대야에 물을 받아 세수를 하기 시작했다. 씻은 그릇들을 들고 현이가 방으로 들어왔다. 그녀는 큰 상을 펴고 가만히 수저를 놓고 컵을 놓았다. 막둥이는 부뚜막에 차려진 음식들을 상 위로 갖다 날랐다. 나는 무언가, 그들에게 해줄 만한 말을 찾았다.

"뭐…… 나한테 원하는 거 없어? 내가 가진 것들 중에 말이야. 모두 주고 갈게."

나는 약간 눈치를 보며 말했다. 현이는 피식 웃으며 고개를 숙였다가 흘깃 나를 올려다보았다.

"그 사람 돈 많다면서? 결혼하면, 우리 이사나 가게 해줘."

현이는 이 집이 진짜 지겹다는 표정을 지었다.

"이사는 안 간다."

어느새 방으로 들어온 어머니가 정색을 했다. 우리가 이사를 가버리면 아버지가 집을 찾지 못할 것이라는 게 어머니의 생각이었다. 이사를 가더라도, 아버지가 왔을 때 함께 움직여야 한다는 것이었다.

"엄만 냄새도 안 나? 이 구린내! 이 지린내! 온갖 남자들이 우리 부엌에 대고 오줌을 싸대는 게 지겹지도 않아? 난 정말 돌아버릴 것 같아!"

현이는 얼굴이 시뻘겋게 되어 소리쳤다.

"넌 아버지가 걱정되지도 않니!"

어머니는 지지 않고 소리쳤다.

"아버지 따윈 알 게 뭐야!"

현이는 씨근덕거리며 어머니를 쏘아보았고 어머니 또한 그 눈길을 피하지 않았다. 한동안 두 사람은 주먹을 쥐고 서로를 찌를 듯이 쏘아보았다. 갑자기 현이의 눈에서 눈물이 뚝뚝 떨어져 내렸다. 그 애는 입술을 부르르 떨며 분해서 어쩔 줄 모르는 표정을 지었다. 결국 어머니가 먼저 눈길을 떨구었다.

"……그럴 돈 있으면 차라리 점포를 하나 내겠다…… 길바닥에서 장사해선 아무것도 안 돼. 요즘엔 방세 모으기도 힘들어……."

어머니는 한숨을 쉬며 머리를 빗었다.

"모두들 왜 그러는 거야. 내가 무슨 심청인 줄 아나……."

숨어있기 좋은 방

나는 남동생을 쳐다보며 픽 하니 웃었다.

"……그럼 누나……."

남동생이 슬며시 눈을 내리깔며 입을 뗐다. 나는 부드러운 눈길로 동그란 그 애의 눈을 바라보았다.

"……저 다락방은 내가 가져도 돼?"

내 한쪽 가슴이 찌릿하게 아파왔다. 진작에 다락방을 그 애에게 내주지 못한 내가 원망스러웠다. 나는 고개를 끄덕였다.

"이 새끼, 그건 내 거야!"

갑자기 현이가 할퀴어 뜯을 듯이 남동생을 노려보며 소리쳤다. 남동생의 머리가 단번에 푹 수그려졌다. 나는 멍하니 현이를 쳐다보았다. 그 애는 눈물과 콧물을 줄줄 흘리며 씨근덕거리고 있었다.

"왜…… 그러니, 너……."

내가 웅얼거렸다.

"몰라! 몰라! 죽어버렸으면 좋겠어!"

현이는 왕, 울음을 터뜨렸다. 그때 문밖에서 똑똑 노크소리가 들렸고 휘종이 문을 열고 들어왔다. 어머니가 벌떡 일어섰고 현이는 '밀실'로 기어 들어갔다. 휘종이 부엌에 선 채 90도로 인사를 했다. 휘종은 현이가 사온 유리잔 같은 하늘색 바탕에 가느다란 흰 줄무늬 양복을 입고 있었다. 그는 평소보다 세 배 정도 더 매력 있어 보였다.

방으로 들어온 휘종은 어머니에게 큰절을 올렸고 어머니는 꼼꼼하게 그의 매무새를 뜯어보았다.

"이렇게 집이 누추해서……."

어머니는 휘종의 얼굴을 빤히 바라보며 말했다. 그리고 어머니의 자랑거리인 병에 든 자두주를 은색 주전자에 부었다.

"자, 이 술부터 한잔 마시게. 그리고 여기 음식들도 들고. 자……."

어머니는 유리잔에 술을 따랐다. 휘종은 약간 돌아앉아 술을 마시고 그 잔을 정중히 어머니에게 내밀었다. 어머니는 약간 부끄러워하며 잔을 받았다. 어머니는 얼른 잔을 비우고 다시 휘종에게 술잔을 내밀고 술을 따랐다.

"이거 무슨 술입니까. 정말 맛있습니다. 태어나서 처음 마셔 보는 맛인데요."

술잔을 받아 든 휘종은 술맛에 완전히 정신이 뺏겼다는 듯한 표정을 지었다. 어머니의 얼굴에 환한 웃음이 퍼져나갔다.

"그냥…… 내가 심심해서 담근 거네."

어머니는 얼굴을 붉혔다.

"그래, 졸업하자마자 회사에 취직을 했다니 정말 머리가 좋은가 보네. 거기다 대학원까지 다닌다니 얼마나 좋은지 모르겠어. 나는 책을 가까이하는 사람이 정말 좋아. 공부 좋아하는 사람치고 나쁜 사람 없거든."

어머니가 무척 점잖은 목소리로 말했다. 휘종이 너털웃음을 터뜨렸다.

"꼭 그런 것만은 아닙니다, 어머님. 제가 대학원에 간 건 공부에 소질이 있어서 그런 것도 아닙니다. 전 앞으로 사업을 하려고 해요. 그러니까, 지금 회사를 다니는 것도 제 사업을 위한 기초 작업이라고 할 수 있지요. 그래서 대학원도 경영학과를 택했어요. 지금 제가 하고 있는 모든 공부는 사업을 위한 것들이지요. 저는 대단한 부자가 한 번 되어볼까, 하는 생각을 하고 있어요. 하하하⋯⋯⋯."

"그런가? 그것도 좋은 생각이네. 하지만 사람이 꼭 돈으로만 행세를 다 할 수 있는 건 아니잖은가."

"그렇습니다, 어머님. 많이 가르쳐주십시오."

그는 꾸벅 고개를 수그렸다. 어머니는 먹고 있으라는 시늉을 하며 일어서 부엌으로 나갔다. 그리고 김이 무럭무럭 오르고 있는 찜통 뚜껑을 열었다. 나도 어머니를 따라 부엌으로 나갔다. 어머니는 국자로 건더기를 건져 올렸다. 통째로 삶은 어린 닭이었다. 내 눈이 휘둥그레졌다.

"세상에⋯⋯ 완전히, 진짜 사위 대접할 준비를 다 하셨구만요⋯⋯."

내가 중얼거렸다. 어머니는 약간 들뜬 표정으로 나를 쳐다보았다.

"얘. 나는 키가 작을까 봐 얼마나 걱정했는지 모른다⋯⋯ 저 정도면 어디 가서 빠지지는 않겠다⋯⋯ 근데⋯⋯ 눈이 너무 둥그런 것 같지 않니? 말은 주섬주섬 잘 하는 걸 보니 사람 관계

도 원만하겠더라만…… 사업을 하기에 꼭 맞는 성격인 것 같
아…… 그런데 남자 피부가 왜 저렇게 하얗니…….”

어머니는 내 귀에 바짝 입을 들이대고 속삭였다.

“하기야 시커멓게 얽은 피부보다는 낫지만.”

어머니는 킥 웃음을 터뜨리며 탕 그릇을 쟁반에 받쳐주었
다. 현이가 방에서 나와 있었고 어느새 휘종은 두 동생을 휘어
잡고 있었다. 현이는 퉁퉁 부은 눈으로 교생 선생을 바라보듯
약간 들뜬 표정으로 휘종을 바라보고 있었고 막둥이는 연신 카
르륵거리며 웃고 있었다. 나는 갑자기 기분이 가벼워졌다. 어
쩌면 휘종은 내가 가족들에게 할 수 없는 것을 해줄 수 있을지
도 모른다는 생각이 들었다.

휘종은 손으로 닭다리를 찢어 들고 소금에 찍어 입에 넣었
다. 그리고 김치를 먹고 한치 회와 무채를 초장에 찍어 입으로
가져갔다. 그는 상 위에 음식들을 모조리 먹어 치울 것 같은 기
세로 쉬지 않고 음식들을 먹었다. 기분이 좋아진 어머니는 연
신 먹을 것을 권했고 막둥이는 휘종의 먹는 모습에 웃음을 터뜨
렸다.

“와, 전부 다 너무너무 맛있어요. 어머님 음식 솜씨에 정말
반했어요. 이것이 동태 살입니까? 살살 녹아요. 이 김치는 웨
하스 같네요. 아삭아삭한 것이…….”

휘종은 젓가락을 쉬지 않고 놀리며 말했다.

“모두 이금이 한 걸세. 얘는 이래 봐도 요리를 보통 잘하는

게 아니야. 여자라면 누구나 요리를 잘할 것이라고 생각하지만 꼭 그런 것은 아니라네. 그것도 머리가 있고 센스도 있어야 되지…… 이 버섯튀김만 해도 그래. 튀김가루에 물과 소금을 얼마나 적당히 섞느냐, 기름 온도를 어떻게 맞추느냐, 하는 것에 따라 튀김 모양새가 달라져버리지."

어머니는 내가 손도 까딱하지 않은 버섯튀김을 가리키며 딸자랑을 했다. 휘종의 눈이 휘둥그레졌고 그는 버섯을 입 안으로 마구 던져 넣었다.

"아, 정말! 기가 막힙니다. 이걸 이금이 만들었다고요? 와…… 저는 정말 행복한 남자입니다…… 자두주 한 잔만 더 주세요. 아직 남아있죠, 어머님?"

"있고말고네."

어머니는 병에 든 자두 주를 다시 술 주전자가 넘치도록 부었다. 벌서 네 주전자째였다. 휘종은 어머니에게 잔을 내밀어 한 잔 가득 따랐다. 그리고 나에게도 한 잔 따랐고 현이와 막둥이에게도 자두주를 따라주었다. 막둥이는 입을 쩍 벌리며 좋아했다.

"모두 함께 건배를 하는 겁니다. 자, 건배!"

휘종이 잔을 들어 올리자 우리 가족은 일제히 잔을 들고 부딪쳤다. 어머니는 한 잔을 다 비웠고 현이도 한 잔을 다 비웠다. 막둥이도 한 잔을 다 비웠다. 나만 반 잔만 했다.

"이런, 알고 보니 이놈들이 모두 술꾼들일세."

어머니가 합죽하게 입을 오므리며 웃었다.

"건배한 잔은 모두 마셔야 좋다는 말이 있잖아!"

막둥이가 끼어들었다. 나는 그 애가 그렇게 씩씩하게 말하는 것을 처음 보는 듯한 기분이 들었다. 모두가 즐거워 보였지만 나는 왠지 난파선에 앉아 저녁노을을 보는 것 같았다. 아름답지만 가슴속에서 슬픔과 불안이 일렁거렸다.

"아버님도 함께 계셨더라면 좋았을 텐데요. 언제 돌아오신다고 했죠? 빨리 뵙고 싶어요. 그때는 이 술로는 안 될걸요."

휘종이 기운 넘치는 목소리로 말했다. 어머니는 깜짝 놀라며 나를 쳐다보았다. 막둥이가 걱정스러운 표정으로 나와 휘종을 바라보았다.

"우리 아버지 볼 생각은 마. 없는 사람이나 마찬가지니까. 나도 안 본 지 몇 년 되었어. 어디서 무얼 하고 있는지, 죽었는지 살았는지, 아무도 몰라."

내가 말했다. 어머니가 원망스러운 듯이 나를 쳐다보았다. 현이는 몹시 자존심 상한 표정으로 발딱 일어나더니 밖으로 나가버렸다.

"에잇, 모두들 왜 이러는 거야, 정말. 아버지가 뭔데? 이제 그만 나가자."

나는 휘종을 바라보며 짜증스럽게 말했다. 휘종이 엉거주춤 나를 따라 일어섰다. 그는 분위기를 무마하려는 듯 약간 너스레를 떨며 인사를 했다.

숨어있기 좋은 방

"아니 왜 벌써 가는 거야…… 먹을 게 아직 이렇게 많은데. 반도 안 먹었잖아…….."

어머니는 안타까운 얼굴로 휘종과 나를 올려다보았다. 나는 못 들은 척 신발을 신었다. 누군가 왈칵 부엌문을 열고 들어왔다. 화장실로 잘못 알고 들어온 옆집 술손님이었다. 남자는 당황하며 얼른 문을 닫고 나갔다. 휘종이 어리둥절하게 우리 가족을 쳐다보았고 우리는 아무 말도 하지 않았다.

7

현이는 자신의 '밀실'을 막둥이에게 물려주었고 나는 다락방을 현이에게 물려주었다. 그리고 결혼을 했다. 나는 붉은 기와가 이어진 단층집에 살게 되었다. 이 단층집의 벽은 흰 회칠이 되어있고 넓은 마당엔 잔디가 깔려있었다. 내가 처음 이 집에 들어섰을 때 마당 한쪽에 서있는 나무에서 분홍 실타래 같은 꽃들이 툭툭 떨어져 내렸다. 나는 홀린 듯이 그것을 바라보았다. 시어머니는 환하게 웃었다.

"저건 사랑나무라고 하지. 우리 결혼 10주년 때 너희 시아버님이 심은 거야. 이 집도 너희 아버님이 손수 설계해서 지으신 거야. 휘종은 태어날 때부터 쭉 이 집에서 살았어. 그리고 저 나무는 떡갈나무야. 가을이 되면 쉬지 않고 나뭇잎이 떨어져 내리지⋯⋯. 나무를 홀린 듯이 바라보다니, 넌 정원 가꾸기에 관심이 많은가 보지? 참 좋구나 얘야."

가을 내내 쉬지 않고 나뭇잎을 떨어뜨리는 떡갈나무라니, 내 입에서는 떨리는 한숨이 나왔다. 이제 나는 그 나무를 하루 종일 바라볼 수 있게 된 것이다.

시어머니는 정원을 한 바퀴 돌며 나무와 꽃들을 일일이 가리키며 이름을 말해주었다. 그때 나는 무언가 느껴지는 바가 있었다. 왜 우리 가족에겐 집도 없고, 울타리도 나무도 없는지를 알 수 있었다. 그것은 아버지가 없기 때문이었다. 아버지가 있었더라면, 빈 터를 사 집을 지을 수가 있었을 것이다. 구덩이를 파고 오동나무와 대추나무를 심을 수도 있었을 것이다. 어머니와 동생들은 그냥, 아버지가 시키는 대로 심부름만 하면 되는 것이다. 그런데 우리 아버지는 정말, 어디로 사라져버렸담.

나는 풀썩 침대 위로 엎어졌다. 침대는 아주 살짝, 소리도 없이 부드럽게 흔들렸다. 나는 나른한 미소를 지으며 다리를 쭈욱 펴고 두 팔로 침대를 껴안았다. 이곳에 엎어질 때마다, 결혼하기를 잘했다는 생각을 하지 않을 수가 없었다. 내 몸에 너무나 꼭 맞는 침대였다. 나는 게으른 공주나 된 듯 눈을 감고 침대보에 볼을 부볐다. 나는 부드러운 침대의 스프링과 쾌적한 침대보와 사랑에 빠졌다.

"양아!"

나는 호출 벨소리를 들은 직원처럼 자동적으로 벌떡 일어났다. 이것은 시어머니가 나를 부르는 소리였다. 새색시는 원래

'아기'와 같은 것인데 시어머니는 나를, '어린 양'으로 보기로 했다는 것이었다. 그래서 나는 '양'이 되어버린 것이다. 나는 후다닥 시어머니의 방으로 뛰어갔다.

"넌 아무리 봐도 진짜 새끼 양 같다. 어떨 땐 귀여운 망아지 같기도 하고 말이야. 자, 이 옷 한번 입어봐. 오늘은 나랑 가야 할 곳이 있어."

시어머니와 어머니의 차이는 이런 것이었다. 나는 공손히 그녀가 주는 옷을 입었다. 어머니가 그랬더라면, 제발 날 좀 내버려둬, 이 멍청한 옷은 또 뭐야? 하고 신경질을 내며 옷을 던져버렸을 것이다. 그리고 냉큼 다락방으로 올라가 드러누웠을 것이다.

"아, 공주처럼 예쁘구나…… 휘종이 보면 깜짝 놀라면서 좋아하겠다."

내가 옷을 입고 나자 시어머니가 말했다. 투명 유리 단추가 달린, 허리가 잘록한 연두색 투피스였다. 공주병 걸린 여자나 입을 만한 끔찍한 스타일이었다. 장롱 안에는 시어머니가 옷을 사온 그날 입어보고 한 번도 입지 않은 옷이 벌써 네 벌이나 되었다. 그녀는 내가 들고 온 옷들을 보고 혀를 찼다.

"이건 여자가 입을 옷이 아니야…… 세상에, 이 군복 같은 것을 입으려고 했어? 휘종이는 이런 스타일 옷이라면 딱 질색이야. 그 앤, 얌전하면서도 고운 그런 옷을 좋아하는데…… 넌 네 남편이 어떤 사람인지 아직 잘 모르는구나…… 이 옷 봐라.

이 레이스가 얼마나 우아하니. 한번 입어봐."

그녀는 자신이 사온 레이스가 너풀너풀 달린 원피스를 나에게 입혔다. 나는 딱 십 분만 그 옷을 입고는 당장 벗어버렸다. 그러면 시어머니는 다음 날 또 다른 옷을 사왔다. 역시 내 마음에 들지 않는 희한하게 구저분한 치마들이었다.

"이 옷은 네 마음에도 딱 들지? 요즘 애들이 좋아하는 것으로 골랐다."

그녀는 자신만만하게 말했고 늘 그렇듯이 나는 고개를 끄덕일 수밖에 없었다. 나는 굽 높은 하이힐을 신고 작은 백을 들고 시어머니를 따라나섰다. 그녀가 나를 데리고 간 곳은 방송국이었다.

"얘, 난 네가 있어서 얼마나 즐거운지 모르겠다. 난 젊은 사람하고 이야기하는 게 너무 재미있어. 우리, 격의 없이 지내자. 나를 시어머니라고 생각하지 마. 그냥 친구처럼 아무런 비밀 없이 터놓고 지내는 거야. 알았지?"

방송국에 들어서면서 그녀가 홍조 띤 얼굴로 말했다.

"네에……."

나는 웃으며 고개를 끄덕였다. 이렇게 네에 네에, 시키는 대로 따라 해야 되는 친구가 하나만 더 있다면 숨통이 터지고 말 것이다.

"아, 안녕하세요? 오랜만이네요!"

복도를 걸으며 그녀는 활기찬 목소리로 이 사람 저 사람에게 아는 척 인사를 보냈다. 그녀는 라디오 스튜디오로 들어갔다. 소파에 앉아있는 몇몇 여자들이 그녀에게 아는 체하며 자리를 내주었다. 시어머니는 그녀들에게 나를 소개해주었다. 그리고 백에서 작은 노트를 꺼내어놓고 여자들과 무슨 얘긴가를 주고받았다.

"자, 회장님. 준비되었어요? 지금, 들어가주십시오."

담당 PD로 보이는 남자가 시어머니를 돌아보며 말했다. 시어머니는 약간 긴장된 얼굴로 나를 향해 씽긋 웃었다. 그리고 스튜디오 안으로 들었다.

"만남의 기쁨, 나눔의 즐거움. 우리의 '정다운 이웃'을 만나는 시간이 되었습니다. 오늘도 '두레 여성회' 권익희 회장님이 나오셨습니다. 회장님 안녕하세요?"

남자 아나운서가 말했다.

"네에, 안녕하세요?"

시어머니가 몹시 큰 목소리로 인사를 했다.

"요즘 '두레 여성회'의 활동이 점차 커져가고 있더군요. 저번 주에는 중고품 교환 알뜰시장과 바자회를 열었더군요. 우리 방송국에서도 몇 분 가셨는데 아주 대성황이었다던데요?"

아나운서가 질문하자 시어머니는 들고 들어간 노트를 쳐다보았다.

"네에, 많은 분이 오셨어요. 하지만 두레 여성회는 밖으로 드러나는 큰일보다는 보이지 않는 작은 일, 작은 마음을 더 소중히 여기는 사람들의 모임이지요. 저번 주 알뜰시장의 이익금은 김정수 할아버님을 위해 사용되었어요. 이분의 나이는 75세인데 하반신을 움직이지 못하는 분입니다. 우리 여성회 회원 몇 분과 함께 할아버지를 찾아갔을 때 할아버지는 방 청소를 하고 계셨어요. 이분은 하반신을 움직일 수도 없는 분인데, 그래도 손님이 온다고 누운 채로 걸레질을 하고 계시더군요. 정말 마음씨가 고운 분이라는 것을 느꼈어요. 혼자 사시면서 얼마나 사람 사는 정을 그리워하셨는지 우리를 보자마자 눈물부터 흘리시더군요. 사람들과 이렇게 마주 앉아 이야기하는 것이 몇 개월 만에 처음이라고 하셨어요."

시어머니는 노트를 향해 고개를 숙인 채 약간 울먹이듯이 말했다.

"그럼 그 할아버지는 자식도 친지도 안 계시는 모양이죠?"

"네에……. 원래는 있었다고 합니다. 할아버지는 젊은 시절에, 참 많은 경험을 하신 분이었어요. 공부도 고등학교까지 하신 지식인이셨어요. 할아버지 말씀으로는, 젊은 시절에 몹쓸 짓을 너무 해서 이렇게 벌을 받는다고 하면서 후회의 눈물을 흘리시더군요. 젊은 시절엔 방황을 많이 하셨나 봐요. 결혼을 하고 아이까지 낳고, 새로운 일을 하기 위해 많은 곳을 떠도셨어요. 이 일, 저 일, 온갖 일을 다 시도하셨는데 결국 운이 없으셨는지 모두 실패를 하셨다는군요. 결국 할아버지는 사업에도 실패하시고 가족도 돌보지 않은 무능한 가장이 된 것이죠. 그래서 죄책감 때문에 집으로도 돌아갈 수가 없었다고 합니다. 그래서 닥치는 대로 일을 하면서 언젠가 사업을 일으킬 꿈을 꾸면서 생활을 했다고 하는군요. 그러다 보니 어느새 나이가 들었고 돈벌이를 할 힘마저 떨어져버린 것이죠."

"그래도 가족이 있긴 하군요. 찾을 수가 없었나요?"

"아닙니다. 우리 여성회가 그 가족을 찾긴 찾았어요. 그런데 그 가족도 김정수 할아버지 못지않게 가난하게 살고 있었어요. 김정수 할아버지의 본 부인은 오래전에 돌아가셨고 슬하에 두 딸이 있는데 아버지를 돌볼 만한 처지가 되지 않았어요. 모두들 어렵게 살고 있더군요. 그쪽도 누가 도와주지 않으면 안 될 정도였어요."

"그래도 서로 찾아보고 할 수는 있을 텐데요."

"그렇죠. 그것이 저도 제일 마음 아팠어요. 딸들을 찾아가서 아버지 얘기를 했더니, 글쎄요…… 제가 듣기에 너무 심한 말을 마구 하더군요…… 그래서 김정수 할아버지는 누구도 돌봐주지 않는 병든 몸이 된 것이죠. 사실, 누구를 도울 때는 그 사람의 현재 상태가 중요한 것이지, 네가 옛날에 나쁜 짓을 했으니 고통받는 건 당연하다, 하고 비웃는 건 정말 좋지 못하죠…… 인간이라면 누구나 잘못을 저지르기 마련이고, 그래서 참회는 더욱 값진 것이 되는 것이죠."

"생활은 어떻게 하고 계시던가요?"

"네에…… 무허가 여인숙 같은 곳이었어요. 우리 여성회 두

숨어있기 좋은 방

분이 모두 앉을 자리마저 없는 정말 좁고 초라한 방이었어요. 방이 차고 습기가 많아서 병이 더 악화된 것 같았어요. 더구나 방세가 7개월치나 밀렸더군요. 할아버지는 죄가 많아서 일찍 죽지도 않는다면서 눈물을 흘리시더군요."

시어머니는 또다시 울먹거렸다.

"정말 마음씨가 고운 분이었어요. 자식들과 부인에게 지은 죄를 사하는 기분으로 새벽마다 누구에겐가 기도를 올린다고 하셨어요. 천성적으로 신앙심이 깊은 분이었어요. 우리가 나올 때 성경책과 십자가를 드렸더니 정말 공손하게 받으셨어요. 저는 감동을 받았어요…… 우리 여성회는 먼저, 할아버지를 병원에 입원부터 시켜야겠다고 결정을 내렸어요……."

'정다운 이웃' 코너는 십오 분가량 계속되었고 스튜디오를 나오며 시어머니는 꽤 만족스러운 표정을 지었다.

"괜찮았어요?"

"오케이. 아주 좋았어요. 방송 끝나고 회의실에서 뵙겠습니다."

담당 PD가 동그라미 사인을 보냈다. 시어머니와 여자들은 회의실로 갔고 나도 그들을 따라갔다. 회의실에는 삼십 명가량의 여자들이 둥그렇게 앉아 잡담을 하고 있었다. 시어머니가 들어서자 여자들은 잠시 소란을 떨며 인사를 건네왔다.

"앤, 내 며느리예요. 우리 여성회에 가입시키려고 함께 왔어요. 나는 며느리라고 해서 집만 보라고 하고 싶지는 않아요."

시어머니가 한 여자에게 말했다.

"역시 회장님은 탁 트이셨어요. 그런데 그렇게 있으니 꼭 딸 같아요. 아니 아니, 우리 회장님이 너무 젊어서 친구 같아요, 꼭."

"아이, 과장도 심해. 하지만 기분은 좋네요."

시어머니와 여자는 까르륵거리며 웃었다.

"좋겠어요. 시어머니를 잘 만나서 이런 좋은 일까지 하게 되었잖아요."

여자가 나를 보며 말했다.

"네에……"

나는 웃으며 고개를 끄덕였다. 얌전한 옷을 입고 있으니 행동도 저절로 그렇게 되었다.

"근데 회장님, 저는 전생의 빚을 갚는다는 의미에서 이 일을 하고 있어요. 그런데 회장님은, 방송에서 꼭 우리 여성단체가 하나님의 뜻으로 봉사활동을 하는 단체인 것처럼 말씀하시는 건 좀 듣기가 거북스러웠어요. 우린, 종교를 초월해서 만난 모임이잖아요."

시어머니 맞은편에 앉은 여자가 얌전하면서도 따지는 듯한 투로 말했다. 끼리끼리 두런거리던 여자들이 일제히 그쪽을 돌아보았다.

"어머, 제가 그랬나요?"

시어머니가 짐짓 놀라는 척 어깨를 들어 올렸다.

숨어있기 좋은 방

"그래요…… 사실, 김정수 할아버지 집에서 나올 때, 그 할아버지는 성경책은 받지 않겠다고 했잖아요. 그러면서 염주만 소중하게 받으며 합장을 했어요."

또 다른 곳에서 이런 중얼거림이 터져 나왔다. 시어머니의 얼굴이 새빨개졌다.

"어머, 그랬어요? 아무래도 제가 착각을 했나 봐요……."

그녀는 얼버무리듯이 말했다. 여자들은 서로 귓속말을 주고받으며 흘끗흘끗 시어머니를 바라보았다. 그때 회의실 문이 열리면서 스튜디오에 있던 PD가 들어왔다. 그는 시어머니 옆자리에 앉아서 오늘 방송의 결과에 대해서 얘기를 했다. 그리고 다음 스케줄과 시청자들이 보내온 성금과 선물을 전달했다.

회의는 한 시간이나 진행되었고 나는 지겨워서 죽을 지경이었다. 그러나 시어머니는 회의가 끝나고도 곧장 집으로 가지 않았다. 다음 주에 방송할 주인공을 만나러 가야 한다는 것이었다. 나는 집으로 돌아가고 싶다는 말을 꺼낼 수가 없었다. 그녀는 자기가 하고 있는 그 보람된 일을 나에게 보여줄 수 있게 되었다는 기쁨에 들떠있었다.

시어머니와 또 다른 한 여자와 함께 찾아간 집은 여관인지 뭔지 알 수 없는 곳의 작은 방이었다. 얼굴이 시퍼렇게 멍들고 술이 터져있는 젊은 여자가 어린 여자애와 함께 있었다. 여자는 힐끔거리며 잠시 우리 일행을 살폈다. 그리고 머뭇머뭇 남편이 어떤 사람인지에 대해서 이야기하기 시작했다. 무조건 자

125

기를 두들겨 팬다는 것이었다. 도망을 해도 소용이 없다고 했다. 어떻게 알았는지 귀신같이 찾아와서 때리고 못살게 군다는 것이었다. 한 번 때렸다 하면 기절할 때까지 멈추지 않아 죽을 고비를 몇 번이나 넘겼다고 했다. 이혼도 해주지 않고, 돈도 벌어다 주지 않으니, 죽고 싶은 생각뿐이라며 여자는 눈물을 흘렸다. 방세가 다섯 달 밀려있고 아이와 함께 벌써 이틀째 굶고 있다며 동정을 구하듯이 길고 긴 신세타령을 했다. 자기가 돈을 벌고 싶어도 남편이 한 발짝도 문밖으로 나가지 못하게 한다는 것이었다.

"남편을 원망하지 마세요. 원수의 방해로 이런 고통이 있는 거예요. 당신 남편도 원래를 착한 사람일 거예요."

시어머니가 여자의 손을 잡고 부드러운 목소리로 말했다. 여자는 눈물을 닦으며 흘낏 시어머니를 쏘아보며 못마땅한 듯이 입속말을 중얼거렸다.

"그래요. 그래서 저도 교회에 나가기도 했어요…… 하지만 하나님도 그 남자의 버릇을 고쳐주지는 못했어요. 목사님은 늘 이해하고 참으라고 하셨어요. 그렇게 하려고 노력했어요. 하지만 좋아지지가 않았어요. 참으니까…… 그는 더욱 세게 때리더군요……."

여자는 비웃듯이 입술 끝을 비틀었다.

"성급하게 생각하니까 그렇죠. 오래 참고 기다려야죠…… 예수님도 아무 죄 없이 십자가에 못 박히셨어요. 하지만 그분

　　　　　　　　　　숨어있기 좋은 방

은 누구도 미워하지 않았죠…… 정말 거룩하신 분이죠…… 그 분을 따르면 마음의 평화를 얻을 수 있어요…….”

시어머니가 황홀한 눈으로 허공을 바라보았다. 여자가 시어머니 손에서 갑자기 손을 획 뽑아냈다.

“아이, 그만 좀 하세요. 마음의 평화만 있으면 뭐 해요. 언제 죽을지 모르는데!”

여자는 더 이상 참지 못하겠다는 듯이 신경질을 부렸다.

“봐요…… 꼭 그런 것만은 아닐지 몰라요. 왜 남편이 날 때리는지를 생각해봐야 해요. 혹시 알아요? 이 모든 것이 전생에 당신이 진 빚인지도 모르잖아요. 당신 남편은 한 마리 말이었고 당신은 그 말을 부리는 마부였을지도 모르잖아요. 그러니 전생에 당신이 얼마나 당신 남편을 때렸겠어요?”

묵묵히 한쪽에 앉아있던 ‘두레 여성회’ 여자가 느릿느릿 입을 뗐다.

“차라리 내가 말로 태어날 걸 그랬어요! 아이, 정말 미치겠네! 도대체 이 여자들 뭐야! 뭐, 도와준다길래 오랬더니, 무슨 개 같은 설교를 하고 앉았어! 도대체 얼마나 던져주고 갈 거예요? 얼마나 더 구질구질한 설교를 들어야 해요? 줄 거 있으면 빨리 던져두고 꺼져버려요, 에잇!”

여자는 갑자기 눈을 희번덕이며 히스테리를 부렸다. 자신의 가슴을 움켜쥐더니 앞 단추를 확 뜯어버렸다. 시어머니와 여자는 겁에 질려 번쩍 엉덩이를 들어 올렸다.

"아, 아니에요…… 우리는 단지…… 미안해요……."

시어머니가 더듬거리며 일어섰다. 여자는 입을 앙다물고 우리를 쏘아보았다.

"재수 없어! 빨리 꺼져버려! 아이, 씨팔!"

여자는 멍하니 앉아있는 자기 딸의 뺨을 철썩 갈겼다. 아이는 왕, 울음을 터뜨렸다. 우리는 정신 나간 사람처럼 허겁지겁 방을 나왔다.

"가난하면 마음이라도 맑아야 할 텐데…… 이상하게도 가난한 사람들은 모두 사악하기 짝이 없어. 이기적이고 자기 자신밖에 몰라. 이 일도 그래. 우리가 힘들여서 도와줘도 고맙다는 말조차 하지 않는 사람이 태반이야. 모두들, 어서 빨리 돈이나 던져주고 갔으면, 하는 눈치지. 하나님 뜻으로 이 일을 하지만 난 정말 가난한 사람들이 싫어. 너무 사악해…… 하지만 어떨 땐 보람을 느끼기도 해. 봐, 이렇게 잊지 않고 선물을 보내는 사람이 있잖아."

시어머니는 방송국에서 받은 선물 꾸러미를 흔들어 보이며 말했다. 나는 아무 대꾸도 하지 않았다. 어서 빨리, 푹신한 나의 침대에 머리를 눕히고 싶은 생각뿐이었다. 그러나 며느리 뜻대로 할 수 없는 것이 결혼이라는 생활이었다.

현관문을 열고 들어서기 바쁘게 시어머니는 부엌으로 직행했다. 나는 길고 긴 한숨을 내뱉으며 옷을 갈아입고 부엌으로 갔다. 하루 종일 뾰족구두 속에 갇혀있었던 발이 퉁퉁 부었고

　　　　　　　　　　　　　숨어있기 좋은 방

뒤꿈치엔 물집까지 생겨있었다.

"자, 이것 봐라. 쌀을 씻을 땐 너무 깨끗이 씻어도 안 돼. 수
용성 비타민이 다 녹아버리거든. 세 번 정도면 적당하지. 그리
고 휘종인 진밥이라면 질색이란다. 네 시아버지도 그렇지만.
그리고 쌀의 10퍼센트 정도는 잡곡을 섞는데, 쪼갠 보리쌀, 검
은콩, 휘종인 또 콩이라면 사족을 못 쓸 정도로 좋아하지. 자,
물은 이렇게 좀 적다 싶을 정도로만. 알았지?"

그녀는 노래를 흥얼거리며 압력밥솥을 가스레인지 위에 얹
었다.

"아이고, 얘! 밀가루에 그렇게 물을 많이 부으면 어떡해! 같
은 재료라도 튀김옷에 따라 맛과 모양이 달라지는 걸 모르니?
너무하구나. 이건 기초적인 건데…… 자, 다시 해봐. 반 컵 정
도 붓고…… 거기에 카레가루를 조금 뿌려봐. 훨씬 빛깔이 좋
아질 거야. 냉장고 문 열어봐. 통깨하고 파슬리 가루 있으니
까, 그것도 넣어…… 휘종이는 튀김이라면 껌뻑 죽는단다. 감
자튀김, 고구마튀김, 새우튀김, 오징어튀김, 쑥갓튀김, 우엉튀
김…… 튀김은 종류도 많지? 간식 뭐 드릴까요, 하고 물으면 너
희 시아버지하고 휘종이는 튀김! 하고 소리치지. 얼마나 좋아
하는지 몰라. 오늘은 쑥갓하고 새우튀김만 하자. 그리고 두부
완자튀김 하고…… 두 사람은 또 두부를 너무너무 좋아한단다.
어떨 땐 밥도 안 먹고 두부로 배를 채울 정도지. 두부는 단백질
이 많아서 아무리 많이 먹어도 나쁘지 않으니까 자주 하지. 자

자, 그건 그만 만지고 두부를 좀 으깨어라…… 휘종인 또 두부
으깬 걸로 볶음밥을 해주면 좋아해. 꼭 어린애 같다니까…….”

시어머니는 새우를 다듬으면서 휘종과 그의 아버지가 좋아
하는 음식을 끝도 없이 늘어놓았다. 빈말로라도 “넌 어떤 음식
을 좋아하니?” 하고 묻지 않는 게 이상할 정도였다. 며느리는
아예 음식 같은 건 먹지도 않고 사는 사람으로 생각되는 모양이
었다.

“어머님은 어떤 걸 좋아하세요? 내일 아침은 어머님이 좋아
하시는 걸로 해보고 싶어요.”

내가 지친 목소리로 말했다. 시어머니가 눈을 둥그렇게 뜨
고 나를 쳐다보았다.

“내가 좋아하는 거? 어머, 얘! 난 그걸 까맣게 잊고 살았
네…….”

시어머니는 재미있는 유머를 들은 듯 새우를 든 채 까르르
웃음을 터뜨렸다.

“하지만 양아, 나는 그 두 사람이 내가 만든 음식을 맛있게
먹을 때가 제일 기뻐. 그러다 보니 내 식성도 두 사람하고 비슷
해져 버렸어. 두 사람이 싫어하는 건 나도 싫고 그래. 자, 기름
솥에 기름 붓고 해라.”

나는 기름 솥에 기름을 붓고 가스레인지에 올렸다. 시어머
니는 쑥갓을 다듬고 믹서기에 연근을 갈아 으깬 두부와 섞었
다. 시어머니는 생각에 잠긴 듯, 한동안 묵묵히 두부 완자를 빚

숨어있기 좋은 방

었다.

"아이고, 서둘러라. 너희 시아버님하고 휘종이 돌아올 시간 다 됐네. 두 사람은 절대로 밖에서 밥 먹는 일이 없단다. 사실, 남자에게 바깥 밥을 먹이는 건 여자의 자존심 문제지. 남자를 가정적인 사람으로 만드는 건 전적으로 여자 손에 달렸어. 특히 음식 만드는 솜씨가 그렇지. 내가 제일 싫어하는 여자가 어떤 건지 아니? 바깥일 한답시고 집안일 나 몰라라 하는 여자야…… 완벽한 여자가 되는 건 쉬운 일이 아니지…… 그렇지 않니?"

나는 아무 말도 하지 않았다. 말할 힘도 없었지만 완벽한 여자가 되고 싶은 마음은 눈곱만큼도 없었다. 하루 종일 이웃을 위해 '봉사활동'을 하고 온 두 여자를 위한다면 오늘쯤엔 두 남자가 '바깥 밥'을 먹고 왔으면 제발 좋으련만.

시어머니는 튀김옷 입힌 새우와 쑥갓을 기름에 튀겨냈다. 나는 접시에 그것들을 담아 식탁에 차렸다. 그리고 포기김치를 썰고 물김치를 떠냈다. 국 냄비에 부글부글 김이 오르고 압력솥 밥이 뜸들 때쯤 시아버지가 돌아왔다. 그리고 비슷한 간격으로 휘종이 돌아왔다. 식탁이 완전히 차려지고 네 사람이 둥그렇게 둘러앉자 시어머니가 고개를 숙이고 기도를 시작했다. '어서 빨리 침대에 뻗을 수 있기를…… 아멘.' 내 마음속 기도는 이렇게 짧았지만 시어머니의 기도는 한없이 느리고 길었다.

"……모든 이의 아버지이신 거룩하신 하나님 아버지, 오늘도 변함없이 평화로운 시간을 주셔서 감사합니다. 우리 가족 모두 많은 어려움 가운데서도 하나님의 거룩한 뜻을 받들고 확신에 찬 신앙생활을 할 수 있도록 도와주시옵소서…… 하나님 뜻으로 이제 새로운 식구를 맞이한 지도 보름이 지났습니다. 우리의 새 아기는 아직 주님의 식구가 되지는 못했습니다만 주님을 맞이할 고운 심성을 모두 갖춘 양입니다. 우리가 주님 안에서 평화와 안식을 찾듯이 우리 새 아기도 하나님 아버지를 영접할 날이 하루 빨리 앞당겨지는 축복을 베풀어주시옵소서……."

시어머니의 기도는 하늘에 계시는 하나님을 향해서가 아니라 내가 들으란 소리처럼 들렸다. 나는 주님의 착한 양이 되지 못한 죄책감에 몸을 움츠리며 시어머니의 달싹거리는 입술을 바라보았다. 국그릇의 김이 그녀의 입술과 코를 스쳐 이마 위로 날아올랐고, 기도는 끝날 듯하다가 다시 이어지고 끝날 듯하다가 또다시 시작되었다. 그리고 내가 완전히 포기했을 때쯤 끝이 났다.

"튀김이 눅눅하지 않나 몰라……."

시어머니가 겸손을 떨 듯이 말했다. 휘종이 얼른 쑥갓 튀김 하나를 집어 먹었다.

"음, 역시…… 우리 어머니 튀김 솜씨가 최고야!"

휘종이 엄지손가락을 치켜세우자 시어머니의 얼굴이 환해졌다. 식구들은 조용조용 숟가락질을 하며 이야기하기 시작했다. 시어머니는 오늘 만난 사람들과 받은 선물에 대해서, 고등학교 윤리 선생님인 시아버지는 말썽꾸러기 학생에 대해서, 휘종은 회사 간부 사원에 대해서, 그들은 아주 천천히 밥을 씹고 튀김을 집어 먹으며 대화를 했다. 언제나 저녁 식사 시간은 한 시간이었고 설거지를 마치고 방으로 들어갔을 땐 저녁 여덟 시를 가리키고 있었다. 휘종이 내 안락한 침대에 누워있었다. 나는 갑자기 그가 밉살스러워졌다. 두 팔과 두 다리를 완전히 뻗으려면 나 혼자 누워야 꼭 알맞은 침댄데.

"빨리…… 이리 와 누워봐."

그가 이불 속에서 손을 꺼내 흔들었다. 나는 침대 위에 주저앉았다. 그는 벌거벗고 누워있었다.

"있잖아…… 내일부터 치마만 입었으면 좋겠어."

그가 나의 허벅지에 코를 박고 킁킁거리며 말했다.

"쳇…… 저리 좀 비켜. 대학원 공부는 안 해?"

나는 그의 머리통을 밀어냈다. 침대만 두고 이 집 식구 모두 사라져버렸으면 좋겠다는 생각이 들었다. 그는 다시 달려들었다.

"난…… 치마 밑으로 손을 넣어보고 싶거든…… 진짜로……."

그는 거친 숨소리를 내며 나의 바지를 벗기려 들었다.

"아이, 싫어!"

나는 두 발을 마구 찼다. 휘종이 코를 싸쥐고 허리를 구부렸다. 그는 몹시 화난 표정으로 나를 쏘아보았다.

"미안해…… 하지만 너무 피곤해……."

나는 동정심을 사려는 듯 우울하게 웅얼거렸다. 그러나 휘종은 다시 달려들어 내 가슴속으로 손을 집어넣었다. 그는 금세 헐떡거리는 소리를 내며 내 가슴에 입술을 비벼댔다.

"개새끼, 정말 싫다니까!"

나는 두 팔과 두 다리로 그를 털어냈다. 그는 씨근덕거리며 멍하니 나를 바라보았다.

"넌 정말 섹스에 미친 남자 같구나. 도대체 옛날엔 어떻게 참았니? 저녁 먹고 매일 이 짓 하려고 결혼했어? 아이, 정말 지겨워!"

나는 머리카락을 마구 쥐어뜯었다. 그는 하루에 네 번씩 나를 괴롭혀댔다. 저녁 먹기 바쁘게 한 번, 잠자기 전에 한 번, 잠자는 중에 한 번, 아침에 깨어나서 한 번. 내 기분 같은 건 아랑곳하지 않았다. 나는 그의 키스의 방법이 싫어서 견딜 수가 없었다. 그에게 키스란 그저 할 수 없이 거쳐야 하는 귀찮은 절차에 불과한 것이었다. 쪽, 하고 가볍게 입을 맞추고 불쑥 혓바닥을 내 입 속으로 집어넣었다. 그러고는 단번에 씨근덕거리며 팬티를 벗겨 내렸다. 그의 물렁물렁한 입술을 겨우 밀어냈구나 생각하는 사이에 어느새 그는 내 몸속에 들어와 있었다.

"괜찮아? 아파?"

그가 내 속에 있다는 것을 제대로 느껴보기도 전에 그는 얼굴이 시뻘개져서는 이렇게 말하며 엉덩이와 허리를 요란하게

숨어있기 좋은 방

흔들어댔다. 그러고는 "윽!" 하고 당장에 내 가슴 위에 머리를 털썩 떨구었다. 거짓 신음소리조차 내어볼 수 없는 순간이었다. 내가 멍하니 천장을 바라보고 있으면 그는 "괜찮았어? 좋았어?" 하고 물어왔다. 나는 터져 나오는 웃음을 감추기 위해 고개를 끄덕이며 그의 품속으로 파고들 수밖에 없었다.

"이놈의 집에서는 왜 이렇게, 모조리 내가 싫어하는 것들만 시키려 드는지 몰라. 정말 죽겠어⋯⋯ 무슨 놈의 영화관이 이래⋯⋯ 내게 재미있는 건 하나도 없어!"

나는 한숨을 쉬며 침대에서 일어났다. 순간, 휘종이 내 팔을 확 잡아당기며 나를 침대 위에 팽개쳤다. 어쩔 수 없는 일이었다. 나는 멍하니 다리를 벌렸고 그는 씨근덕거리며 일 분 만에 일을 끝냈다.

8

매일매일은 아무 일도 일어나지 않은 채 오고 갔다. 오늘 아침 눈을 뜨자 휘종은 나에게 행복하냐고, 행복한 얼굴로 물었다. 나는 고개를 끄덕였다. 불행하지는 않았으니까. 나는 혼자였고 가을 햇살이 창으로 환하게 쏟아져 들어왔다. 나는 내가 가장 좋아하는 포즈, 팔다리를 뻗고 큰대자로 침대에 엎드렸다. 그러나 아까부터 뭔가 심드렁한 이 기분은 사라지지 않았다. 나는 엉덩이를 들썩이며 침대를 흔들어보았다. 침대는 부드럽게 내 몸을 출렁거리게 했다. 그러나 역시 이 심드렁한 기분은 사라지지 않았다. 나는 천천히 일어나 창문을 활짝 열었다.

일요일이었고 세 사람은 은총을 받기 위해 교회로 갔다. 시어머니는 일요일 아침마다 이 어린 '양'을 끌고 가려고 했지만 나는 그것만은 완강히 거부했다. 혼자 있을 수 있는 이 유일한

숨어있기 좋은 방

때를 놓치라니, 말도 안 되는 소리였다. 일요일에 내게 필요한 것은 기도가 아니었다. 차라리 하나님도 경악할 몹쓸 짓을 저질러보는 것이 다음 주를 위해서 훨씬 나을지도 모를 일이었다. 그러면 어쩔 수 없이, 그 죄책감으로 다시 시작되는 일주일 전부를 진짜 착하게 보낼 수밖에 없을 것이다. 일주일 내내 살금살금 마음속의 죄를 쌓은 뒤, 일요일 하루, 용서의 기도를 하는 것보다 훨씬 효과적이다.

나는 다시 침대 위에 엎드렸다. 기분이 왜 이렇담. 나는 베개로 머리를 뒤집어썼다. 어떻게든 집을 떠나고 싶었고, 소원대로 가족들로부터 완전히 자유로워졌다. 그리고 꽤 근사한 나의 집을 가졌다. 손가락 하나 까딱하지 않고 그저 한 남자를 따라오는 것으로 이 멋진 집을 내 집으로 가지게 되었다. 그러면 됐지. 더구나 일주일에 한 번씩 가난하고 불쌍한 사람을 돕는 아주 착한 일까지 하고 있다. 그러면 됐지. 매일, 게으른 공주처럼 침대에 드러누워 천장을 바라볼 수도 있다. 새벽같이 머리 감고 돈 벌러 달려가지 않아도 되었다. 그러면 됐지. 장롱 속에는 새 옷들이 주렁주렁 걸려있다. 그러면 됐지. 그 이상 뭘 바라? 그런데 이건 뭐지? 왜 이렇게 우울하담. 이 개 같은 기분에서 좀 벗어날 수는 없을까.

나는 침대에 드러누운 채 봉희에게로 전화를 했다. 그녀는 울적한 목소리로 전화를 받았다.

"난 요즘 외출할 수 없어."

그녀는 의미심장한 목소리로 말했다.

"누가 널 만나자고 했니?"

나는 픽하니 웃었다. 그녀는 또다시 새로운 다이어트에 돌입했음이 분명했다.

"내 목표는 24인치야. 결단코!"

"너무하구나. 어째 넌 내 결혼생활이 궁금하지도 않니?"

내 말은 반쯤은 진심이었다.

"너무한 건 바로 너야! 절대 결혼 안 할 것 같더니 정말 깜찍하기도 하지! 그런데 난 뭐야. 아직 난 데이트 신청 한 번 받아본 적이 없어. 외모로 봤을 때 내가 너한테 밀리는 것도 아닌데! 네 결혼식 날 내가 무슨 옷 입었는지 기억하니? 볼륨도 없는 모직 투피스였어. 다른 애들은 어땠니. 모두들 미니스커트더라! 그때 내 기분이 어땠는지 넌 생각해봤어? 난 그날 당장에 붉은색 미니 원피스를 하나 사버렸어. 지금 바로 내 눈앞에 그게 걸려있어. 내 목표는 저 원피스를 입는 거야. 알겠어? 두고 봐."

그녀는 나를 비난하는 듯한 투로 빠르게 쏘아 붙였다.

"그래. 넌 분명 날씬해질 수 있을 거야. 이번엔 어떤 거야?"

나는 맥 빠진 소리로 말했다.

"덴마크 국립병원의 다이어트야. 옛날에 유행했던 거라는데 요즘에도 효과가 좋대. 이 주일 동안 덴마크 국립병원 식단대로 먹으면 10킬로그램은 분명히 빠진댔어. 내 목표는 20킬로

그램이지만 말이야. 삶은 달걀을 하루에 아홉 개씩 먹는 일이야. 오늘 일주일짼데…… 정말 역겨워. 달걀말이야…… 커피는 마셔도 돼. 물론 블랙커피야. 블랙커피…… 아아, 뭔가 먹고 싶어 죽겠어. 달콤한 것들 말이야. 크림빵, 밀크셰이크, 오징어, 땅콩, 비스킷, 피자, 초콜릿…….”

그녀는 한숨을 푹 쉬었다.

“그러지 말고, 우리 만날까? 잠시라도 다이어트고 뭐고 다 잊어버리고 실컷 먹어버리는 거야. 그리고 새 마음으로 다시 시작하면 되잖아.”

나는 수화기를 든 채 침대에서 벌떡 일어났다. 잠깐이라도 봉희를 만나 수다를 떨면 기분이 좋아질 것도 같았다. 식탁 위에 뭔가를 가득 시켜놓고 배가 터지도록 먹어보는 것이다.

“정말……? 아, 안 돼! 날 유혹하지 마……. 오늘이 일주일 짼데 끄떡도 없어. 내 몸은 아무래도 특이체질인가 봐.”

나는 갑자기 짜증이 나려고 했다.

“얘, 너 혹시 다이어트 한다고 하면서 냉장고 속에는 초콜릿이랑 아이스크림을 잔뜩 넣어두고 있는 거 아니야?”

봉희는 급소를 찔린 것처럼 윽, 비명을 터뜨렸다. 그리고 한동안 아무 말도 하지 않았다.

“……그래. 네 말이 맞아. 넌 알잖니…… 내가 얼마나 아이스크림과 초콜릿을 좋아하는지…… 얼마나 맛있는데! ……하지만 오늘 아침엔 하나밖에 먹지 않았어. 정말이야, 딱 하나였어. 그것도 반만 먹었어…… 너, 혹시 들어보지 못했니? 고통 스럽지 않게 살 빼는 방법 말이야…….”

이쯤이면 나는 봉희에게 전화를 건 나 자신을 탓하지 않을 수 없었다. 여전히 그녀는 다이어트 외에는 아무것도 관심이 없었다.

“잘해봐. 꼭 성공해!”

나는 냉담하게 그녀의 말을 자르며 전화를 끊어버렸다. 전화를 걸기 전보다 기분은 더 엉망이 되어버린 것 같았다. 뭐든지 하소연할 친구 하나 못 만들어 두었다니, 한심스러운 일이었다.

나는 베개를 방바닥으로 집어던졌다. 그리고 침대에서 일어나 주방으로 갔다. 찬장 앞에서 약간 망설이며 안에 진열된 술 한 병을 천천히 꺼냈다. 딱 한 모금만 마실 생각이었다. 한 잔 따르고, 술이 내려간 양을 확인한 뒤 조심스레 찬장 속에 술병을 넣었다. 나는 선 채로 술을 마셨다. 잔은 금세 비워졌고 뭔가 모자란 기분이 들었다. 찬장 문을 열고 다시 술병을 꺼내 한 잔을 따라 마셨다. 선 채로 홀짝이며 마셨고 기분이 조금 나아지는 것 같기도 했다. 나는 망설임 없이 세 번째 잔을 따랐고 어느새 딱 한 잔만 마시겠다는 생각 같은 건 까맣게 잊어버렸다. 이제 나는 좀 느긋한 기분으로 식탁에 앉아 인생이란! 결혼이란! 가족이란! 한마디씩 중얼거릴 때마다 조금씩을 홀짝였다. 구슬픈 느낌은 술을 마시기 좋은 핑계가 되어주었다. 슬퍼서

숨어있기 좋은 방

마시는지, 마시고 싶어서 슬픈 건지 알 수 없어졌다.

사실 기분이 이래야 할 아무런 이유가 없었다. 이 모든 것, 새하얀 식탁보가 덮인 식탁, 통닭 요리도 되는 이탈리아산 오븐, 찬장 속의 반짝이는 유리그릇들, 이 모든 것의 주인이 바로 나다. 처음 이 집에 왔을 때 반짝거리는 모든 것에서 느꼈던 놀라움과 신비로움을 다시 느껴보려고 애써본다. 하지만 웬일인지 처음의 그 기분이 전혀 되살아나지가 않았다. 이렇게 생긴 곳은 소위 '가정'이란 곳이었다. 이곳에서 여자는 튀김가루를 반죽하고 그릇을 닦으며 남자를 기다린다. 남자는 함박웃음을 지으며 밥을 먹고 침대에서 새색시와 나눌 섹스의 시간을 기다린다. 콩콩콩, 침대 스프링 소리를 들으며 나는 이 집의 새 안주인 역에 완전히 질려버렸다.

나는 잔 가득히 술을 따라 방으로 들어갔다. 술잔을 침대 머리맡에 놓고 휘종의 양복 슈트에서 담배를 꺼냈다. 불을 붙여 길게 한 모금 연기를 빨아 당겼다. 머리가 핑 돌았고 온몸에 힘이 빠져나갔다. 나는 벌렁 침대 위로 드러누웠다 다시 일어났다. 갑자기 취하는 기분이 들었고 라디오를 켰다. 나는 담배를 문 채 바닥에 서서 까딱까딱 고개를 흔들며 춤을 추었다. 느리지도 빠르지도 않은 지겨운 템포의 음악은 오랫동안 계속되었고 나는 꼼짝도 않고 그 자리에 서서 고개를 까딱거렸다. 두 대의 담배를 피우자 다른 음악이 시작되었는데 꽤 신나는 왈츠곡이었다. 나는 방바닥을 쾅쾅 구르며 미친 듯이 팔다리를 흔들어댔다. 다시 느린 곡이 시작되었고 나는 숨을 몰아쉬며 까딱까딱 고개를 흔들었다. 침대로 팔을 뻗어 술을 한 모금 마시고 새로운 담배를 피워 물었다. 방 안은 연기로 자욱해져 천장이 천막처럼 펄럭거렸다. 취하는 느낌이었지만 기분은 여전히 별로였다.

이제 라디오에서는 아주 애조 띤 바이올린 곡이 시작되었다. 나는 완전히 맥이 빠져서 털썩 침대에 주저앉았다. 갑자기 어머니 얼굴이 떠올랐고 동시에 눈물이 쏟아졌다. 집과 가족들을 떠나기만 하면 완전히 홀가분해지리라 생각했는데, 그러나 이건 훨씬 더 무겁다. 진짜 나의 식구들은 아직도 '화장실 아님'의 문 안에 있을 것이고 어머니는 아침부터 밤까지 길바닥에 앉아 무언가를 팔고 있을 것이다. 현이는 또, 막둥이는 또. 아아, 모든 것이 너무 무겁다. 나는 그냥 내 몸만 빠져나왔고 아무것도 달라지지 않았다. 도대체 내가 왜 여기에, 이렇게 낯선 집에, 남의 집에 와있는지 모르겠다. 마음대로 쓸 수 있는 돈도 없고, 더구나 내 몸조차 마음대로 할 수 없는 이곳에.

나는 다시 부엌으로 가 술을 한 잔 따랐다. 그들이 돌아오지 않았으면 좋겠다는 생각과 그들이 돌아오기 전에 여기서 나가 버려야겠다는 생각이 동시에 일어났다. 어쨌거나 그들을 보고 싶지가 않았다. 어두워지기 전에 그들은 돌아올 것이고, 잡곡밥을 앞에 놓고 나를 '양'으로 만들기 위한 길고 긴 기도를 하고 밥을 먹을 것이다. 그러고 나면 휘종이 싱겁기 짝이 없는 섹스를 하려 들거나, 휘종의 어머니가 나를 불러 성경책을 펴놓고 "낭랑한 그 목소리로 한 번 읽어 보렴" 하고 말할 것이다. 이 지겹기 한정 없는 생활을 앞으로 적어도 오십 년은 더 해야 될지도 모를 일이었다.

잘못 걸려들었다는 생각 외에는 아무것도 들지 않았다. 이토록 빨리 싫증이 나버린 이 일을 어떻게 되돌려야 할지 알 수 없었다. 그냥 잠시, 집을 나왔더라면 어머니의 잔소리를 각오하고 어슬렁거리며 집으로 돌아가면 되었을 것을. 나는 머리카락을 마구 헝클어뜨리며 마루로 나왔다. 차라리 군대를 가버리는 것이 더 나을 걸 그랬다. 그랬더라면 벌써 몇 번의 월급을 탔을 것이고, 지금쯤 휴가를 나와 신나게 돈을 쓰며 놀고 있을지도 모를 일이지 않는가.

나는 현관문을 열었고 긴 한숨을 터뜨렸다. 너무 환한 날이었다. 하늘은 저 먼 곳에서 새파랗게 빛났고 옅은 바람이 불어왔다. 그때마다 떡갈나무의 작은 잎들이 후루루 떨어져 내렸다. 나는 멍하니 흩날리는 나뭇잎들을 바라보았다. 너무 가벼운 것들. 아무런 어려움이 없었다. 그저, 바람이 불 때마다 핑글 가볍게 날았다 바닥으로 내려앉을 뿐이었다.

"난 어쩌면 좋아, 내 몸은 너무 무거워."

나무를 향해 내가 중얼거렸다. 커다란 나무는 비눗방울을 날리듯 나뭇잎들을 날려 보냈다. 그렇게 심각할 필요는 없어. 후후후. 나뭇잎들이 와르르 떨어지며 웃는 소리를 냈다.

9

나는 2층 베란다에 서있고 툭, 툭, 우주가 떨어지는 것처럼 무겁게 내려앉는 오동나무 잎을 바라보고 있다. 술이 완전히 깰 것만 같고 제정신으로 돌아오기가 싫다. 어떻게 해서 내가 이곳에 있는지 알 수 없다. 처음부터 이곳에 올 생각은 아니었다. 처음엔 그냥, 대문 밖에 천지로 휘날리는 가을 나뭇잎을 바라보며 걸을 생각이었다. 그때까지만 해도 아무 일 없었고 그냥, 나는 걸어가고 있었다.

그러나 대문에서 오십 발자국도 걷지 않아 누군가를 만나고 싶다는 생각을 참을 수가 없었다. 나뭇잎 따위는 그저 밖으로 나오기 위한 구실에 불과했는지도 모른다. 누구든지, 나를 애인으로 생각해줄 그런 남자를 만나고 싶었다. 나는 마주 걸어오는 모든 남자들과 눈을 맞추었다. 혹시, 단 몇 초라도 자기를

숨어있기 좋은 방

애인으로 생각해줄 여자를 찾는 남자가 있지는 않을까 하고. 그러나 내 눈에 보이는 남자들은 모두 목을 움츠리고 있었고, 어깨 위에 내려앉은 낙엽이 지겨워 죽겠다는 표정으로 걸어가고 있을 뿐이었다. 나는 오랫동안 혼자인 채로 걸었고 결국 이곳으로 와버린 것이다.

아니…… 거짓말이다. 나는 대문을 나설 때부터, 아니 솔직히 말해서 찬장 속의 술을 한 모금 딱, 마셨던 바로 그 순간 내 머릿속에서 불쑥 그 남자가 떠올랐다. 그와 동시에 내 입에서는 달큼한 술 냄새를 풍기는 열띤 그의 입 냄새가 느껴졌다. 나는 당장에 그의 방이 그리워서 견딜 수가 없었다.

소라 속처럼 둥글고 은밀해서 숨어들기에 꼭 좋았던 방. 높다란 침대와 언제나 그 밑에 엎드려 할딱거리며 잠들어있는 남자, 나는 살짝 방문을 열고 들어가 그의 볼에 입을 맞추며 그를 껴안아 줄 것이다. 그러면 그는 잠자는 숲속의 공주처럼 눈을 뜨면서 내 목에 매달려 일어날 것이다.

나는 약간 설레는 기분으로 손잡이를 돌렸다. 당연히 침대 밑에 엎드려 잠들어있을 그를 생각하면서. 그러나 문은 잠겨있었다. 낭패감이 들었고 맥이 빠졌다. 그리고 부끄러웠다. 나는 씁쓸한 미소를 지으며 돌아섰다. 그때 요란한 소리가 들렸고 기차가 나타났다. 그 시끄러운 소리는 멍청한 내 정신을 확 돌아오게 했다. 모든 문제는 항상, 한 번씩 치솟는 이 궤도 이탈의 충동을 자제하지 못하는 데서 시작된다. 가만히만 있으면 아무 일도 일어나지 않을 텐데 이게 뭐람. 난 정말 미친년이야.
나는 혀를 차면서 계단을 내려서다 멈칫 발을 멈추었다.

　그 남자, 태정이 계단을 올라오고 있었다. 그는 검은색 셔츠
에 커다란 주머니가 달린 검은색 군복 바지를 입고 있었다. 바
지 뒷주머니에는 얇은 잡지와 술병이 꽂혀있었고 그는 고개를
숙이고 계단을 올라오고 있었다. 태정은 계단 끝쯤에 이르러서
야 나를 발견하고 약간 놀라는 표정을 지었다. 그사이 그는 키
가 좀 더 자란 듯했고 검게 그을린 얼굴을 하고 있었다. 어디 가
서 막노동이라도 한 것일까? 나는 살며시 미소 지었다. 그는 살
짝 코웃음을 치면서 모르는 척 눈을 내리깔고 방문 쪽으로 걸어
가버렸다. 그는 허리를 구부려 방문 앞에 놓은 운동화 속에서
열쇠를 꺼냈다. 그리고 문을 열고 방으로 들어갔다. 나를 베란
다에 그냥 남겨둔 채로.

　나는 한동안 그대로 서있었고 결국 천천히 걸음을 옮겨 그의
방으로 들어갔다. 그는 침대 위에 엎드려 잡지를 들여다보며
낱말 맞추기 퍼즐을 풀고 있었다. 나는 침대에 엉덩이를 걸치
고 앉아 그를 쳐다보았다. 그는 입을 꼭 다물고 퍼즐에만 열중
했다. 설마 나를 끝까지 모른 체하지는 않겠지.

　"잘 지냈니?"

　나는 좀 천연덕스럽게 입을 뗐다. 그는 아무 말도 하지 않았다.

　"왜, 골났어?"

　나는 손을 뻗어 바느질 선이 터져 어깨의 맨살이 드러난 그

의 셔츠 속으로 손가락을 찔러 넣었다. 그는 잠깐 얼굴을 찌푸렸을 뿐 아무런 반응도 보이지 않았다. 나는 손가락을 빙글빙글 돌리고 쿡쿡 찔렀다.

"좋아. 끝까지 날 모른 체하겠다면…… 가겠어."

나는 일어서 문 쪽으로 걸어갔다. 그는 후다닥 일어나더니 내 한쪽 손을 잡아당겼다.

"흥."

나는 살짝 코웃음 치며 침대 위에 주저앉았다. 그는 원망스러운 듯이 나를 쏘아보았다. 나는 바짝 그의 입술 끝에 내 입술을 들이밀었다. 그의 입은 반쯤 벌어져 있었고 나는 달착지근한 그의 입 냄새를 다시 느낄 수 있었다.

"키스해…… 줄게……."

나는 반쯤 벌어진 그의 입 속으로 혓바닥을 밀어 넣었다. 그는 어깨를 움찔거리며 약간 물러나더니 나의 두 손을 깍지 끼고 천천히 죄기 시작했다. 손가락이 얼얼하게 아파왔고 그는 갑자기 거친 숨소리를 내면서 나의 혓바닥을 콱 깨물었다.

"아, 아파!"

나는 고개를 돌리며 그의 가슴을 밀어냈다. 그는 깍지 낀 내 손목을 비틀었다. 나는 약한 비명을 터뜨렸다. 그는 아랑곳하지 않고 더욱 세게 비틀었다.

"널 물어뜯고 싶어……."

그는 내 턱 끝에 이빨을 들이밀며 중얼거렸다. 나는 턱을 치

147

커들고 짧은 웃음보를 터뜨렸다. 그는 나의 턱 끝을 꽉 깨물며 침대 위로 나를 쓰러뜨렸다. 나는 짧은 비명을 질렀고 침대가 거칠게 출렁거렸다. 그의 혓바닥이 침몰하는 배처럼 나의 입 속으로 떨어져 내려왔다.

"천천히…… 길게……."

나는 고양이처럼 길게 허리를 늘어뜨리며 그에게 엉겨 붙었다. 태정의 몸은 믿을 수 없을 만큼 정열적이면서도 감미로웠다. 그는 수줍어하지 않았고 내가 긴 신음소리를 낼 때마다 비웃는 것처럼 빤히 내 얼굴을 들여다보았다. 굵은 땀방울이 그의 이마에서 내 가슴과 얼굴 위로 후둑거리며 떨어졌다. 나는 미칠 지경이었다. 그의 섹스 방법이 너무 마음에 들었다. 그는 내 몸을 마음대로 주물러댔고 나는 아우성치며 그에게 매달렸다.

태정의 몸은 처음 만났을 때 그 몸이 아니었다. 여릿여릿하던 두 허벅지엔 거뭇한 털이 오르기 시작했고 소녀의 그것처럼 부드럽던 허리는 흔들릴 때마다 굵은 밧줄 같은 힘줄이 솟아올랐다. 그의 몸은 이제 막 어른 티를 내기 시작한 것 같았다. 나는 그의 허벅지에 난 덜 자란 털을 쓰다듬었다.

"네가 심어주고 간 거야…… 갑자기 모든 것이 마구 자랐어."

그는 스스로도 놀랍다는 듯 눈을 둥그렇게 뜨고 말했다. 나는 웃었다. 내 웃음소리는 내 기분을 좋게 했다. 나는 담배를 물었고 깊이 연기를 빨아 당겼다. 편안한 기분이 느껴졌다. 낮

숨어있기 좋은 방

은 천장과 높은 침대가 있는 이 방, 그리고 이 남자, 이 모든 것이 너무나 자연스럽게 느껴졌다. 이곳이야말로 아무리 있어도 낯설지 않는, 나에게 너무 잘 맞는 곳이었다.

"난 여기가 좋아."

나는 침대보를 꽉 껴안으며 다리를 흔들었다.

"아무것도 해야 될 것이 없어. 완전 자유야. 넌 내 보물이야."

나는 태정의 허리를 꼭 껴안았다. 그러나 그는 갑자기 화가 난 것처럼 내 팔을 휙 뿌리쳤다. 나는 어리둥절해서 그를 쳐다보았다.

"너, 붕대 사러 간다더니 이제야 돌아온 거야?"

그는 입술 끝을 비틀며 비난하듯이 말했다.

"뭐?"

내 눈이 휘둥그레졌다.

"어떻게 그럴 수가 있어. 침대 위에 나를 버려둔 채 그렇게 가버리다니, 정말. 어떻게 그럴 수가 있어. 너무해. 나는 하루 종일 기다렸어. 얘가 붕대 사러 어디까지 갔나, 하면서. 그리고 밤이 와버렸어. 다음 날까지도 나는 꼼짝도 않고 기다렸어. 침대에 이렇게 누운 채 네 셔츠를 껴안은 채 말이야. 그리고 그다음 날, 그다음 날도…… 정말 참을 수가 없었어…… 이건 정말 너무하다는 생각이 들었어."

그는 따지듯이 말했다. 나는 멍하니 그를 쳐다보았다. 너무하다는 생각이 드는 건 나도 마찬가지였다. 붕대 사러 나갔다

오는 사이에 내가 얼마나 달라졌는지를 생각하니 이건 너무해
도 보통 너무한 일이 아니었다.

"그래, 나 없는 동안 뭐 했어?"

나는 빙그레 웃으며 그를 껴안았다.

"아무것도."

그는 토라진 표정을 지었다.

"아무것도? 넌 도대체 뭐 하는 애니?"

"아무것도."

"넌 여전히 한심하구나. 아니, 차라리 부럽다. 그러고도 이
렇게 침대 위에서 빈둥거릴 수 있다니…… 그래도 뭔가, 돈벌
이는 해야 될 거 아니니. 누가 널 먹여 살려주는 사람이 있나
보네."

나는 약간 비아냥거리며 말했다.

"쳇…… 너야 말로 뭐 하는 애니?"

태정이 내 눈을 빤히 들여다보았다.

"아무것도."

나는 귀찮다는 듯이 그를 밀어내고 엎드려 누웠다.

"흥. 한심하기는 똑같네."

그는 내 등에 대고 볼멘소리로 쏘아붙였다. 태정은 한동안
아무 말도 하지 않았고 갑자기 눈꺼풀이 무겁게 내려앉았다.

"잠을 자면 안 되는데……."

하지만 섹스 후에 오는 이 달콤한 잠은 어쩔 수가 없다. 나는

눈을 감았고 천천히 잠 속으로 빠져 들어갔다. 툭, 툭, 오동나무 잎이 무거운 소리를 내며 떨어졌고 기차가 기적소리를 앞세우며 내 잠 속으로 달려왔다. 그때마다 나는 길바닥 어디쯤, 철도 위에 누워있는 기분이었고 깜짝 놀라며 반쯤 눈을 떴다. 그리고 다시 눈을 감았다. 잠에서 완전히 깨어났을 때 방 안은 어두컴컴했고 태정이 빤히 내 얼굴을 바라보고 있었다.

"아!"

나는 벌떡 일어나 앉았다.

"왜 안 깨웠어?"

나는 태정에게 신경질을 부렸다. 그는 들은 척도 하지 않았다. 집으로 돌아가서 해야 할 나의 일들이 떠올랐고 갑자기 불안해지기 시작했다.

"가야겠어. 너무 늦었어."

나는 두리번거리며 내 옷들을 찾았다.

"안 돼, 못 가. 못 가게 할 거야."

태정이 웅크려 누운 채 말했다. 나는 갑자기 그가 귀찮은 남자라는 생각이 들었다.

"내 옷들이 어디 갔어?"

나는 침대 밑으로 기어 들어갔다. 내 옷은 거기에 없었다.

"내 옷이 어디 간 거야?"

나는 짜증스럽게 말했다.

"몰라."

나는 험악하게 태정을 쏘아보았다. 그는 지지 않고 나를 쏘아보았다. 나는 방문을 열었다. 신발도 없었다.

"너 미쳤니! 누가, 선녀와 나무꾼 놀이하자던? 빨리 내 놔."

"난 몰라. 아무튼 난 몰라."

"제발, 성가시게 굴지 마. 빨리 내놔!"

나는 꽥, 소리를 질렀다. 갑자기 내가 돌아가야 할 곳과 해야 할 일에 대한 책임감이 마구 솟구쳐 올랐다. 무엇이라고 변명해야 할 말을 만들어야 하고 얼마간의 불편한 시간을 가져야 한다는 생각 때문에 몸이 떨려왔다. 도대체 뭐 하러 이곳엘 왔는지, 나는 정말 구제불능, 미친 것이 분명했다. 아아, 술을 마시는 게 아니었어. 나는 허둥거리며 다시 침대 밑으로 기어 들어갔다 나왔다. 태정이 비난하듯이 나를 바라보고 있었다.

"넌 나빠…… 나 같은 건 조금도 생각하지 않아. 너무해……."

그는 침대 밑에 쪼그려 앉으며 강아지처럼 끙끙거렸다.

"정말 괴롭네. 왜 날 괴롭히는 거야. 내가 무얼 어쨌다고!"

나는 발치에 눌어붙은 개를 털어내듯이 소리를 질렀다. 그리고 성급하게 한쪽 구석에 있는 냄비 뚜껑을 열었다. 속옷들이 거기에 들어있었다. 나는 신경질적으로 옷을 꺼내어 입었다.

"……가지 마…… 난, 난, 널 사랑해……."

태정이 자신의 무릎에 얼굴을 묻으며 중얼거렸다. 그의 목 위로 나의 블라우스 칼라가 삐죽하게 솟아나 있었다. 나는 그를 침대 위로 밀어제치며 그의 스웨터를 벗겨냈다. 그는 몸을 있는 대로 웅크리며 내 옷을 벗으려 하지 않았다. 나는 그만 웃음을 터뜨리고 말았다.

"얘, 너 정말 날 사랑하니?"

나는 비웃음을 머금고 그를 쳐다보았다. 그는 입술을 오므리며 화난 표정을 지었다.

"내 옷이나 벗어줘. 그리고 말이야…… 돈도 없는 별 볼일 없는 남자가 사랑에 빠지는 건 정말 꼴불견이야. 전혀 로맨틱해 보이지가 않거든. 플라토닉 하지도 않고 말이야. 그냥 짜증나."

나는 거칠게 그가 껴입고 있는 내 블라우스를 벗겨냈다. 그는 맥없이 옷을 내주었다. 나는 침대보를 들추었다. 치마가 그 속에 숨겨져 있었다. 나는 치마로 그의 얼굴을 한 대 후려쳤다. 그는 고개를 무릎 속으로 넣으며 잔뜩 웅크렸다.

"다 구겨졌잖아!"

나는 화를 내며 옷을 껴입었다. 그리고 방문을 열었다.

"신발은 어디 됐어……."

그의 발을 쳐다보며 내가 중얼거렸다.

"가지 말아줘…… 제발…… 난 지금 아파! 십 분만! 아니 오 분만!"

그는 정말 아픈 것처럼 배를 싸쥐고 소리쳤다. 나는 한숨을 쉬며 밖을 내다보았다. 아직도 밖은 환하게 보였다. 지금 당장 택시를 타고 돌아가면 그들보다 먼저 집에 도착할 수 있을지도 모른다. 잡곡을 씻어 압력솥에 안치고 튀김가루를 개어놓기만 하면 아무 일도 없었던 것처럼 하루가 끝날 수도 있을 것이다. 그러나 이상하게도, 후다닥거리며 옷을 입을 때의 기세와는 달리 선뜻 돌아가고 싶은 마음이 생기지가 않았다. 지금 당장 돌아가지 않으면 어떤 귀찮은 일이 벌어질지도 모른다. 아니, 그들은 벌써 돌아왔고 시어머니가 저녁 준비를 하고 있을지도 모른다. 그럴 바에야 차라리 완전히 늦어버리는 게 낫지 않을까…… 나는 어느 마음을 선택해야 할지 몰랐다.

태정을 돌아보았다. 그는 웅크려 앉은 채 빤히 나를 보더니 슬며시 내 치맛자락을 잡았다. 나는 기다렸던 것처럼 털썩 침대 위에 주저앉았다. 태정은 얼른 침대 밑으로 기어 들어가 와인을 들고 나왔다. 그리고 내 마음이 변하기 전에 뚜껑을 따고 술을 따라주었다. 나는 한 모금 마시고 담배를 피웠다. 이 술을 다 마시고 한 대의 담배를 다 피우는 동안만이라도 집으로 가야 한다는 생각 따위는 까맣게 잊고 지내는 거다.

"너 정말 뭐 하는 애니? 학생? 실업자? 도망자?"

나는 진짜 궁금했다.

"아무것도 아니야."

그는 심드렁한 표정을 지었다.

"좀도둑? 소매치기? 양아치?"

"아무것도, 아무것도 아냐."

그는 좀 짜증난다는 듯이 말했다.

"너, 정말 한심한 인간이구나. 그래도 뭔가 하고 싶은 게 있을 거 아니야. 지금 처지는 이렇지만 미래에는 이렇게 살아갈 것이다, 뭐 그런 계획이 있을 것 아니야. 인생을 이렇게 막 소비하고 살아도 되나?"

나는 설교하듯이 말했다.

"쳇, 너야말로 말해봐. 넌 뭐 하는 애야? 넌 뭐가 될 건데? 넌 왜 너에 대해서는 한마디도 하지 않는 거지?"

그가 비아냥거렸다.

"아, 난 갈래. 오 분 됐지?"

나는 일어섰다.

"미안, 미안."

그가 나를 당겨 앉혔다. 나는 새로운 담배에 불을 붙였다. 그리고 술을 따라 한 모금 마셨다.

"군대라도 가지 그러니."

내가 말했다.

"벌써 갔다 왔는걸 뭐."

그가 웅얼거렸다.

"다시 가면 안 되나…… 가서 말뚝 박으면 괜찮을 건데. 밥은 안 굶을 거야……."

"쳇."

태정이 콧방귀를 뀌었다. 나는 갑자기 어지러워 풀썩 드러누웠다. 눈꺼풀이 무겁게 내리감겼다.

"너 술에 약 탔니…… 이 방에 있으면 왜 이렇게 잠이 오는지 모르겠어…….."

나는 게슴츠레하게 태정을 바라보았다. 태정이 나의 이마와 머리카락을 쓰다듬으며 눈을 감겼다.

"자……."

그는 내 가슴을 톡톡 두드렸다.

"……자면 안 돼…… 근데 넌 참 부드러워…… 혹시 너…… 이런 남자 아니야?"

내가 그의 손을 잡고 말했다.

"어떤?"

"글쎄…… 돈 많은 집, 아들 같은 거. 말하자면 넌 돈만 아는 아버지한테 반항을 하고 있는 거야. 집을 나와 아무것도 하지 않으면서 건달들하고 어울려 다니면서 아버지 속을 태우는 거지. 물론 나중에는 건달생활을 마감하고 집으로 돌아가 멋진 사업가가 된다는 각본하에서 말이야. 그렇다면 너의 이 한심스러운 짓들도 로맨틱한 것이 될 수 있겠지…….."

나는 킥, 웃었다.

"그만 자……."

그는 약간 풀이 죽은 얼굴로 말했다.

"난 지금 불안해."

나는 눈을 번쩍 뜨면서 말했다. 그는 내 위에 엎드리며 나를 껴안았다.

숨어있기 좋은 방

"내가 어떻게 해줄까…… 어디든지 데려다줄게……."

태정이 내 이마에 키스를 하고 나를 일으켜 세웠다.

"싫어. 아무 데도 가고 싶지 않아. 어디도 싫어."

나는 두 팔로 머리를 감쌌다.

"아냐. 그럴 땐 어디든 밖으로 나가는 게 최고야."

"여기가 내 밖인걸 뭐……."

나는 다시 침대 위로 엎어졌다. 태정은 침대 밑으로 들어가 배낭을 꺼냈다. 그는 술잔에 남은 술을 마시고 술병과 잔을 배낭 속에 집어넣었다. 그리고 배낭을 걸머지고 일어났다. 나는 부스스 그를 따라 일어났다. 태정이 문을 열었고 나는 그의 등 뒤에 서서 밖을 내다보았다. 검은 오동나무 잎 사이로 노란 불빛들이 새어 들어왔다.

"아, 아니야. 좀…… 더 있다가. 저 불빛이 완전히 꺼져버리면……."

나는 얼른 문을 닫고 주저앉았다. 그는 배낭을 멘 채 멍하니 내 옆에 앉았다. 우리는 한동안 아무 말도 하지 않았고 각자 담배를 빼물었다. 나에게서 문제란 항상 이렇게 해서 시작된다. 더 나빠지기 전에 그 일을 중단하지를 못한다. 이러면 앞으로 골치 아파지는데, 하면서도 빠뜨린 발을 거두지 못한다. 온몸까지 푹 젖은 다음에야 정신이 멍해져서 걸어 나온다. 지금도 그렇다. 아까 잠에서 깨어났을 때 바로 택시를 타고 갔더라면 아무 일도 없었을 텐데, 이제는 모든 것이 너무 늦어버린 기분이다.

"사람들은 모두 이 나이에 무얼 하는지 몰라……."

내가 중얼거렸다. 태정은 담배연기를 뿜어내며 아무 말도 하지 않았다.

"지겨워……."

나는 태정의 허벅지 사이로 손을 집어넣었다. 그는 담배를 문 채 멍한 눈빛으로 내 손을 내려다보았다. 나는 그의 허벅지 사이로 깊숙이 손을 밀어 넣었다. 그는 얼굴을 찡그리더니 화가 난 것처럼 침대 위로 나를 밀어제쳤다. 그리고 한쪽 손으로 내 치마를 걷어 올리고 다른 손으로 팬티를 벗겨 내렸다. 팬티는 무릎 위에 걸렸고 그는 자신의 바지를 성급하게 열더니 내위로 엎어졌다.

"제대로…… 들어…… 갔…… 어?"

그는 천천히 허리를 흔들면서 더듬거렸다. 그의 등에 업힌 배낭이 어깨 위로 치솟아 오르면서 딸그락거리는 소리를 냈다. 나는 무릎에 걸린 팬티를 벗겨 내리고 두 다리를 공중에 뻗어 그의 허리를 감아보았다. 배낭 때문에 그를 송두리째 껴안을 수가 없었다. 그의 등에 업힌 배낭에서 딸그락거리는 소리가 요란하게 났고 그는 나의 두 어깨를 거칠게 옥죄어왔다.

"가…… 함께 가는 거야…… 응…… 가자!"

그는 얼굴을 일그러뜨리며 중얼거렸다.

"아, 안 돼."

숨어있기 좋은 방

나는 왈칵 그를 떠밀며 밀어냈다. 그리고 치마를 내리고 팬티를 입었다. 그는 두 손으로 자신의 허벅지 사이를 가리고 씨근덕대며 나를 쏘아보았다.

"가, 이제 진짜 밖으로 나가는 거야."

나는 벌떡 일어났다. 그는 무슨 말인가를 불만스레 중얼거리며 꼼짝도 하지 않았다.

"기차를 타고 해보면 어때. 훨씬 재미있을 거야."

내가 말했다. 그는 빤히 나를 올려다보았다.

"정말?"

그는 못 믿겠다는 표정을 지었다.

"진짜."

나는 방문을 열었다. 태정이 후다닥 일어나더니 밖으로 나가 지붕 위에 손을 뻗어 내 신발을 내려주었다. 나는 눅눅해진 단화 속에 발을 집어넣었다.

우리는 아무 말 없이 기찻길 옆 골목길을 따라 걷기 시작했다. 태정은 〈쓸쓸한 날〉을 휘파람으로 불었다. 그는 기분이 좋아 보였다. 편안한 얼굴이었다. 이 남자가 늙으면 어떤 얼굴이 될까, 하는 생각을 하게 했다. 야위고 작은 담담한 표정의 늙은 남자. 나는 늙으면 어떤 여자가 될까, 하는 생각도 들었다. 뚱뚱하고 좀 신경질적인 표정의 늙은 여자. 그렇게 늙어서 걸어가는 두 사람의 모습이 떠올랐다. 왠지 싫지 않았다.

"내가 가장 좋아하는 것이 뭔지 아니? 이렇게 길을 따라 걸어갈 때야. 어디에도 포함되어 있지 않는 이 느낌, 완전히 버려진 듯한 이 느낌이 좋아. 휴지처럼 길거리에 팽개쳐진 그런 기분 알아? 그냥, 내가 하늘에서 이곳으로 뚝 떨어진 기분이거든."

그는 주머니에서 담배를 꺼내 물었다.

"혹시 너, 책임져야 할 가족이 있는 거 아니야? 노망난 할머니, 술주정뱅이 아버지, 병든 어머니, 소박맞고 돌아온 누나, 집 나간 누이동생…… 집구석이 아주 엉망이라서 그냥 도망 나왔지?"

그는 담배연기를 뿜어내며 내 눈길을 모르는 척했다.

"그리고 두 번째로 좋아하는 게 뭔지 알아?"

"쳇…… 빤하지 뭐. 미친놈처럼 걸어 다니다 여관으로 들어가는 것이겠지. 거기에 드러누워 있으면 어디에도 포함되지 않는 기분이 들겠지. 완전히 내던져진 느낌이 들겠지. 넌 한 집안의 남자이기를 포기했어……."

캄캄한 골목길 한 귀퉁이에 매달린 '여관' 간판을 보며 내가 중얼거렸다. 태정이 킬킬거리며 웃었다. 나는 고개를 숙이고 묵묵히 걸었다.

"왜 그래. 기분이 안 좋아?"

"난 지금, 내가 무슨 짓을 하고 있는지 생각 중이었어."

나는 우울하게 중얼거렸다.

"아무것도 문제될 게 없어. 우리는 지금 그냥, 길을 걷고 있는 거야. 이 길로 죽, 걸어가면 역이 나와. 거기서 우리는 기차를 탈 거야…… 고속이 아닌…… 비둘기호 탈까…… 동해선 기차를 타면 바다를 끼고 달려. 기차 안에서 술도 몇 잔 마시고, 귤이랑 계란도 사 먹고…… 그러니까 내 몸을 네 몸속에 꼭 끼운 채 그렇게 끝까지 가는 거야."

태정은 잇몸을 드러내고 웃었다. 그리고 어서 말해보란 듯이 내 손을 흔들었다.

"사람들이 볼 거야."

나는 한숨을 쉬며 중얼거렸다. 태정이 어깨를 움츠리며 킥킥 웃었다.

"아니! 넌 치마를 펼치고 내 무릎 위에 조용히 앉아있기만 하면 돼. 기차가 덜커덩거리니까 우린 몸을 움직일 필요도 없어…… 기차에 몸을 맡기고 있으면 돼……."

그는 재촉하듯이 내 손을 흔들었다.

"덜컹덜컹 소리에 맞춰 우리 몸이 저절로 움직이는 걸 생각해봐."

태정은 몸을 꼬며 키득거렸다.

"그렇게 바닷길을 끼고 달리는 동안 우리는 몇 번을 갈까."

그는 바보 같은 표정으로 나를 쳐다보았다.

"적어도 백 번을 가겠지."

내가 웅얼거리자 태정이 경박스럽게 웃었다. 어느새 우리는 역으로 올라가는 육교에 다다랐다. 태정이 내 손을 잡고 계단을 두 개씩 건너뛰며 올라갔다. 그의 배낭에서 날카로운 소리가 났다.

"그래. 우리는 완전히 지쳐버릴 거야. 설악산 정상을 백 번 정복한 것과 같겠지. 그러면 너는 아무 생각도 못하게 될 거야! 우린 그냥 텅 비어서 곯아떨어지는 거야."

역 대합실에 들어서자 그는 팔을 활짝 벌리며 나자빠지는 시늉을 했다. 그리고 내 손목을 꼭 쥔 채로 매표구로 가 차표를 끊었다.

"손 좀 놔. 아파."

내가 얼굴을 찡그렸다. 그는 빙긋 웃으며 슬쩍 내 손을 놓았다 다시 잡았다. 그리고 이리저리 나를 끌고 다니며 초조한 듯이 풀쩍거리며 뜀박질을 했다.

"왜 그래?"

내가 물었다.

"화, 화장실이 가고 싶어서."

그는 울상을 지었다.

"갔다 오면 될 거 아니니!"

나는 한심스러운 표정을 지었다. 그는 배낭과 기차표를 나에게 건네주며 빤히 내 눈을 들여다보았다. 나는 어서 갔다 오라는 듯이 화장실 표시를 가리켰다. 그는 화장실 쪽으로 걸어갔다. 몇 걸음 걸어가던 그는 힐끗 확인하듯이 나를 돌아본 뒤 사람들 사이로 사라졌다. 그러다 다시 모습을 보이며 나를 향

숨어있기 좋은 방

해 손을 흔들었다. 나도 그를 향해 손을 흔들었다. 그는 화장실로 들어갔다. 그리고 어느새 다시 화장실 입구로 얼굴을 내밀며 나를 향해 손을 흔들었다. 그는 다시 화장실로 들어갔다.

나는 잠시 동안 그가 들어간 남자 화장실 입구를 쳐다보았다. 그리고 이미 그렇게 예정된 것처럼 그의 배낭을 대합실 의자에 놓았다. 나는 기차표를 배낭 주머니에 찔러 넣은 뒤 대합실 계단을 내려왔다. 계단을 내려온 나는 뛰기 시작했고 신호등을 건넜다. 어느새 역은 저만큼 멀어져 보였고 나는 택시를 탔다. 아무 일 없었던 것처럼 택시는 서서히 아스팔트 위를 굴러갔다.

10

집으로 가는 골목길에 달린 가로등 불빛이 노랗게 쏟아지고 있었다. 하늘에서 쏟아져 내리는 은총이기라도 한 듯 나는 그 아래 몸을 맡기고 오랫동안 서있었다. 나는 다시 되돌아왔고 어떻게 대문을 밀고 들어갈지 몰라 서성이고 있었다. 나의 역할이 기다리고 있는 저곳, 창문으로 노란 불빛이 새어 나오고 있었다. 나와 아무 상관없는 사람들이 있는 곳. 새벽 두 시였고 낯선 사람의 집으로 들어가기에는 너무 늦은 시간이었다.

무엇인가 변명거리를 찾아야 했지만 무슨 그럴듯한 말이 떠오르지가 않았다. 나는 그들 모두가 아무 일 없었던 것처럼 잠들어있기를 기대하며 현관문을 열고 마루로 들어섰다.

세 사람이 식탁에 둥그렇게 앉아있는 것이 보였다. 그들은 무덤에서 금방 나온 것 같은 표정을 하고 있었다. 그 모습은 나

숨어있기 좋은 방

에게 심한 양심의 가책을 느끼게 했다. 내가 그들을, 그토록 평화로운 그들을 괴롭힐 수 있는 권리는 어디에도 없는 것이다. 나는 쭈뼛거리며 그들 쪽으로 걸어갔다.

무슨 말을 해야 했지만 입에서는 아무 말도 나오지 않았다. 의자가 삐걱거렸고 휘종 아버지가 크악, 노기 띤 헛기침을 했다.

"여보…… 그러시지 않기로 했잖아요."

시어머니가 달래듯이 말했다. 그리고 내 손을 끌어 의자에 앉혔다.

"얘야, 무슨 일이야. 도대체 이것이…… 난 너무 놀라서……."

시어머니는 조용히 입을 뗐다가 갑자기 감정이 격해져서 소리를 높였다 다시 맥 빠진 듯이 웅얼거렸다. 나는 아무 말도 하지 않았다. 휘종 아버지가 크악, 노기 띤 기침을 다시 했다. 그는 아마 학생들 사이에 '크악 새'라는 별명을 가졌을 것이라는 생각이 들었다.

"우린 가족이야…… 우린 널 돕고 싶어. 무슨 문제가 있는지 모두 함께 알아야 되지 않겠니…… 전화라도 한 통 하지, 그렇게 연락을 끊고……."

내가 입을 꼭 다물고 있자 시어머니가 안타까운 듯이 말했다. 나는 아무 말도 하지 않았다. 휘종 아버지가 다시 크악, 헛기침을 하며 벌떡 일어나더니 방으로 들어가버렸다. 휘종도 그의 아버지처럼 크악, 기침을 내뱉고는 벌떡 일어나 방으로 들어가버렸다. 시어머니는 얼빠진 얼굴로 나를 쳐다보았다.

"애, 양아. 제발 말 좀 해라. 답답하구나, 정말…… 우리가
너에게 뭘 잘못한 거니? 뭐든지, 얘기를 해야 될 거 아니니……
너를 야단치려고 하는 게 아니야. 난 단지 네가 무슨 생각을 하
는지, 무슨 걱정이 있는지 알고 싶을 뿐이야. 사람이란 원래 완
전하지 못해. 그래서 뜻하지 않게 잘못을 저지르기도 하지. 인
간이란, 스스로는 완전할 수 없기 때문에 그럴 수밖에 없는 거
야. 난 이해할 수 있어…… 그러니 뭐든지 다 얘기해보렴……
난 널 돕고 싶어."

그녀는 부드러운 어조로 설교하듯이 말했다. 나는 아무 말
도 하지 않았다. 그것이 나를 돕는 일이었다. 그녀는 한숨을 쉬
며 고개를 흔들었다.

"널 이해할 수 없구나. 도대체 지금까지 어디에 있었단 말이
니? 무섭구나, 정말! 교회에 가자고 그렇게 말해도 안 듣더니
결국 이런 일이! 사악한 귀신이 어떤 사람에게 깃드는지 아니?
아무것도 하지 않고 그저 멍하니 있는 사람의 머리엔 순식간
에 들어와버리는 거야. 그러고는…… 온갖 나쁜 일이 있는 곳
에 너를 데리고 다니지. 결국 넌, 그것이 사악한 짓인 줄도 모
르고 그냥 따라 하게 되지. 아니…… 그렇다고 네가 꼭 나쁜 짓
을 하고 왔다는 뜻인 건 아니야…… 그래, 지금까지 어디에 있
었지?"

그녀는 의심하는 눈초리로 나를 쳐다보았다. 나는 고개를

숨어있기 좋은 방

푹 숙이며 입술을 실룩거렸다.

"그냥…… 마음이 슬퍼서…… 여기저기……."

나는 동정심을 사려는 듯 울먹이듯이 웅얼거렸다. 그녀는 이해할 수 없다는 듯이 둥그렇게 눈을 떴다.

"이 밤에 여기저기라고! 세상에, 너 정신이 완전 나갔구나! 정말 지금까지 여기저기 돌아다닌 거니? 너 혼자서 말이니?"

그녀는 의심스럽다는 듯이 다그쳤다. 나는 고개를 푹 수그리고 훌쩍거렸다. 그녀는 한숨을 내쉬며 한동안 아무 말도 하지 않았다.

"그래…… 울고 싶으면 마음껏 울어…… 이 세상이란 원래가 슬프게 만들어진 거란다. 그러니 그런 세상에 사는 인간의 슬픔은 오죽하겠니…… 그래, 울어라……. 그리고 무슨 말이든 다 해보렴. 내가 모두 들어줄 테니까…… 뭐가 문제니? 무엇이 너를 슬프게 하니?"

그녀는 구슬리듯이 말했다. 나는 아무 말도 하지 않았고 계속 훌쩍거리며 눈물을 흘렸다. 뭐가 문제인지는 나도 알 수가 없었다.

"얘는 말을 하라니까 왜 자꾸 울기만 하니!"

그녀는 갑자기 짜증을 냈다. 나는 눈물을 닦고 멍하니 그녀를 쳐다보았다.

"정말 끝까지 입 다물고 있을 거야? 너는 네 앞에 앉은 이 시어미도 네 눈 아래로 보이는 모양이지?"

그녀는 주먹 쥔 손으로 탁자를 쾅 치며 분통을 터뜨렸다.

"정말 이해할 수 없는 애로구나, 응? 도대체 넌 뭐 하는 애니? 그렇게 입만 꼭 다물고 있으면 모두 해결될 거라 생각하니? 너희 친정에서 하던 짓을 그대로 하고 있어! 어른 무서운 줄을 몰라. 죄송하다는 소리조차 하지를 않아! 세상에, 오만하기도 하지…… 뭐? 슬퍼서 여기저기 돌아다녔다고? 말도 안 돼. 뭐가 슬픈데? 네가 슬플 일이 뭐가 있는데? 혼수감 안 해왔다고 불평하는 시어른이 있니, 부엌일 할 줄 모른다고 가정교육 못 받았다고 욕하기를 하니…… 뭐든지 네 멋대로 할 수 있어. 정말, 보통 시어머니를 만났더라면 너는 벌써……! 내 딸이었다면 그냥 두지 않았을 거야! 어디 그 따위 행세를 하고 돌아다니게 해! 세상에, 뭐? 그냥 돌아다녔다고? 누구랑? 도대체 누가 이 야심한 시간에 너하고 여기저기 돌아다닌단 말이니? 몰라…… 무슨 짓을 하고 돌아다녔는지 어떻게 알아…… 이제 어쩌면 좋아…… 얘는 지금 우리 집을 망치려 하고 있어……."

그녀는 턱을 부르르 떨면서 흥분했다. 그녀는 침을 꿀꺽 삼켰다. 그리고 또다시 무슨 말인가를 퍼부으려고 입을 반쯤 열었을 때 갑자기 안방 문이 벌컥 열렸다. 휘종의 아버지가 무서운 눈초리로 시어머니를 쏘아보았다.

"당신 며느리니 당신 탓이지 누구를 욕해!"

그는 버럭 고함을 지르고는 쾅, 문을 닫아버렸다. 시어머니는 갑자기 정신이 돌아온 듯 멍하니 나를 쳐다보았다. 그녀는

숨어있기 좋은 방

약간 겁먹은 표정으로 안방 문을 힐끗 거리더니 천천히 일어섰다.

"그래…… 나머지는 내일 얘기 하자. 그만 들어가보렴……."

그녀는 일어서 안방으로 들어갔고 나는 나의 방으로 걸어갔다. 휘종은 침대에 기대어 앉아 담배를 피우고 있었다. 나는 그의 눈치를 보며 화장대 앞으로 가 앉았다. 거울 속 나의 얼굴은 새파랗게 질려있었다. 휘종은 한 대의 담배를 다 피울 때까지 아무 말도 하지 않았다.

"너 지금 제정신이야? 전화는 왜 안 받았어?"

나는 아무 말도 하지 않는 작전을 끝까지 고수하기로 했다. 나는 거울 속으로 휘종을 쳐다보았다. 그는 새로운 담배에 불을 붙였다.

"너 요즘도 담배 피워?"

휘종이 거울 속의 나를 쏘아보며 말했다.

"아니……."

"아니? 그럼 이것들은 다 뭐야!"

그는 옆에 있는 쓰레기통을 내 코앞에 들이밀었다. 낮에 피운 담배꽁초가 수두룩하게 쌓여있었다.

"담배…… 안 피운다고 약속한 적 없잖아……."

나는 애처로운 목소리로 말했다. 그는 내 말은 들은 척도 하지 않았다. 연신 담배연기를 푹푹 뿜어내며 고개를 흔들어 댔다.

"거기다 술까지! 아버지가 아끼는 술을 반병이나 마셨어! 정말 제정신이었어?"

휘종은 코로 입으로 마구 담배연기를 뿜어냈다.

"미안해…… 다시는 안 그럴게……."

나는 고개를 숙이고 훌쩍거리며 울기 시작했다.

"결혼한 여자가 술에다 담배까지! 배 속에 아기가 있을지도 모르잖아! 이건 정상이 아니야. 정상이 아니라고. 어머니는 너 준다고 왕가네 군만두까지 사왔는데 도대체 집 꼴이 어땠는지 알아? 담배 냄새는 온 마루에 진동하고 술병은 뚜껑도 닫지 않은 채 식탁 위에 늘어져 있고…… 도대체 내가 어떻게 너 같은 여자랑 결혼했는지 모르겠어. 정말 내가 미쳤지!"

그는 얼굴을 시뻘겋게 하고 끝도 없이 잔소리를 늘어놓기 시작했다. 내 훌쩍거림이 그의 잔소리를 그치게 하지는 못했고 나는 조금씩 인내심을 잃어가기 시작했다.

"제발 좀!"

나는 더 이상 참지 못하고 그를 쏘아보며 소리 질렀다.

"제발 좀? 아예 반성도 할 줄 모르는구나. 어머니한테 얘기 다 들었어. 넌 집안일에는 관심도 없다면서? 냉장고 안에 음식이 썩어 들어가도 꺼내라 소리 안 하면 본 척도 안 한다면서? 마루도 닦으라는 소리 안 하면 걸레 한 번 빨 줄 모른다면서? 매일 방 안에 틀어박혀서 나오라 소리 안 하면 스스로 나와서 차 한 잔 끓일 줄 모른다면서? 네가 옆에 오면 향기가 나는 게 아니라 찌든 담배 냄새가 난다고 그랬어! 무슨 여자가 그래! 최소한의 기본도 돼있지 않아!"

"기본? 기본이 뭔데. 어째, 그놈의 기본은 전부 내가 너희 집 식구를 위해 하는 것밖에 없어."

나는 코웃음 쳤다.

"하기는 네가 어떻게 알겠어. 기본이란 기본이 돼있는 집에서나 배울 수 있는 거야. 그 집안에 그 딸이지. 너희 집 꼴을 봐. 기본이 뭔지 느끼는 게 있을 거니까."

그는 빈정거렸다.

"치사한 새끼. 우리 집은 왜 끄집어내고 지랄이야!"

나는 얼굴을 붉히며 소리쳤다.

"난 결혼하면 네가 달라질 줄 알았어."

"에잇, 뭐 어떻게 달라지란 말이야! 도대체 내가 무슨 잘못을 했다고 이 난리야! 내가 뭐, 이 집 집문서를 빼내서 도망가기를 했어. 집안 물건을 빼내 팔아먹기를 했어. 도대체 뭘 했다고! 단지 자기 아버지 술 반 병 마신 것밖에 손해나게 한 거 없어! 시발, 더러워서. 도대체 무슨 권리로 내 시간을 간섭하는 거야! 밤중에 들어오든 새벽에 들어오든 내 발로 내가 다니는데 왜 지랄들이야!"

나는 얼굴을 시뻘겋게 하고 소리쳤다. 휘종이 눈을 둥그렇게 뜨고 나를 쳐다보았다. 나는 담배 한 개비를 빼내 입에 물었다. 휘종이 입에 물린 내 담배를 획 뽑아 팽개쳤다.

"흥. 이것 봐! 남편하고 싸울 때 담배부터 무는 여자는 너밖에 없을 거다. 너희 엄마가 그래? 너희 아버지 돌아오면 담배부터 물고 시작해?"

그는 내 입에서 떨어져나간 담배를 자기 입에 물었다.

"치사한 새끼! 차라리 그만 끝장내자고 그래! 난 그만 꺼져주겠어!"

나는 벌떡 일어났다. 휘종이 내 팔을 확 비틀며 침대 위로 쓰러뜨렸다.

"난 다 알아. 네 년이 지금까지 무얼 하고 왔는지 다 안다고! 흥. 바람둥이 딸이 집 밖에서 할 수 있는 게 뭐가 있겠어."

그는 내 얼굴 위로 바짝 얼굴을 갖다 대며 비웃었다.

"개새끼. 이것 못 놔!"

나는 그의 손에 쥔 손목을 흔들며 발로 그의 배를 걷어찼다. 그는 꿈쩍도 하지 않았다.

"말해. 지금까지 어디서 뭘 했는지 말해……."

그는 잔인한 표정으로 팔을 비틀었다. 나는 경멸스럽게 그를 쳐다보았다.

"다 안다면서 뭘 그래."

"그래도 말해. 네 입으로 말해."

"흥."

나는 코웃음 쳤다.

"당장 말 못해?"

숨어있기 좋은 방

그는 얼굴을 일그러뜨리며 내 팔을 비틀며 잡아당겼다. 팔이 빠질 것만 같았다.

"봉희랑 있었어. 봉희!"

나는 그의 손아귀에 쥐여진 손목을 뽑아냈다.

"더러운 창녀! 그 말을 나보고 믿으라고?"

"싫으면 관둬. 네 멋대로 생각해! 그리고 제발 그만해. 정말 지겨워. 이렇게 싸우고 따지고, 미치겠어. 미치겠다고! 차라리 끝장내자고 해!"

나는 머리카락을 마구 집어 뜯었다.

"……정말, 봉희랑 있었어……?"

그는 멍하니 나를 내려다보며 중얼거렸다.

"그래! 개새끼, 왜 남의 아버지는 욕하고 지랄이야."

나는 한쪽 손목을 쥐고 코맹맹이 소리를 했다.

"정말…… 이렇게 늦게까지 봉희랑 있었어?"

그는 의심스럽다는 듯이 나를 바라보았다.

"그래! 개새끼, 왜 다들 남의 집을 싸잡아 욕하고 지랄들이야…… ."

나는 훌쩍이기 시작했다.

"봉희랑 지금까지 뭐 했어? 술 마셨어?"

"몰라, 몰라!"

나는 마구 흐느끼기 시작했다. 휘종이 한숨을 쉬었다.

"미안해…… 하지만 나도 미칠 것 같았어. 내가 널 얼마나 사랑하는지 알잖아. 그걸 안다면 이럴 수는 없을 거야.…"

그는 나를 가슴속에 꼭 품었다. 그리고 내 머리에 코를 대고 킁킁거렸다.

"……밖에서 담배도 피웠어?"

그는 망설이듯이 물었다. 나는 왈칵 그를 밀어냈다.

"제발 좀!"

나는 사납게 그를 쏘아보았다. 갑자기 떠밀린 그는 기분 나쁜 표정을 지었다.

"좋아…… 하지만 이 한마디만은 꼭 해야겠어."

그는 싸늘한 표정으로 나를 쳐다보았다.

"앞으로 넌 절대로 네가 하고 싶은 대로 행동하면 안 돼. 알았어? 그냥 가만히 있기만 하란 말이야. 설마 가만히 있는 것도 못하지는 않겠지? 그냥 내가 시키는 대로만 해. 알아? 내가 하라는 것만 하고 하지 말라는 것은 하지 마. 알았어? 그러면 아무 일도 일어나지 않을 거니까. 알았어? 제발, 내가 시키는 것만 해. 알았어?"

그는 갑자기 흥분하며 내 가슴을 쿡쿡 찔렀다. 나는 신경질적으로 그의 손을 뿌리쳤다.

"아아, 씨팔! 알았다고 알았어!"

숨어있기 좋은 방

11

현이가 전화를 했다. 그녀가 내게 전화를 한 것은 처음 있는
일이었다. 결혼을 한 뒤 나는 한 번도 집으로 연락을 하지 않았
다. 그렇다고 한 번도 집 생각을 안 한 것은 아니었다. 생각한
다 한들, 내가 해줄 수 있는 것이 아무것도 없기 때문이었다.
집에서도 연락을 하지 않았다. 어머니가 나에게 무관심해진 것
은 아니었다. 가난한 친정 식구는 시집 간 딸에게 연락을 안 하
는 것이 딸을 돕는 것이라는 어머니 나름대로의 원칙을 실천하
고 있을 뿐이었다.

현이는 '아버지라 불리는 남자'가 왔다고 말했다. 나는 전화
를 끊고 곧바로 집으로 달려갔다. 버스를 타고 삼십 분이면 도
착할 수 있는 거리였다.

부엌 바닥에는 몇 켤레의 신발들이 서로 엉켜들어 있었다.

나는 설레는 마음으로 그것들을 바라보았다. 어머니의 슬리퍼, 현이의 구두, 막둥이의 운동화, 그리고 아버지의 구두, 그것은 쥐색이었다. 그 옛날 나는 얼마나, 아버지의 신발이 이렇게 우리의 신발과 함께 엉켜있기를 원했던가.

이제는 모든 것이 이루어졌다. 아버지는 빈 터를 살 것이고 거기에 집을 지을 것이다. 현이는 남쪽으로 난 창문이 있는 방을 원할 것이고 막둥이는 동쪽으로 난 방을 선택할 것이다. 아버지는 구덩이를 파고 오동나무도 심고 사랑나무도 심을 것이다. 그 나무 아래 누워 우리는 낮잠을 잘 것이다. 이제 그 모든 것을 할 수 있는 아버지가 돌아온 것이다.

나는 아버지 신발 옆에 내 신발을 벗고 방으로 들어갔다. 나를 보고 누구도 인사를 하지 않았다. 현이가 힐끗 비난하듯이 나를 보았고 어머니와 막둥이 그리고 한 남자가 고개를 숙인 채 빙 둘러앉아 있었다. 나는 남자를 바라보았고 우리는 얼핏 눈이 마주쳤다. 나는 황급히 그의 눈길을 피해야 했다. 그는 내가 기억하고 있는 아버지가 아니었다. 어디선가, 오동나무가 삐거덕거리며 뿌리째 쓰러지는 요란한 소리가 들려왔다. 나는 가슴을 쓸어내리며 막둥이 옆에 앉았다.

나는 남자를 보지 않는 척하면서 힐끗힐끗 바라보았다. 그는, 바로 그런 사람이었다. 안 보는 척하면서 힐끗힐끗 돌아볼 수밖에 없는 사람, 아버지는 거리의 화단이나 공원 한 모퉁이에 아무렇게나 드러누워 잠을 자는 그런 종류의 사람과 같은 꼴

숨어있기 좋은 방

을 하고 있었다. 겹겹이 양복 슈트를 겹쳐 입고 그 위에는 또 이상한 외투를 걸쳐 입고 보도 위에 쭈그려 앉은 사람, 술병을 들고 있지는 않지만 줄곧 술을 마시고 있었던 사람처럼 비틀거리며 걸어가는 사람, 길 한가운데 쓰러져 누워 코를 골고 있는 사람, 더러운 가방 속에서 시들어빠진 과일을 꺼내 먹는 사람, 아버지는 바로 그런 사람의 모습을 하고 있었다. 물론 지금 그는 양복을 겹겹으로 입고 있지는 않았다. 그는 비틀어 짠 걸레조각 같은 회색 양복을 입고 있었다. 그리고 그의 머리에는 마지막 자존심처럼 갈색 중절모가 얹혀있었다. 그는 술 취한 사람처럼 끊임없이 고개를 주억거리고 있었다. 거리가 아니라 방에 앉아있는 것이 몹시 어색하다는 듯이.

누구도 입을 열지 않았다. 우리는 갑자기 닥친 커다란 재앙덩어리를 보듯이 한 번씩 그를 쳐다보았다가 다시 고개를 숙였다. 다만 막둥이만 동그랗게 눈을 뜨고 아버지를 바라보았다. 그 애는 아버지와 눈을 마주칠 때마다 소리 없이 웃었다. 아버지도 막둥이를 따라 소리 없이 웃었다. 어느새 두 사람은 눈을 맞춘 채 소리 없는 웃음을 계속 웃고 있었다.

"저건, 태권도복……."

아버지는 누런 이빨을 드러내고 벽에 걸린 막둥이의 태권도복을 가리키며 웃었다. 우리는 그의 태평스러운 목소리에 눈이 휘둥그레졌다. 우리만 어색했지 그는 뻔뻔스러울 정도로 편안했다.

"네. 2단 땄어요!"

막둥이가 자랑스러운 목소리로 대답했다.

"하! 2단? 나도 좀 했지. 쉭, 쉭!"

아버지는 클클클, 웃으며 막둥이를 향해 주먹을 두 번 뻗었다. 막둥이는 킥킥 웃으며 그 주먹을 손바닥으로 막았다.

"새끼! 길거리에서 두들겨 맞지나 마! 동네 애들 앞에서는 꼼짝도 못하는 주제에!"

현이가 막둥이를 쏘아보며 날카로운 목소리로 말했다.

"난 내 주먹을 골목길에서나 사용하는 치사한 짓은 하지 않아."

아버지를 바라보며 막둥이가 말했고 우리는 완전히 눈이 휘둥그레졌다. 그 애가 그렇게 정색으로 말대꾸하는 것을 처음 보았던 것이다. 현이는 사납게 막둥이를 쏘아보고는 입을 꼭 다물고 고개를 숙여버렸다. 아버지는 또다시 막둥이와 눈을 맞추고 소리 없이 웃었고 얼핏 나의 눈과 마주쳤다.

"넌 이금이……."

아버지가 천진스레 나를 가리키며 내 이름을 불렀다. 나는 끔찍한 것을 밟기라도 한 것처럼 흠칫 뒤로 물러났다.

"흥. 딸 이름을 아는 걸 보니 저 늙어빠진 양반이 너희 아버지가 맞긴 맞나 보네."

어머니가 팔짱을 끼고 차갑게 쏘아붙였다.

"맞소."

아버지는 누런 이빨을 드러내고 바보처럼 웃었다.

"어쩌면 저렇게 천연덕스러울까! 내가 저 양반을 어떻게 찾았는지 아니? 아이고, 동네 부끄러워. 누가 갑자기 벌컥 부엌 문을 열기에 어마, 싶어서 돌아봤지. 그런데 바지춤을 내리면서 들어오는 인간이 누구였겠니! 바로 저 양반이더라! 우리는 눈이 딱 마주쳤는데 처음엔 내 얼굴도 몰라보더구나. 저 양반은 우리 집이 어디였는지도 잊어버린 게 분명했어. 이 동네, 저 동네, 술이나 마시며 돌아다니다 보니까 여기까지 흘러온 거야. 세상에 남부끄러워!"

어머니는 아버지 쪽은 눈길도 주지 않은 채 나를 쳐다보며 따지듯이 소리쳤다.

"맞소, 맞소."

진짜 맞는 건지 어떤 건지 모르겠지만 아버지는 그저 고개를 주억거리며 클클, 웃었다.

"저것 좀 봐라. 저 머리, 저 옷, 저 얼굴, 때가 꼬질꼬질하구나. 머리라도 좀 감고 얼굴이라도 좀 씻고 다니지. 부끄럽지도 않나 보네. 오 년 전에 내가 저 양반을 어떻게 해서 보냈는지 금이 넌 아니? 응? 넥타이에 조끼에 코트까지 입혀주었어!"

어머니는 여전히 아버지 쪽은 보지도 않은 채 나에게 하소연을 했다. 아버지는 더럽게 엉킨 머리를 북북 긁으며 웃었다.

"맞소, 여보."

"세상에!"

어머니는 오 년 만에 들어보는 '여보' 소리에 기절이라도 할 것처럼 털썩 벽으로 넘어졌다.

"금아…… 저 늙어빠진 양반이 지금 뭐라고 그러더냐. 세상에! 저 늙은이가 나를 보고 뭐라고 불렀는지 너도 들었냐? 아이고, 세상에는 모를 일도 많네. 알지도 못하는 중늙은이가 나를……."

어머니는 얼굴을 새빨갛게 하고 내 쪽에다 대고 하소연을 계속해왔다. 이쯤에서 장녀인 내가 분위기를 이끌어나가야 할 것 같았지만 어떻게 해야 할지 알 수 없었다. 무엇보다 '아버지'라는 말이 입에서 나오지 않았다. 아버지는 우리를 번갈아 둘러보며 싱글싱글 웃었고 현이는 새초롬하게 고개를 숙이고 앉아 있었다. 막둥이만이 아버지가 '맞소, 맞소' 할 때마다 서로 눈을 맞추며 환하게 웃었다.

"이 서방하고 같이 오지 그랬니."

어머니가 갑자기 생각난 듯이 말했다.

"흥. 무슨 좋은 자랑거리가 났다고! 내가 혼자 오랬어."

현이가 고개를 숙인 채 쏘아붙였다. 그 애는 아버지란 작자를 보는 것조차 끔찍한지 절대 고개를 들지 않았다. 어머니는 엉덩이를 옮겨 앉더니 방문을 열고 부엌에서 무언가를 주섬주섬 들여놓기 시작했다. 막둥이가 얼른 일어나 방 가운데 상을 펴고 어머니가 들여놓은 그릇들을 상 위에 차렸다. 어느 사이에 준비를 했는지 꽃게와 홍어회 무침이 올라와 있었다. 어머

숨어있기 좋은 방

니는 가장 좋아 보이는 꽃게를 아버지 접시에 담아준 다음 묵묵히 우리들 접시에도 한 마리씩 담아주었다. 중학교 땐가, 아버지는 몇 달 만에 집으로 돌아오며 꽃게를 사가지고 왔다. 영덕 꽃게인데 우리나라에서 최고 맛있고 최고 비싼 게라는 말을 하면서. 어머니는 맛있는 냄새를 풍기며 꽃게를 삶았고 아버지는 꽃게 찌는 공장을 세우든지, 꽃게 잡는 그물을 만드는 공장을 세우든지 해야겠다며 사업 계획을 말했다. 우리는 상 옆에 빙그르 둘러앉아 기다란 꽃게가 주렁주렁 그물에 잡혀 올라 커다란 솥에 들어가 빨갛게 쪄지는 광경을 생각하며 웃음을 터트렸다. 아버지는, 우리 모두가 바닷가에 살 게 될 것이라고, 바다 수영이 얼마나 멋진지에 대해서 말했다. 인생이란 적어도 일 년에 열 번은 바다 수영을 해야 하는 것이라는 말도 했다. 아버지는 꽃게를 아주 맛있게, 다리 살과 몸 살을 남김없이 먹었고 그 뒤로 어머니는 아버지가 가장 좋아하는 음식은 꽃게라고 생각하게 되었다. 아버지가 돌아오면 어디서 어떻게 구했는지, 당장에 꽃게를 상에 올리는 것이었다.

"오늘 아침에 어떤 트럭이 꽃게를 가득 싣고 왔더라. 얼마나 싼지…… 그래서 좀 사두었던 거야. 영덕 꽃게는 아닐 거야. 영덕 꽃게는 너무 비싸. 그리고 영덕에 가지 않고 산 영덕 꽃게는 전부 가짜라더라……."

어머니는 변명하는 듯한 말투로 중얼거렸다.

"맞소."

아버지는 꽃게를 바라보며 싱글거리며 웃었다. 그리고 어머니가 술 주전자를 상에 올리자 그것만 기다렸던 것처럼 얼른 잔에다 술을 따라 한 잔 마셨다. 그리고 거푸 또 한 잔을 마시고 또 한 잔을 마셨다.

"자, 자. 게도 먹어야지. 영덕게만큼 맛있는 거야. 내가 직접 쪘어……."

어머니는 아버지에게 할 말을 우리를 둘러보며 말했다. 아버지는 술 한 주전자를 금방 다 마셔버렸다. 그는 볼을 빨갛게 하고 행복한 표정을 지었다. 나는 그가 무슨 생각을 하고 있는지 짐작할 수가 없었다. 바보 같기도 하고 아닌 것 같기도 하고 그랬다. 어머니는 물끄러미 아버지를 바라보았다.

"못나빠진 양반. 어디서 누구와 함께 그렇게 몹쓸 게 늙어버렸어……."

어머니는 멀거니 허공을 바라보며 중얼거린 뒤 스스로 술 한 잔을 따라 마셨다. 그리고 다시 잔에다 술을 따라 마셨다.

"오늘은 나도 좀 마셔야겠어. 끙끙 앓으면서 살아온 내 인생이 억울해졌어…… 애, 이금아. 나이 들고 난 뒤에, 내 꿈이 뭐였는지 아니? 난 말이다, 모든 것을 훌훌 털고 여기저기, 발길 닿는 대로 온 세상을 다 유람해보는 것이었어. 그리고 가는 잠에, 잠결 속에서 죽음을 맞이하고 세상을 떠나는 것이었어. 진짜야. 그런데…… 저 양반 꼴 좀 봐라. 저렇게 꼴사납게 늙어버렸으니, 어떻게 같이 길을 걸어 다니겠어……. 이번에 시장 사

숨어있기 좋은 방

람들 설악산 부부 관광만 간다던데, 세상에! 부끄러워서 어떻게 데리고 가겠니. 어디서 거지 부부가 왔나, 그러지 않겠어."

어머니는 몹시 속상하다는 듯이 나를 쳐다보았다.

"목욕하고 새 양복 입으면 되잖아······."

막둥이가 말했다.

"맞다. 맞다."

아버지가 클클, 온몸을 흔들며 웃었다. 나는 멍하니 그를 쳐다보았고, 그때까지 꼼짝도 않고 고개를 숙이고 있던 현이가 발딱 고개를 쳐들었다.

"흥. 이건 완전, 개판 오 분 전이군······."

현이는 상이라도 엎어버릴 기세로 싸늘하게 내뱉었다. 어머니는 이마를 찌푸렸고 막둥이는 겁먹은 표정이 되었다. 그러나 아버지는 아무렇지도 않은 것처럼 누런 이빨을 드러내놓고 웃었다.

"넌, 현이······ 많이 컸어······."

그는 클클 웃으며 현이를 가리켰다. 현이는 징그러운 벌레라도 밟은 것처럼 벌떡 튕겨 일어났다. 그녀는 씩씩거리며 불손한 눈으로 아버지를 쏘아보았다.

"더러운······ 나쁜······ 새끼······ 개새끼!"

현이는 주먹을 불끈 쥐고 꽥, 소리를 질렀다. 우리는 입을 딱, 벌리고 현이를 올려다보았다. 현이는 분노 때문에 얼굴이 벌겋게 달아올라 있었다.

"무슨 말버릇이 그래! 아버지한테 그러는 딸이 어디 있어!"

어머니가 술잔으로 상을 꽝 치면서 소리를 질렀다. 현이는 어깨를 부들부들 떨면서 아버지를 노려보았다.

"저 남자가 왜 우리 아버지야! 난 아버지 같은 거 없어! 흥! 이제 돌아다닐 기력이 없으니까. 여자 꼬실 힘도 없으니까! 더러운 몸을 받아주는 여자가 하나도 없으니까. 그래서 여기에 온 거잖아! 난 한 번도 아버지가 있었던 적 없어. 아버지라고 불러본 적도 없어! 그런데 왜 저런 남자가 우리 아버지가 된단 말이야. 싫어. 싫단 말이야! 저런 남자, 바람둥이, 거지발싸개 같은 남자! 더러워! 우리 아버진 벌써 죽었어!"

현이는 발을 쾅쾅 구르며 소리를 질렀다. 얼굴이 파랗게 질려있었다. 아버지는 고개를 숙인 채 클클 소리를 낮추어 웃었다. 그리고 술을 거푸 두 잔을 마셨다. 맞다, 맞다…… 그는 현이를 보며 고개를 주억거리며 일어섰다. 어머니와 막둥이가 염려스러운 듯이 아버지를 바라보았다. 그는 허리를 구부려 갈색 중절모를 쥐고 머리에 얹었다.

"아이고…… 불쌍한 양반…… 이제는 자식한테도 부모 대접도 못 받아…… 입이 열 개라도 할 말이 없지. 이 불쌍한 양반아…….."

어머니가 얼빠진 사람처럼 고개를 가로저으며 중얼거렸다. 아버지는 구겨진 양복 단추를 채우며 문 쪽으로 걸어갔다. 그는 잘 있으란 듯이 모자를 한 번 들어 올렸다 다시 썼다. 막둥이

숨어있기 좋은 방

가 벌떡 일어섰고 어머니는 갑자기 정신이 돌아온 것처럼 깜짝 놀라서 문을 열고 나가는 아버지를 바라보았다.

"아이고, 금아…… 저 양반은 또 어디를 간다고 저렇게 나갈 꼬…… 저렇게 가면 이제 영영 못 볼 거다. 나는 부부 동반해서 설악산 가보는 게 소원이다. 그 소원도 못 들어주나 무정한 양반아. 아직 꽃게는 하나도 안 먹었는데…… 이렇게 모두 모인 게 몇 년 만인데…… 기념사진도 찍어야 하는데…… 저 봐라. 또 저렇게 걸어가는구나……."

어머니는 얼빠진 얼굴로 중얼거렸고 막둥이가 황급히 아버지를 뒤쫓아나갔다. 그 애는 부엌문을 여는 아버지 허리를 왈칵 껴안았다.

"아버지……."

그 애는 아버지 등에 볼을 부비며 왈칵 울음을 터뜨렸다. 아버지가 뒤돌아서 막둥이를 가슴에 껴안고 클클, 웃었다. 그 모습을 보고 있던 어머니도 울음을 터뜨렸다. 아버지는 막둥이의 어깨를 껴안고 다시 방으로 들어왔다.

"여보……."

아버지가 허리를 구부려 앉으며 어머니의 손을 잡았다. 그 순간 어머니는 갑자기 아버지 품으로 무너지며 통곡을 했다. 아버지는 난처한 듯이 어머니를 껴안고 등을 두드렸다. 막둥이가 더욱 큰 소리로 울기 시작했고 그때까지 꼼짝없이 서있던 현이가 뭐라고 투덜거리더니 후다닥 다락방으로 올라갔다. 그리고 커다란 가방을 둘러메고 내려왔다.

"난 나갈 테야. 이제 난 이 집과는 영원히 결별이야. 이 거지 남자를 아버지라고 부르며 같이 살 수는 없어. 모두들 잘 먹고 잘 살아……."

현이는 빈정거리듯이 내뱉고는 거칠게 방문 밖으로 튀어나갔다.

"아이고 여보……."

어머니는 아버지 품에 안긴 채, 이 난리를 모두 해결해달라는 듯이 애처롭게 아버지를 불렀다. 그러나 어머니는 현이의 몹쓸 행동보다 남편 품에 안겨있는 것이 꿈인가 생신가 하는 어리벙벙한 표정이 더 강했다. 아버지는 나에게 미소를 지어 보이며 현이를 따라가보라는 눈짓을 했다.

나는 급히 신발을 신고 골목으로 나갔다. 커다란 가방을 앞뒤로 흔들어대며 걸어가는 현이가 보였다. 나는 그녀에게로 뛰어갔다. 현이는 성질 더러운 고양이처럼 눈을 치켜뜨고 나를 돌아보았다.

"따라 오지 마!"

현이는 있는 대로 소리를 지르고는 다시 걷기 시작했다. 그녀는 금세 저 만큼 멀어졌고 나는 헐떡거리며 그녀를 따라잡았다.

"따라 오지 말랬잖아!"

현이는 그 자리에 멈춰 서서 나를 쏘아보았다. 나는 그녀의

숨어있기 좋은 방

서슬에 약간 질리는 기분이었다.

"어딜 간단 말이니."

나는 그녀의 커다란 가방을 잡아당겼다. 의외로 그녀는 내 손을 뿌리치지 않았다.

"무슨 상관이야. 나도 이제 내 멋대로 한번 살아봐야겠어. 언니처럼, 저 남자처럼, 그렇게 내 멋대로 살기로 했어."

현이는 비웃듯이 말했다.

"멋대로라니. 누가 멋대로 살았다고 하니!"

나는 갑자기 화가 치솟아 꽥, 소리를 질렀다.

"흥."

현이는 콧방귀를 뀌고는 돌아섰다. 커다란 가방을 앞뒤로 흔들며 걸어가기 시작했다. 나는 머리가 지끈거리며 아파왔다. 나는 다시 뛰어갔다.

"도대체 어딜 간단 말이니. 엄마가 걱정하잖아……."

"엄마가 걱정? 하하하. 언제부터 언니가 엄마가 걱정하는 걸 걱정했지?"

현이는 내 말문을 딱 막아버렸다. 나는 더 이상 그녀를 잡을 힘이 나지 않았다.

"이젠 나도 지겨워. 멀리멀리 떠나버릴 거야. 언니처럼 나도 발 뺄 거란 말이야."

"도대체 무슨 말을 하는 거니? 누가 어디서 발을 뺐다고!"

나는 그녀 곁으로 바짝 붙어 서서 소리를 질렀다.

"발 뺀 게 아니면! 언니는 한 번이라도 진지하게 우리 가족에 대해서 생각해본 적 있어? 아버지, 어머니, 동생, 이런 것들에 대해서 생각해본 적 있어? 고민해본 적 있어? 매일 도망칠 생각만 했잖아. 난 다 알아. 우린 모두 제 각각이야. 우리 집은 이제 끝났어. 다정한 나의 집 같은 건 처음부터 없었어. 공중분해 됐어. 더 이상 함께 있을 필요가 없어졌어…… 엄마가 불쌍하고 막둥이가 불쌍할 뿐이야. 제일 불쌍해……."

현이의 눈에서 눈물이 뚝뚝 떨어져 내렸다. 그녀는 손등으로 눈물을 닦으며 앞도 보지 않고 걸어갔다. 나는 멍하니 서있었다. 어느새 현이가 보이지 않았고 나는 뛰어가 그녀를 따라잡았다.

"그래. 미안해…… 일단 집으로 돌아가서 천천히……."

"그만해. 이제 나에게 집이란 없어. 그러나 걱정할 필요는 없어. 집을 나가더라도 언니처럼 남의 집에 얹혀 지내지는 않을 거니까. 난 스스로 독립할 거야."

현이는 눈물을 쓰윽 닦으며 이를 앙다물었다. 나는 맥이 풀렸다. 그녀가 내 언니였더라면 차라리 나았을 것이라는 생각이 들었다.

"그래, 무얼 어떻게 해서 독립할 건데?"

나는 재빨리 그녀의 걸음걸이에 발을 맞춰가며 물었다. 그녀는 고개를 들었고 한동안 아무 말도 하지 않았다. 나는 눈치를 보며 힐끗 그녀를 쳐다보았다. 통통한 볼 위에 난 하얀 솜털

숨어있기 좋은 방

이 햇볕 속에서 부드럽게 날렸다.

"돈을 벌 거야."

"뭐?"

나는 걸음을 멈추었다. 말투가 예사롭지가 않았다.

"돈을 벌 거야. 딱 십 억만 벌어서 돌아올 거야."

어느새 정류장이었고 현이는 주머니 속에 손을 찔러 넣고 차가 오는 쪽으로 고개를 뺐다. 그녀는 코를 훌쩍거리며 앞머리를 뒤로 넘겼다. 나는 엉거주춤하게 그녀 옆에 섰다.

"근데 현아. 돈이 그렇게 쉽게 벌어진다면 내가 왜……."

그녀는 내 말 따위는 듣기도 싫다는 듯 막 도착한 버스를 향해 뒤도 돌아보지 않고 뛰어갔다.

12

 현이를 태우고 떠난 버스의 꽁무니가 보이지 않을 때까지 나
는 서 있었다. 딱 십 억이라고? 나는 하늘을 바라보았다. 창백
한 회색, 태양도 보이지 않는 내려앉은 하늘이었다. 또다시 버
스가 왔고 사람들은 달려갔다.

 나는 꼼짝도 하지 않았다. 어디로 가야 할지, 어느 집으로
가야 할지 알 수 없었다. 어느 곳이든 내가 책임져야 할 역할이
있는 곳이었다. 이 역할, 한 번도 해보지 못한 내 역할에 대해
또다시 숨이 막혀왔다. 나는 걷기 시작했다. 어느 집도 아닌 방
향으로 어느 역할도 없는 곳을 향해서.

 나는 버릇처럼 또다시 봉희에게 전화를 걸었다. 이번에는
꼭 그녀를 불러내 진탕 술이라도 마셔야겠다는 생각을 하면서.
그러나 봉희는 언제나 다이어트 중이었다.

"지금까지 난 너무 몰랐어. 내 체질 말이야. 다이어트도 체질에 맞게 해야 되는 것이었어. 전번에 덴마크 국립병원 식단은 그때뿐이었어. 5킬로그램 빠졌는데 일주일 지나니까 금방 원상회복 되어버린 거 있지. 체질이 중요한 거야. 체질…… 이번엔 뭔가 와닿는 게 있어……."

그녀는 약간 들뜬 목소리로 말했다.

"그래…… 이번엔 식단하고 관계가 없으니 날 만날 수 있겠구나. 어디서 볼까? 체질에 맞는 음식, 실컷 먹게 해줄게. 영화도 보고 쇼핑도 하고……."

"얘는…… 안 돼. 내 체질이 뭔지 알아보러 가기로 했어. 그것만 전문으로 연구하는 사무실이 있거든. 벌써 약속이 되어있어…… 넌 정말 여전해…… 내가 얼마나 심각한지를 전혀 생각해주지 않아. 섭섭해……."

그녀는 한숨을 쉬었다. 나도 한숨을 쉬었다.

"좋아. 그럼, 체질 알아보고 만나지 뭐."

어떻게든 그녀를 만나려고 애쓰는 내가 한심스러웠다.

"안 돼…… 네가 부르면 나는 바로 달려나가는 사람이라고 생각해? 늘 느꼈지만 넌 정말 이기적이야. 나 체질 알아보고 비만 침 맞으러 가야 해. 신토불이로 가기로 했어. 지금까지 너무 서양적인 다이어트에 의존했던 것 같아……."

"다이어트 책을 한 권 펴내도 되겠구나. 나는 이렇게 해서 다이어트에 실패했다!"

나는 짜증스레 소리쳤다.

"뭐? 너 정말…… 네가 왜 친구도 없고 외톨이인지 모르겠니? 넌 남의 말을 안 들어. 타인에 대한 이해심 제로야. 그런데도 그런 멋진 남자와 결혼을 했다니 정말 웬 기적이니. 남자들은 여자 볼 줄 모른다니까…… 인생은 정말 불공평해. 쳇."

봉희의 응얼거리는 소리가 들려왔지만 나는 왈칵 전화를 끊어버렸다. 마음을 터놓을 친구 하나 못 만들었다니, 내 인생은 진짜 실패한 것이 분명했다.

나는 또다시 걸어가기 시작했다. 눈에 보이는 가게에서 소주를 한 병 사서 걸어가면서 마셨다. 어딘가, 숨을 곳이 필요하다는 생각이 들었다. 문득 오동나무가 떠올랐다. 이런 기분일 때 그곳보다 더 적합한 장소는 없다. 나는 망설임 없이 택시를 탔다. 어서 빨리 그곳으로 숨어들고 싶었다. 태정의 방문은 잠겨있었다. 나는 방문 앞에 놓인 그의 운동화 속에 든 열쇠를 꺼내어 방문을 열었다.

방은 텅 비어있었다. 아니, 침대가 있긴 했지만 웬일인지 그 방에 들어서는 순간 텅 비어있다는 느낌이 들었다. 나는 곧장 침대 밑으로 손을 뻗어 손에 잡히는 술병을 꺼냈다. 한잔 마셨고 담배를 피웠다. 기차 지나가는 소리가 들려왔고, 얼마 후 또다시 들려왔다. 그때마다 조금씩 시간이 갔고 방도 어두워져 갔다. 나는 불을 켜지 않았다. 태정, 너는 어디에 있느냐? 그를 기다리면서 나는 애가 탔다. 어쩌면 그가 영원히 떠났을지도 모른다는 생각이 들었다. 갑자기 그가 그리워서 견딜 수가 없었다. 빨리, 조그만 더 빨리 이곳으로 돌아오라. 나의 왕자. 나의 쌍둥이.

누군가의 발자국 소리가 들렸고 그것은 곧장 태정의 방문 쪽으로 왔다. 노크소리가 들렸다. 나는 긴장했다. 방문이 열렸고 나는 너무 놀라 뒤로 벌렁 나자빠졌다.

"왜 그리 놀래? 귀신이라도 봤나?"

진짜 귀신을 봤다고 생각했다. 나는 얼이 빠져서 천천히 일어났다. 흰 머리카락을 늘어뜨리고 흰 치마를 입은 백 살은 되어 보이는 노파였다.

"이 방 총각 오늘 돌아와?"

"몰라요…… 왜 그러세요?"

"이 총각 벌써 방세가 두 달째 밀려있어. 어딜 갔는지, 방세 달라고 했더니 일주일 내내 연락이 없어. 돈이라도 벌러 갔나? 아니, 지금 세 밀린 사람이 한둘이 아니야. 내가 굶어죽겠다. 개발지역이라고 묶어놓고선 꼼짝도 못하게 하지. 안 그러면 우리 아들이 여기다 벌써 호텔 지었다. 그런데 아가씬 누구야? 총각이랑 무슨 사이야?"

"……아무 사이도 아닌데요."

나는 얼버무리듯이 중얼거렸다. 노파는 크게 고개를 끄덕였다.

"아아…… 진짜 아무 사이도 아니야?"

"네."

"그런데 왜 이 방에 있는 거야? 여긴 침대 방이야. 이 집에서 침대 방은 이 방밖에 없는 거 모르지? 만오천 원이야. 아니, 만 원만 내."

노파가 손바닥을 내 앞으로 내밀었다. 나는 멍하니 그것을 바라보았다. 노파는 어서 내놓으란 듯이 두어 번 손을 흔들었다. 나는 지갑을 뒤져 만 원짜리 한 장을 빼내 주었다. 노파는 종이돈을 확인한 뒤 문을 닫고 질질 발 끄는 소리를 내면서 계단을 내려갔다.

나는 얼른 침대 밑으로 들어가 태정의 물건들을 확인했다. 두 개의 술병과 담배 한 갑이 있을 뿐 아무것도 없었다. 그의 유일한 재산인 배낭도 기름버너도 플라스틱 그릇들도, 아무것도 없었다. 나는 침대 밑에 머리를 박은 채 그대로 엎어졌다. 눈물이 났다. 정말 떠나버린 건가. 나는 침대 밑으로 완전히 기어들어갔다. 어두컴컴하고 낮은 공간에 웅크리니 완전히 숨겨진 기분이 들었다. 누구도 나를 찾을 수 없을 것이다.

얼핏 잠이 들었고 방문을 여는 소리에 잠이 깼다. 누군가 들어오는 기척이 느껴졌다. 환하게 불이 켜졌고 나는 단번에 그의 냄새를 느낄 수 있었다. 태정이었다. 그의 발치로 검은색 셔츠가 떨어졌고 침대 밑으로 소주 한 병이 굴러 들어왔다. 침대가 삐걱거렸고 그는 침대 위에 걸터앉았다. 나는 누운 채 천천히 그의 다리 사이로 얼굴을 내밀었다. 그는 멀거니 어딘가를 바라보고 있었다.

"이봐. 난 오늘 새로 태어났어."

나는 불쑥 그의 다리 사이로 몸을 일으켰다. 태정이 눈을 껌뻑이며 나를 바라보았다. 그의 얼굴은 땅속을 헤매다 온 것처럼 새카맣게 질려있었다.

"잘 지냈어?"

나는 명랑한 목소리로 입을 열었다. 태정은 얼굴을 확 찌푸렸다.

"그동안 어떻게 지냈어?"

태정의 두 다리 사이에서 나는 그의 복숭아뼈를 만지며 허벅지에 얼굴을 비볐다. 그는 왈칵 나를 밀어제쳤다. 나는 뒤통수를 박으며 바닥에 넘어졌다.

"그동안 어떻게 지냈어? 그래, 그건 나를 볼 때마다 하는 너의 첫인사지. 그러고는 네 멋대로 휭 가버리지. 내 감정 따위는 조금도 생각해주지 않아. 내가 어떻게 되든 넌 상관도 하지 않아! 네 멋대로 왔다간 네 멋대로 가버려. 정말, 내가 뭘 했는지 진짜, 진심으로 궁금해? 응? 진심으로 궁금하냐고! 그래, 말해주지. 그동안 어떻게 지냈냐고? 아무것도, 아무것도 하지 않았어!"

그는 벌떡 일어서서 마구 소리 질렀다. 나는 그의 폭발에 어안이 벙벙해졌다.

"왜 그래…… 나는 아무 뜻도 없었어. 그냥 인사였다고. 너

이상하구나…… 네가 보고 싶었어. 정말, 무진장 보고 싶었어. 이건 진심이야."

나는 주먹을 꼭 쥐고 서있는 그의 손을 잡고 손등에 키스를 했다. 싸우고 싶은 마음은 조금도 없었다. 그는 손을 획 뿌리쳤다.

"거짓말쟁이! 넌 나를 비웃고 있어. 난 다 알아. 난 구질구질하고 아무것도 없는 게으름뱅이야. 난 아무것도 아니야. 벌레보다 못해. 이건 사실이야. 하지만 최소한 누구를 이유 없이 괴롭히지는 않아. 그런데 넌 뭐야! 왜 날 못살게 구는 거야! 내가 네 노리갯감이야? 강아지야?"

그는 침대보를 왈칵 잡아당기며 멍멍 소리를 냈다. 나는 두 팔을 벌려 그를 꼭 껴안았다. 그는 거칠게 숨을 몰아쉬었지만 나를 팽개치지는 않았다.

"그러지 마…… 난 지금 좀 아파!"

나는 그의 등에 대고 한숨을 쉬었다.

"난, 지금 외로워."

그를 돌려세우며 내가 말했다.

"보고 싶었어. 내 손 좀 잡아줘."

나는 두 손바닥을 그의 손바닥에 갖다 대며 힘 있게 깍지를 꼈다.

"키스해줘."

나는 턱을 치켜들었다. 그가 멍하니 내 얼굴을 내려다보았다.

"빨리!"

나는 뒤꿈치를 들고 그의 입술에 키스를 했다. 그는 멈칫거리며 내 혓바닥을 받아들였다.

"아, 안 돼. 좀 더 세게! 날 미치게 해봐!"

나는 몸을 비틀며 그에게로 파고들었다. 그는 갑자가 내 혓바닥을 확 내뱉으며 사납게 나를 털어냈다.

"넌 섹스밖에 몰라! 넌 섹스하고 싶을 때만 나를 찾아와! 그렇지!"

그는 경멸스러운 표정을 지었다. 나는 손바닥으로 가만히 입술을 닦았다.

"그래…… 섹스밖에 몰라. 그게 뭐 나빠? 섹스가 하고 싶어 너를 찾아왔어. 뭐 잘못 됐어? 넌 날 보면 하고 싶지 않아? 한 번 미쳐버리고 싶지 않아? ……그만 꺼져줄게. 내가 잘못 찾아왔어."

나는 가방을 들고 돌아섰다.

"안 돼. 가지 마. 내가 잘못했어!"

태정이 재빨리 무릎을 꿇으며 두 팔로 나의 다리를 껴안았다.

"흥. 벌써 마음이 변했어. 난 가야겠어."

나는 복수하듯이 발을 흔들어 그의 팔을 털어냈다.

"그래. 가려면 가! 넌 언제나 네 멋대로였어. 있고 싶으면 있고 가고 싶으면 가고! 내가 어떻게 팽개쳐지든 너하고는 아무 상관도 없지. 나 같은 건 아무래도 좋아! 실컷 가지고 놀다 팽개치면 그만이야! 모든 게 네 마음대로야. 모든 게 자기 마음대로야! 나는 그냥 멍청이처럼 무작정 기다리고 있는 거야. 이렇게! 비참해!"

그는 바닥에 이마를 쿵쿵 박아대며 칼 맞은 짐승 같은 소리를 냈다. 고약한 일이었다. 나갈 수도 없고 주저앉을 수도 없었다.

"넌 도대체 누구야?"

태정이 벌떡 고개를 들었다. 나는 아무 할 말이 없었다. 나는 누구인가?

"넌 오늘 이상하구나. 왜 나를 못살게 볶아대고 그래. 난 좀, 쉬고 싶어. 편안해지고 싶단 말이야. 우리 만나면 좋잖아. 그거면 된 거 아니야? 더 이상 뭐 또?"

나는 짜증을 냈다.

"난 너를 다 안다고 생각했어. 하지만 아무것도 모른다는 걸 알았어. 뭐든지 말해봐. 넌 왜 너에 대해서 아무 말도 하지 않지? 무슨 비밀이 그렇게나 많지? 여기서 나가면 나는 네가 어디서 무얼 하는지도 몰라. 난 그냥 무작정 널 기다리는 것밖에 할 수 없어. 난 그저 너를 떠올리는 방법밖에 없어. 네가 했던 말, 네가 누웠던 자리, 이 머리카락, 네가 했던 낙서들…… 왜 그래야 하지? 우리가 언제 만날지 언제 헤어질지 모두 너 혼자서 결정해. 왜 그렇지? 난 뭐야?"

그는 심각한 어조로 따지고 들었다.

숨어있기 좋은 방

"아아, 꼴통 남편같이 말하네. 너도 내게 권리를 주장하는 거니? 역겹다."

나는 골치 아픈 표정을 지었다.

"뭐? 정말 말이 안 통하네! 왜 날 숨겨두는 거지? 내가 그렇게 창피한 존재야?"

그는 얼굴을 일그러뜨렸다.

"아아, 제발 그만 좀 할 수 없니. 넌 다 봤어. 여기서 네가 본 것, 그것이 바로 나의 모든 것이야. 더 이상의 나는 없어. 난, 여기가 좋아. 이건 진심이야. 무엇보다 여기에 있는 네가 좋아. 그게 다야. 끝."

나는 두 손을 번쩍 들었다.

"여기 있는 나? 그것뿐이야?"

그는 오늘 끝을 보고 싶어 하는 것 같았다.

"그래, 여기 있는 너. 저 바깥세상에서 너는 나에게 없어."

그는 충격받은 표정으로 한동안 아무 말도 않았다. 입술이 말라갔다.

"이렇게 한심스러운 생활 그만둘 수 있어. 직장 구하고 돈도 벌 거야. 네가 원하면 뭐든지 할 거야. 언제까지 이렇게 살지는 않을 거야. 난 변할 수 있어."

나는 이야기가 점점 신파조로 흘러가는 느낌이 들었다.

"이 한심스러운 생활의 종지부를 찍으려는 것이 오직 나를 위해서란 말이야?"

"그래!"

"감동적이긴 한데……. 제발 그러진 말아줘. 날 먹여 살린다는 이유로 얼마나 못살게 볶아댈지 안 봐도 비디오다."

"아니. 그렇지 않아. 뭐든지 네가 원하는 대로 할 거야. 볶아대지 않을 거야."

"그만! 지금도 넌 내가 원하는 대로 해주고 있지 않아."

그는 풀이 죽어 고개를 숙였다.

"내가 좋아하는 건 바로 지금의 너야."

나는 그의 머리카락을 쓰다듬었다.

"이렇게 무능한? 이렇게 아무것도 아닌? 이렇게 초라한?"

그는 슬픈 듯이 나를 쳐다보았다.

"그래. 백수의 너. 이 방에 박혀있는 바보 같은 너. 그것이 내가 원하는 너야."

나는 클클, 아버지처럼 웃어보았다. 기분을 가볍게 띄워주는 웃음이었다. 나는 침대 위로 올라가 엎드렸다. 멍청히 서있던 태정이 침대 밑으로 들어가 술병을 가지고 나왔다. 그는 병을 따고 한 모금 마신 다음 내 옆으로 와 누웠다. 그는 다시 한 모금 마시고 나에게 내밀었다. 나는 술병을 받으며 얼굴을 찌푸렸다. 그의 팔목 안쪽에 10센티미터가량의 길쭉한 상처가 패어있었다. 끝이 예리한 무언가에 긁힌 흉터였다.

"아, 이거 뭐야. 끔찍해."

나는 그의 손목을 쥐고 얼굴을 찌푸렸다. 상처는 이제 막 아물기 시작해서 시커멓게 엉킨 피가 말라붙어 있었다.

"너 때문이야. 네가 이렇게 만들었어."

그는 손목을 빼내며 토라진 목소리로 말했다.

"뭐? 내가 어쨌는데."

나는 술을 한 모금 마셨다.

"너를 기다리면서 나 자신이랑 내기를 했어. 내가 정한 날까지 네가 오지 않으면 나를 찔러버리겠다고."

그는 소리 내어 웃었다. 차가운 무엇이 척추를 타고 내려가는 기분이 들었다.

"난 왔잖아. 이렇게."

"내가 약속한 날은 일주일 전이었거든."

그는 홀짝 술을 마셨다.

"너 정말 그렇게 할 일 없어? 날 기다리는 일이 아니면 다른 할 일이 없어?"

나는 신경질을 냈다.

"없어."

그는 다시 술을 마셨다. 나는 술병을 빼앗았다.

"정말 대단하네! 날 몰랐을 땐 뭘 하고 살았어."

"아무것도."

그는 술병을 빼앗아 술을 마셨다.

"정말 구역질나는 인간이다. 넌 뭘 먹고 사는 인간이야? 누가 널 먹여주고 재워줘? 왜 이러고 있는데? 아아, 아까 이 집

할멈이 왔어. 방값 내놓으라더군. 참, 기막혀!"

나는 술병을 입에 대고 한 모금 마셨다. 그는 갑자기 우울한 표정을 짓더니 물끄러미 나를 바라보았다.

"너 오늘 로맨틱하게 해줄까."

그가 말했다.

"뭐?"

"돈이 있으면 로맨틱한 사랑을 할 수 있다며?"

그는 빈정거리듯이 말했다.

"너 진짜 숨겨둔 돈 많은 아버지가 있나 보네. 응?"

나는 과장스럽게 놀라며 그를 쳐다보았다. 그는 천천히 옷을 꿰입었다.

"가보자!"

그는 배낭을 멨다. 나는 그를 따라 나섰다.

"또 사라지진 않겠지?"

방문을 나서며 그가 내 손을 꼭 쥐었다.

"천만에!"

숨어있기 좋은 방

13

태정은 버스를 두 번 갈아탔고 이 도시의 외곽지로 갔다. 우리는 붉은 불빛들이 일렁이는 술집이 늘어선 골목길로 들어섰다. 어느 술집 문 앞에서 그가 나를 돌아보았다.

"그냥, 여기서 기다릴래?"

그는 갑자기 함께 들어가기가 꺼려지는 것처럼 말했다. 나는 고개를 흔들고 그를 따라 들어갔다. 술집 문을 열고 들어가니 높은 칸막이가 쳐진 복도가 길게 이어졌다. 복도 끝에서 나비넥타이를 맨 남자가 걸어와 예의 바르게 인사했다. 태정은 남자에게 무슨 말인가를 했고 남자는 꼬불꼬불한 칸막이들 사이로 우리를 데리고 갔다.

한 여자가 붉은색 공단 소파에 앉아 담배를 피우고 있었다. 백 킬로그램은 되어 보이는 대단한 뚱보 여자였다. 그녀는 좀

203

짜증스러운 듯이 웨이터를 힐끗 쳐다보더니 태정을 발견하고는 벌떡 일어났다. 나는 그녀가 태정의 젊은 엄마나 나이 든 누나일 것이라는 생각을 했다. 그녀는 얼른 담배를 끄고 옷걸이에 걸린 옷을 걸쳤다.

"여기서 나가."

뚱뚱한 여자가 태정을 밀었고 우리는 금방 밖으로 나왔다. 그녀는 태정의 어깨에 팔을 두르고 걷기 시작했다. 나는 멍하니 두 사람 뒤를 따라갔다. 여자는 얼마나 뚱뚱한지 태정을 어머니 옆에 붙어가는 다섯 살 꼬마처럼 보이게 했다. 어쩌면 저렇게도 살이 쪘담. 여자는 태정의 목을 껴안은 채 '다방'이라는 간판이 달린 곳으로 들어갔다. 나는 그들을 따라 들어갔고 두 사람은 나 같은 건 안중에도 없는 것 같았다. 나는 엉거주춤하게 태정 옆에 앉아서 묵묵히 차를 마셨다.

"왜 그렇게 안 왔어? 궁금해서 미치는 줄 알았어. 왜 내게 주소도 가르쳐주지 않지? 아직도 내가 너무 뚱뚱하다고 생각해?"

여자는 눈을 흘기며 웃었다. 태정은 픽 웃으며 탁자 위에 얹힌 그녀의 손을 잡았다.

"요즘은 어때."

"괜찮아. 난 개성이 있잖아. 인기 좋아."

그녀는 농구공처럼 불룩 솟아오른 가슴을 흔들며 킬킬 웃었다. 그리고 주머니 속에서 탈지면과 소독약을 꺼내었다.

"왜, 아파?"

태정이 얼굴을 찡그렸다.

"아니. 귀를 잘못 뚫었나 봐. 자꾸 고름이 나와. 아이, 귀찮아. 씨이……."

여자는 탈지면에 소독약을 부어 귀를 닦았다. 여자는 얼굴을 찌푸렸고 나와 눈이 마주쳤지만 나를 보는 것 같지는 않았다. 술집에서 처음 봤을 때보다 그녀는 훨씬 어려 보이는 얼굴이었다. 동그란 눈동자와 포동포동한 볼이 그녀의 나이를 더욱 어려 보이게 했다. 현이의 나이 또래로밖에 보이지 않았다.

"이 언니는 참 날씬하네."

그녀는 담배를 빼물고 불을 붙였다.

"하지만 요즘엔 날씬한 게 별로 안 부러워. 나 얼마 전에 낙태했어. 5개월이나 된 건데, 이번엔 정말 끔찍하게 느껴졌어."

그녀는 얼굴을 가리려는 듯 구름처럼 담배연기를 내뱉었다.

"미야. 그런 얘긴 정말 싫다."

태정이 추운 것처럼 어깨를 오므렸다.

"오빠 너무 순진해. 힝…… 요즘은 자꾸만 아파. 날씬한 것보다 건강이 최고야."

그녀는 담배연기를 내뿜었다.

"미야. 담배 피우지 마…… 싫어……."

태정이 어깨를 오므린 채 웅얼거렸다. 여자는 킬킬 웃다가 기침을 했다.

"그동안 왜 안 왔어. 돈을 어디에 써야 할지 몰라 미치는 줄 알았다고."

여자는 눈꼬리에 걸린 눈물을 닦았다.

"왜 주소도 안 가르쳐줘? 내가 찾아갈까 봐? ……그럴 시간
도 없어. 계좌 번호라도 가르쳐달라니까. 방세하고 등록금은
어떻게 했어?"

여자의 눈에서 갑자기 눈물이 주르르 흘러내렸다.

"내 걱정은 할 필요 없어. 넌 언제까지 이러고 있을 거야?"

초조한 듯 태정이 주먹을 말았다 폈다.

"힝…… 그래도 오빠 하나 정도는 책임질 수 있어. 난 좋아.
인기 좋다고. 개성이 있거든."

여자는 눈물을 쓱 닦고 웃었다.

"엄만 언제 봤어?"

여자는 웃었고 웃는 눈 속에서 또다시 눈물이 쏟아져 나왔다.

"몰라…… 안 가본 지 오래됐어. 넌……?"

태정이 몸을 움츠렸다.

"내가 왜 못 가는지 알면서. 오빤 너무해. 왜 엄마를 모르는
척해. 엄마가 불쌍해."

여자는 손등으로 볼을 문질렀고 그 위로 다시 눈물이 흘러내
렸다.

"씨이…… 엄마 생각하면 왜 눈물부터 나…… 난 이제 다 컸
는데…… 이제 가봐야겠어. 오빠 이거…… 다음 달에도 잊지
마. 꼭 와, 알았지?"

그녀는 탁자 위에 흰 봉투를 내려놓고 일어섰다. 태정은 웅크려 앉은 채 아무 말도 하지 않았다. 여자는 약간 뒤뚱거리며 다방을 나갔고 우리는 봉투에 눈을 박은 채 한동안 꼼짝도 하지 않았다.

태정은 갑자기 벌떡 일어나더니 두 손으로 탁자를 탕, 쳤다. 그리고 봉투를 주머니 속에 넣고 어슬렁거리며 나갔다. 나는 멍하니 그를 따라 나갔다. 버스를 타고 돌아오면서 우리는 한 마디도 하지 않았다. 태정은 슈퍼마켓으로 가 주머니마다 술과 담배를 사 넣었다. 그리고 우리는 호텔이라는 곳으로 갔다.

"와, 진짜 호텔이네! 태어나서 처음이야."

"나도."

우리는 호텔방에 들어서기 바쁘게 각자 술을 한 병씩 차지하고 뚜껑을 땄다. 나는 새하얀 침대에 그는 소파에 앉았다. 너무나 깨끗하고 완벽한 방을 두리번두리번 살피며 우리는 각자 술병을 비웠다. 빈 술병은 카펫 바닥으로 던졌다.

"하아…… 너 학생이었구나. 학생이라…… 멋있군!"

나는 새로운 술병 뚜껑을 따며 한마디 했다.

"하지만 다 때려쳤어."

그가 입술을 짓씹으며 말했다. 그가 학생이라니, 어색한 느낌이 들었다. 인생이란 문을 열고 들어가면 예외도 깊이도 없었다. 문 앞에서부터 그렇고 그런 이야기, 울고 있는 여동생, 걱정으로 쪼그라든 엄마, 주정뱅이 아빠…… 이상하게 내 주변

207

의 사람들은 대체로 남루하고 구질구질한 인생의 주인공들이다. 사람들은 자기와 비슷한 인간에게 끌린다는 말이 있는데 그런 이유 때문에 나는 그를 만나는 것일까. 왠지 싫다.

"내 인생 어디서부터 꼬였는지 나도 모르겠네."

태정은 어슬렁거리며 방 안에 있는 조명등을 모두 켜기 시작했다. 노랗고 빨간 조명등이 모두 여섯 개나 되었다. 그는 벽에 붙은 노란 조명등 아래 서서 술을 한 모금 했다. 그리고 망설이는 것처럼 입을 열었다.

"넌 미야가 뚱보라고 속으로 비웃었지? 나도 그 애를 많이 놀렸거든. 하지만 그 미아는 대단히 용감한 애야. 나하고는 달랐어. 외모부터도 어떻게 그렇게 다를 수 있는지. 여고 입학시험을 치고 나서 새 옷을 한 벌 사달라고 하더라. 그래, 걔는 그 새 옷을 입고 집을 나가버렸어. 그때 난 고2였어. 어느 날 학교를 나오는데 걔가 정문 앞에 딱 버티고 서서 웃고 있었어. 여전히 뚱뚱했지만 눈이 부실 만큼 멋있었어. 내 손을 꽉 잡으면서 그 애가 맨 먼저 한 말이 뭔지 알아?"

그는 담배에 불을 붙이며 웃었다.

"오빠 내가 너무 뚱뚱해서 연애도 못할 거라고 그랬지? 난 진짜 궁금했어. 그래서 시험을 좀 해봤지. 그런데 오빠가 틀렸어! 난 요즘 인기가 좋아. 나같이 개성 있는 여자는 드물대! 신나게 노느라 집에 돌아가는 것도 까맣게 잊어버렸지 뭐야. 엄마한테 안부 좀 전해줘. 너무 잘 있으니, 나 때문에 울지 말라

숨어있기 좋은 방

고. 그리고 오빠. 공부 열심히 해! 내가 뒤를 봐줄 테니까!"

그는 노란 조명을 받으며 연극배우처럼 눈을 동그랗게 뜨고 나를 바라보았다.

"말하자면 네 탓이 아니고 동생 스스로 원하는 일이었다 이 거지?"

"그래. 스스로 원해서 그 길을 갔어. 내 책임인가?"

그는 우울한 표정으로 풀썩 쪼그려 앉았다.

"알았어. 누가 뭐래…… 벌써 머리가 아파오네…… 휴, 우린 태어나지 말걸 그랬나. 누구한테도 도움이 안 돼. 겨우 빈대나 붙어서 사니, 이거 원!"

나는 내 머리를 술병으로 쾅 쳤다. 태정이 짧게 웃었다. 나는 침대에서 일어나 산뜻한 소파에 앉았다가 다시 일어나 새하얀 침대 위에 널브러졌다. 술병에서 나온 술이 내 가슴 위에 흘러내렸다. 노란 조명등 아래 쪼그려있던 태정이 유리문을 향해 걸어갔다. 그는 고개를 젖히고 술을 마셨다. 그의 목에서 꿀렁이는 소리가 났다.

"여긴 개같이 조용하네. 어항 속에 들어온 것 같아."

태정은 고요함에 결박당한 사람처럼 몸을 흔들며 중얼거렸다.

"그리고 더럽게 더워."

나는 침대 위에서 허우적거렸다.

"더럽게 깨끗하기도 하네."

태정이 손으로 벽을 쓸면서 중얼거렸다.

"술도 개 같이 맛이 없고."

"난 머리가 아파."

태정이 머리를 감싸 쥐고 침대 모퉁이에 앉으며 쓰러졌다. 차갑고 하얀 시트가 기분 나쁜 듯 소리를 냈다. 나는 눈을 감았다. 깊은 잠에 빠지고 싶었다.

"안 돼. 자지 마. 자면 안 돼!"

그가 내 어깨를 흔들었다.

"자지 않아."

"그럼 눈을 뜨고 나를 봐. 난 외로워."

나는 눈을 떴다. 그리고 그를 내 가슴으로 끌어당겼다.

"불쌍한 나의 생쥐……."

그는 내 가슴에 안긴 채 꼼짝도 하지 않았다. 그의 심장은 팔딱팔딱 낮게 뛰었고 머리카락에서 젖은 낙엽 냄새가 났다. 축축한 안개 냄새도 났다. 석유 냄새도 났다. 일렁이는 불 위로 커다란 나뭇잎이 떨어졌다. 어디선가 바람이 불어왔고 툭, 툭, 무거운 소리를 내면서 오동나무 잎이 떨어졌다. 나는 눈을 떴다.

"아, 난 잠들었나 봐…… 오래 잤니? 넌 뭐 했어?"

그는 소파에 앉아 모호한 표정으로 나를 바라보고 있었다.

"계속 마셨어."

그는 술병을 들어 보였다. 나는 갑자기 구토가 나왔다. 귀까지 멍멍해졌다.

"아, 미치겠어. 이제 진짜 죽으려나 봐."

나는 배를 쥐고 구역질을 했다. 방이 빙글빙글 돌아갔다. 태정이 벌떡 일어나 옷을 입었다.

"어디 가는 거야?"

나는 신경질적으로 소리쳤다.

"약 사러."

그는 문을 열고 밖으로 나갔다. 나는 차갑고 하얀 이불로 머리를 둘둘 말았다. 배 속에 괴물이 들어앉아 마구 꼬집으면서 흔들어대는 것 같았다. 창자가 꼬이고 눈에서 눈물이 줄줄 흘러나왔다. 문 여는 소리가 들렸고 태정이 들어왔다. 그는 내 입에다 알약 몇 개를 넣어주었다. 그리고 소파에 앉아 새로운 술병을 땄다.

"너무 마시는 거 아니냐?"

나는 목구멍으로 올라오는 약 냄새를 느끼며 헐떡거렸다. 태정은 아무 말 없이 마시던 술병을 나에게 내밀었다. 나는 고개를 흔들었다. 여기서 더 마시면 진짜 죽을 것 같았다. 그러나 술병은 내 손에 쥐여져 있었고 한 모금 들이키고 있었다. 괜찮았다. 한 모금 더 마셨다. 좋았다.

"곧 알코올중독자가 될 것 같아. 이것 봐. 난 벌써 손가락이 떨리잖아. 이봐……."

내 손가락은 정말 떨리고 있었다. 나는 다른 손으로 떨리는 손을 잡았다. 그러자 두 손이 한꺼번에 마구 떨기 시작했다. 나는 놀란 듯 두 손을 떼놓았고 태정이 킬킬거리며 웃었다. 갑자기 약 기운과 술기운이 동시에 느껴졌고 공중에 붕 떠있는 기분이 들었다.

"네 아이를 가지고 싶다."

나의 입에서 느닷없이 이런 말이 나왔다.

"정말?"

태정은 내 진의를 파악하듯 빤히 쳐다보았다.

"우리 아이 이렇게 깨끗한 집에서 정상적으로 키울 수 있을까?"

내가 살짝 코웃음 치자 태정이 생각을 정리하듯 조명등을 하나하나 끄기 시작했다.

"우리 같이 살까? 나 돈 벌어올 수 있어. 직장을 가질 거야. 많이는 아니지만 먹고살 만큼은 벌 수 있어. 첫 번째 가족여행은 여름만 있는 나라에 가고 싶어. 열대과일 맛이 어떤 건지, 열대의 바람이 어떤 건지, 스콜 비 맛은 어떤지, 그 낯선 첫맛을 내 아이와 함께 경험해보고 싶어. 아, 내 아이라니 심하게 두근거린다."

태정은 마지막 조명등을 끄고 어둠 속에서 흰 이를 드러내고 웃었다. 속이 울렁거렸다.

"저기, 약 더 없어?"

"한 알만 먹으라 했는데."

숨어있기 좋은 방

태정이 알약 한 개를 내 입에 더 넣어주었다.

"이 약을 먹으니까 자꾸 위로 올라가는 느낌이다. 천장에 붙는 건 아니겠지?"

내가 중얼거리자 태정은 무릎 위에 턱을 괴고 고양이처럼 나를 쳐다보았다.

"아, 또 속이 뒤틀리네."

나는 가슴을 쥐어뜯으며 헛구역질을 해댔다.

"난 이 방이 왠지 싫어. 너무 잘난 체 뻐기는 것 같아."

태정이 바닥에 있는 빈 술병을 굴리며 말했다.

"속이 울렁거리는데 나오지가 않아. 괴롭다!"

"좀 두드려줄까?"

태정이 내 등을 팡팡 두드렸다. 목에 걸렸던 것이 왈칵 올라왔다. 액체들이 흰 시트 위로 쏟아졌다. 낮에 먹었던 것들이 차례로 올라왔다. 쓰디쓴 술도 계속 올라왔다. 눈물 콧물이 범벅이 되었다. 나는 일어나 화장실에 가서 세수를 했다. 태정이 내옷을 입혀주었다. 우리는 비틀거리며 방문을 열고 나가 호텔 밖으로 나갔다. 날카로운 자동차 소리가 귓속이 아니라 목구멍으로 파고들었다.

"아 진짜 개 같은 곳이었어."

14

    하늘은 땅에서 너무 멀어 보였고 깃털구름조차 없는 푸르디 푸른 날이었다. 우리는 늦가을 풍경을 옆으로 끼고 이 도시의 끝에 있는 강으로 가는 중이었다. 가족 소풍이었다. 이 소풍은 그동안 내가 얌전하게 근신한 것에 대한 경보 해제이며 상이었다. 휘종이 운전을 하고 있었고 나는 그 옆에 앉았다. 뒷자리에 앉은 휘종의 아버지는 간간이 헛기침을 하며 낚시를 하기에 너무 바람이 부는 날이 아니냐고 물었다. 휘종은 운전하기에 정신이 없어 아무 대답도 하지 못했다.

    나는 창문을 활짝 열고 차창 밖으로 팔을 뻗었다. 바람이 내 팔을 휘청거리게 했다. 나는 고개를 차창으로 빼고 들판을 바라보았다. 한 무더기씩 떨어지는 낙엽처럼 참새 떼들이 사선으로 내려앉았다. 다시 날아올랐다. 어디에선가, 둥둥, 북을 치는 소리도 들려왔다.

"와아아······."

나는 참지 못하고 들판을 향해 커다랗게 소리를 질렀다.

"빨리! 좀 더 빨리, 최고 속도로 올려봐!"

나는 차창 밖으로 어깨를 내밀고 손바닥으로 문을 두들겼다. 휘종이 갑자기 브레이크를 밟았고 나는 어디엔가 머리를 콱 박으며 주저앉았다. 뒤에 앉은 휘종의 부모가 동시에 아이쿠, 신음소리를 냈다.

"너 정말 계속 그럴래? 너 때문에 운전을 할 수가 없잖아. 빨리 창문 닫아. 그리고 얌전히 앉아있어. 이거야 원······."

휘종이 뭐라고 투덜거리는 사이에 덜커덕거리며 차가 다시 출발했다. 나는 벌렁 뒤로 나자빠졌고 휘종의 부모가 다시 어이쿠, 신음소리와 혀 차는 소리를 냈다. 나는 얌전히 창문을 닫고 입을 닫았다. 그리고 힐끗 휘종의 옆얼굴을 바라보았다. 그는 두 눈썹을 모우고 앞으로 곤두박질하듯이 운전대를 잡고 있었다. 잔뜩 골이 난 것 같은 표정이었다.

자동차는 강으로 들어가는 입구에 세워졌다. 나는 모자를 쓰고 돗자리를 들었다. 휘종과 그의 아버지는 낚시 가방을 둘러멨다. 그리고 도시락과 음료수가 든 커다란 박스를 함께 들었다. 나는 신발을 벗고 돗자리를 흔들며 강을 향해 뛰어갔다. 모래 속으로 발이 푹푹 빠져 들었고 기분이 좋았다.

나는 강과 그 너머 숲을 가장 잘 볼 수 있는 곳에 돗자리를 폈다. 세 사람이 천천히 내가 있는 곳으로 걸어왔다. 그들은 무슨 말인가를 두런거리며 걸어왔고 나는 새삼스레 그들을 바라보았다. 어떻게 내가 그들과 가족이 되어 이렇게 소풍을 오게 되었는지, 그들이 완전히 낯선 사람처럼 여겨졌다. 직장동료들보다 적응하기가 더 어렵다는 낯선 이 느낌이 영 사라질 것 같지가 않았다.

"바람이 너무 불어. 낚시가 제대로 될까…… 저어기, 저 사람들 앉은 자리가 좋은데, 한발 늦었어. 강 건너로 가볼까…… ."

휘종의 아버지가 박스를 돗자리 위에 놓으며 중얼거렸다. 휘종이 허리를 펴고 강가에 앉아 낚시질하는 사람들을 바라보았다. 대여섯 팀이 낚싯줄을 드리우고 있었다.

"이 정도면 괜찮아요. 가요, 아버지. 나만 아는 자리로 안내할 테니까."

휘종이 쾌활하게 자기 아버지 팔을 잡으며 말했다. 그들은 낚시 가방을 메고 강가로 걸어갔다. 시어머니와 나는 돗자리 위에 앉았다. 휘종과 그의 아버지가 앉은뱅이 의자를 놓고 낚싯대를 끼우기 시작했다. 그들은 각자 두 개의 낚싯대를 가지고 있었다. 휘종이 야구공을 던지는 것처럼 팔을 흔들어 물속으로 낚싯줄을 던져 넣었다. 뒤이어 그의 아버지가 낚싯줄을 던졌다. 두 사람은 조용히 강을 바라보며 앉아있었다.

"바람이 많이 불어…… ."

시어머니는 돗자리 위로 올라온 모래를 톡톡 털어냈다.

숨어있기 좋은 방

"어머님. 저기 봐요. 플라타너스 숲이에요. 한번 가볼래요?"

나는 강이 굽어 드는 즈음에 있는 숲을 가리켰다. 시어머니는 얼굴을 찌푸렸다.

"싫다, 얘. 나쁜 사람 만나면 어쩌려고. 무엇이든지 경계하지 않으면 표적이 되어버려…… 얘, 넌 어떨 땐 무척 문학적이다……."

시어머니는 빤히 나를 바라보았다. 이해할 수 없는 족속을 볼 때 나오는 약간의 적의가 서린 눈빛이었다. 우리는 각자의 적의를 감추기 위해 어색하게 웃었다. 바람이 불었고 모래가 돗자리 위로 올라왔다. 나는 톡톡 모래를 털어냈다.

"이봐라. 바람이 너무 불어. 이것들 속에 모래 다 들어가겠어."

시어머니는 박스 속에 든 것들을 끄집어내면서 말했다. 새빨간 홍옥 사과와 오이, 콜라와 주스, 삶은 감자와 양배추, 햄과 샌드위치, 김치통과 고추장 통, 물통과 빈 그릇들, 그녀는 이것들을 차례대로 끄집어내어 돗자리 위에 진열을 했다.

"아직 점심 먹으려면 멀었어요. 지금 이렇게 내놓으면 먼지만 뒤집어써요."

그녀는 고개를 흔들며 음식 끄집어내는 일을 멈추지 않았다.

"아니야. 휘종이 쟤는 시도 때도 없이 배고파 해. 조금만 있어봐라. 먹을 거 달라고 올 테니까. 그러면 언제 샐러드 비비고 햄 넣고 하겠니…… 너희 아버님도 그래, 성격이 급하시잖아.

그냥 있으면 또 뭘 하니…… 넌 네 남편 성격을 아직 잘 모르는 구나…… 어머, 이건 뭐야. 너희 아버님이 넣어뒀나 보네."

그녀는 박스 속에서 술병 하나를 꺼내 들며 눈을 동그랗게 떴다. 내용물이 5센티미터쯤 내려간 '카뮈' 상표가 붙은 술병이었다. 그녀는 이제 마른 수건으로 술병과 그릇들을 닦기 시작했다. 그리고 찬장 속에 넣듯이 가지런하게 진열했다.

어디선가 고함소리가 들려왔고 나는 고개를 돌려보았다. 동그랗게 둘러서서 배구를 하고 있는 사람들이 보였다. 묶은 머리채를 흔들며 한 여자가 떨어지는 공을 향해 뛰어갔다. 여자는 공과 함께 모래 위로 쓰러졌다. 아아, 여자의 고함소리가 커다랗게 들려왔다. 여자는 일어서 공을 쳐 날렸다. 톡, 톡, 마이마이, 톡, 톡, 공은 한동안 공중을 돌아다녔고 아아, 탄성과 함께 바닥으로 떨어졌다.

"얘, 양아."

그녀가 나를 불렀다.

"넌 이런 생각해본 적 있니? 인생에 대해서 말이야."

나는 눈을 동그랗게 뜨고 그녀를 쳐다보았다.

"가령, 인간은 어떻게 만들어졌으며, 왜 태어났을까 하는 문제들 말이야. 그래, 생각해본 적 있어?"

"……모르겠어요. 해본 적이 있는 것 같기도 하고 아닌 것 같기도 하고……."

"그래? 넌 호기심이 없나 보네? 내가 이렇게 살고 있는데,

숨어있기 좋은 방

왜 살고 있을까에 대해서 궁금해해본 적이 없단 말이니? 정말 궁금하지 않아?"

"모르겠어요. 궁금한 것 같기도 하고 아닌 것 같기도 하고……."

"애는! 넌 완전히 늙은이 같구나. 저기 쟤들을 봐라. 정말 발랄하고 좋아 보이지? 나는 젊은 사람들이 너무 좋아. 누구나 그렇지. 젊음을 영원히 붙잡고 싶은 것이 인간의 심리지. 아름답잖아! 하지만 인간은 영원히 젊을 수가 없지. 안타까워! 넌 지금 쟤들하고 똑같이 젊어. 그 좋은 것이 영원할 것만 같지? 하지만 아니야! 너도 순식간에 나처럼 나이 들어버린단다. 안타깝지 않니? 시간이 가는 것이 두렵지? 이 순간을 영원히 꽁꽁 묶어두고 싶지?"

그녀는 열띤 목소리로 말했다. 나는 얼굴을 찡그렸다. 잠시 후면 그녀는 또다시 성경책을 펼쳐들 것이 분명했다. 나는 끌려가는 소처럼 그녀가 손가락질하는 대로 성경책을 읽어야 하고 거기에 대해 토론을 해야 할 것이다. 괴로운 일이었다. 끔찍한 일이었다.

"젊기만 하면 뭐해요……."

나는 볼멘소리를 했다. 오늘 같은 날엔 그냥 이 정도에서 그치길 바라면서. 그러나 그녀는 나의 반응에 더욱 신이 나버렸다.

"봐라. 넌 아직 잘 몰라. 그래서 인간은 오만한 거야. 사람에게는 누구나 영원히 젊음을 간직하고 싶은 욕망이 있어. 하지만 늙고 죽음을 맞이하지. 왜 그래야만 할까? 왜 좋은 것을 영원히 누리지 못할까? 어째서일까? 넌 궁금하지 않니?"

"모르겠어요. 궁금한 것인지 아닌지……."

나는 주먹을 모래 속으로 푹푹 빠뜨리며 심드렁하게 말했다. '솔직히 말해서 하나도 궁금하지 않거든요, 젠장.' 나의 표정을 파악했는지 시어머니는 샐쭉, 토라진 표정을 지었다.

"그럼 넌 도대체 뭐에 관심이 있니? 난 정말 궁금해 죽겠다!"

그녀는 벌컥 화를 냈다. 나는 모래 속 깊이 팔을 집어넣었다.

"그래…… 휘종이한테 듣기로 넌 문학에 소질이 있다던데. 그렇니? 그런데 별로 책 읽기를 좋아하는 것 같지는 않더라…… 어떤 글을 쓰고 싶은데? 진짜 글을 써본 적은 있니? 하긴 그것도 나쁜 건 아니지. 하지만 부질없는 짓이지…… 그런데 참 이상하구나. 어째서 성경책엔 관심이 없지? 세계 최고의 베스트셀러는 바로 성경책인데! 문학을 좋아하는 사람이라면 누구나 성경책을 서너 번은 읽게 되어있어. 왜냐하면 성경 속에 자기들이 배우고 싶은 것들이 모두 들어있거든. 멋진 시가 있고 아름다운 사랑 이야기도 있고 부질없이 싸우는 인간들이 있고…… 위대한 문학이라고 칭송하는 모든 요소들이 다 있는 거야. 그저 하나님 믿으라고 하는 소리만 있는 게 아니야. 넌 몰랐지? 어디 한번 볼래? 시편이 얼마나 아름다운지…… 너는

숨어있기 좋은 방

단번에 반해버릴 거야. 어디⋯⋯."

늘 그렇듯이 그녀는 따로 들고 온 백 속에서 성경책을 꺼내었다. 그녀가 막 시편을 펴 들고 책 속의 한 구절에 손가락을 갖다 댔을 때 휘종이 그녀를 불렀다. 그녀는 얼굴을 찡그리며 휘종을 바라보았다. 휘종은 무언가를 낚았으니 와서 보라는 것 같았다. 휘종 어머니는 성경책을 덮어 가방 속에 넣었다.

"애야. 한번 가보자."

그녀는 일어나 모래 속으로 발을 푹푹 빠뜨리며 두 남자를 향해 걸어갔다. 나는 모래 속에 주먹을 빠뜨린 채 멍하니 앉아 있었다. 그들에게 가고 싶은 마음은 없었다. 그들이 물고기를 낚았든 거북이를 낚았든 나하고는 아무 상관이 없었다. 잠시라도 그들에게서 분리되어 있고 싶을 뿐이었다. 아까부터 내 관심은, 시어머니가 차려놓은 살림살이 한 옆에 놓인 '카뮈'에 가 있었다. 딱 한 모금만 마시면 이 모든 풍경들이 훨씬 다정하게 느껴질 것 같았다. 영 낯섦이 가시지 않는 그들에게도 조금쯤은 친근감을 가질 수 있을 것 같았다. 시편 구절도 줄줄, 거부감 없이 읽을 수 있을 것만 같았다. 딱 한 모금만으로.

시어머니가 두 남자에게 닿았다. 그녀는 허리를 구부리고 무언가를 들여다보았다. 그들이 싫다⋯⋯ 나는 이렇게 중얼거리다 깜짝 놀랐다. 내가 그들을 싫어하다니, 이런 파렴치한 일은 있을 수도 없다. 먹여주고 입혀주고, 막돼먹은 나를 '여자'로서의 도리와 '인간'이 가져야 할 기본적인 예의도 새삼스레 가르쳐주고 있다. 그리고 나를 행복한 '양'으로 만들어주려고 하고 있다. 그런데 그들이 싫다니, 나는 너무 파렴치하다. 결혼한 여자로서 남편에게 충실할 생각을 눈곱만큼도 하지 않다니, 이건 너무 나쁘다. 도대체 넌 뭐 하는 애야! 한심스러워…… 너란 애 정말 지겹다! 내가 나를 탓하는 사이에 내 손은 내 의지와 상관없이 '카뮈' 술병으로 뻗어가 있었다. 이것 보라고. 역시 난 구제불능이야! 나는 뚜껑을 따고 한 모금 마셨다. 그리고 다시 한 모금 마셨다.

마이 마이, 톡, 톡, 푸른 체육복을 입은 여자와 남자들이 내지르는 소리가 선명하게 들려왔다. 그들에게로 눈을 돌리자 멀리 강이 굽어 드는 곳에 숲이 보였다. 나는 다시 한 모금 마셨고 오랫동안 그 숲을 바라보았다. 언젠가, 가본 적이 있는 곳이었다. 여고 2학년 땐가, 가을 소풍을 갔던 숲이었다. 우리는 숲 어딘가에서 둥그렇게 둘러서서 춤을 추었다. 땅에서는 노란 먼지가 수북하게 올라왔고 아이들은 지치지도 않고 엉덩이를 흔들어댔다. 결국 녹음기의 건전지가 완전히 닳아버렸을 때야 우리는 아쉬운 탄성을 내지르며 동작을 멈출 수밖에 없었다.

나는 숲으로 가고 싶은 생각이 들었다. 어쩌면 들국화와 같은 꽃들이 아직 피어있을지도 모른다. 나는 숲을 바라보며 일어섰다. 그리고 망설이듯이 '카뮈'를 집어 들었다. 술이 없다면 숲속에서 좀, 심심할지도 모른다는 생각이 들었기 때문이다.

나는 숲을 향해 걸어가기 시작했다. 푹푹 모래 속으로 발이

숨어있기 좋은 방

빠져 들었고 배구하는 무리를 지나쳤다. 그들은 내가 일 년 다닌 적이 있는 학교 마크가 새겨진 체육복을 입고 있었다. 마이마이, 톡, 톡, 아아, 숲에 이를 때까지 그들의 소리가 따라왔다. 술병의 술이 반쯤 내려갔을 때 나는 숲에 닿았다.

멀리서 보았을 때 그곳은 풀과 나무가 우거진 숲이었지만 실제로는 흙 땅이 그대로 불거진 삭막한 곳으로 약간 으스스해 보이기까지 했다. 나는 잠깐 망설이다 숲속으로 들어갔다. 먼지를 내며 춤을 추었던 곳은 어디쯤일까? 나는 나무를 헤치며 걸어갔다. 그러나 어디에도 내 기억 속에 있는 그 널찍한 빈터는 없었다.

숲속에는 아무도 없었고 멀리 모래사장에서 내지르는 고함소리만 간간이 들려왔다. 바람소리조차 들리지 않았다. 나는 멈추어 서서 하늘을 바라보았다. 파란 하늘 밑으로 플라타너스 마른 잎이 수북하게 매달려있었다. 나는 가장 멋있어 보이는 나무에게로 걸어가 그 밑에 앉았다. 술을 한 모금 마셨고 숲속의 나무들을 바라보았다. 가장 아름다운 시는 바로 나무라고 했던 수학 선생님이 다시 생각났다. 그녀를 만나고 싶다는 생각이 들었다.

나는 눈을 감았고 무언가 툭, 떨어지는 소리에 눈을 떴다. 그리고 이상한 느낌이 들어 옆으로 눈을 돌렸다. 한 남자가 플라타너스 아래 서서 나를 보고 있었다. 나무의 자식인 양 땅에 붙박인 채 꼼짝도 하지 않았다. 나는 아주 잠깐 남자의 얼굴을 뜯어보았다. 말라깽이에 커다란 안경을 낀 남자였다. 푸른 체육복을 입고 있는 걸로 보아 배구하는 무리들 속의 일원인 듯했다. 나는 얼어붙어 있는 남자를 향해 '넌 나에게 아무런 악의가 없다는 걸 알아' 하는 의미의 미소를 지어 보이고 고개를 돌렸다.

나는 술을 한 모금 마셨다. 남자가 조심조심 나에게로 걸어오는 것을 느낄 수 있었다. 그는 내 옆으로 다가와 나와 술병을 가만히 바라보았다. 그리고 술병을 사이에 두고 내 옆에 앉았다. 나는 홀짝거리며 술을 마셨다. 남자는 아무 말도 하지 않은 채 오랫동안 그대로 앉아있었다. 나는 남자가 내 옆에 있다는 것이 싫게 느껴지지 않았다. 내가 기대고 있는 플라타너스와 꼭 같이 정겹게 여겨질 정도였다.

그가 있다는 것을 못 느낄 즈음에 그는 가만히 내 어깨로 손을 뻗었다. 조화인가 생화인가, 어리둥절해하며 한 번씩 꽃에 손을 대는 것처럼 그는 나의 존재를 약간 미심쩍어 하는 것처럼 보였다. 나는 그의 손길을 물리치지도 특별한 반응을 보이지도 않았다. 그의 손은 가만히 어깨를 내려가 팔을 쓰다듬으며 내 손등 위로 떨어졌다. 그는 나의 손가락을 쓰다듬었다. 전시된 나신 조각을 아무도 몰래 만져보는 것 같은 손길이었다. 나는 진짜 조각상이기라도 한 듯 꼼짝도 않았다.

한동안 손등 위에 멈춰있던 그의 손이 천천히 나의 블라우스 속으로 들어왔다. 그는 약간 멈칫거리며 내 배꼽 위에 손바닥

숨어있기 좋은 방

을 갖다 댔다. 그리고 곧장 브래지어 속으로 파고들어왔다. 그제야 그는 약간 거친 숨소리를 내쉬었다. 그는 짧은 신음소리를 터뜨리고 왈칵 내 가슴속으로 머리를 기대왔다. 그는 키스를 하지 않았고 그저 오랫동안 꼼짝도 않고 나에게 안겨있기만 했다. 나뭇잎 사이로 빠져 나온 햇살이 그의 머리카락을 반짝이게 했고 나는 한쪽 손으로 살짝 그의 머리를 안았다.

나는 다른 손으로 술을 한 잔 마신 뒤 가만히 그를 밀어냈다. 그는 유순한 아이처럼 내게서 떨어져나갔다. 나는 술병을 들고 일어섰다. 남자도 나를 따라 일어섰다. 나는 한 모금 술을 마시고 모래사장을 향해 걷기 시작했다. 새들이 다른 나무로 이동하는 소리가 들렸다. 남자와 나는 끝까지 아무 말도 하지 않았다.

우리는 숲을 나와 오 분 정도 모래사장을 나란히 걸었다. 내가 왼쪽에 누운 강 쪽으로 발길을 틀자 그는 오른쪽 끝에서 배구를 하고 있는 그들 무리 쪽으로 발길을 돌렸다. 나는 힐끗 남자를 돌아보았고 나를 돌아보고 있는 남자와 눈이 마주쳤다. 나는 이상하게 얼굴이 찡그려졌다. 어쩌면 저 아이도 나와 비슷한, 그렇고 그런 가족을 가진 인생인가. 그래서 우리는 서로의 냄새를 알아보고 찾아와 만난 것인지도 모르겠다.

휘종과 그의 아버지는 아직도 강에다 낚싯줄을 던져놓고 있었고 시어머니는 돗자리 위에 앉아있었다. 나는 이제 1센티미터도 안 되게 깔린 술을 홀짝 마시고 병을 아무렇게나 던져버렸다. 모래에 발이 푹푹 빠져 들어갔다. 누군가 나를 본다면 휘청거린다고 생각할지도 모르겠다. 나는 정말, 취하는 기분이었다. 모래밭과 강물이 함께 일렁거렸고 뜻 없는 웃음이 새어 나왔다.

그들에게로 갈 때마다 느끼는 것이지만, 언제 어디서나 내가 돌아가야 할 곳이 그들이 있는 곳이라는 것이 낯설고 새삼스러웠다. 아무리 날이 흘러도 적응이 되지 않았다. 나도 모르게 시어머니를 어머님이 아닌 아줌마, 라고 부를 것만 같아 아슬아슬했다. 나는 모래 속에 발을 푹푹 빠뜨리며 아주 느리게 휘종이 있는 곳으로 걸어갔다.

내가 오는 기척에 휘종의 등은 싸늘하게 반응했다. 그는 뒤돌아보지 않았다.

"많이 잡았어? 숭어? 가자미? 메뚜기?"

나는 그의 등에 코를 들이박고 갑자기 웃음을 터뜨렸다. 휘종의 아버지가 힐끗 나를 돌아보았다. 그의 눈빛이 냉담했다.

"그렇게 함부로 말 놓지 말라고 내가 말했을 텐데. 그 사람은 네 남편이다!"

윤리 선생이 강을 바라보며 차갑게 말했다.

"아, 죄송합니다…… 많이 잡았사와요, 서방님?"

나는 허리를 숙여 이렇게 말하고는 까르르 웃어 제쳤다.

"개 같은 년. 더러운 창녀."

휘종이 내 얼굴에 바싹 입을 대고 이를 갈며 나직이 지껄였

숨어있기 좋은 방

다. 그는 내가 숲에서 무슨 짓을 하고 나왔는지 다 안다는 듯한 표정이었다. 휘종 아버지가 분을 삭이지 못한 듯 벌떡 일어났다. 앉아있던 의자가 벌렁 넘어졌다.

"저 아이 좀 봐라. 흥, 도대체 누가 결혼한 아낙이라고 생각하겠냐? 대낮부터 취해 건들거리며, 저 얼굴 좀 봐. 아주 시뻘겋게 달아올랐군. 에잇!"

그는 의자를 집더니 사납게 내던졌다. 어느새 시어머니가 우리들 곁에 와있었다.

"왜 언성을 높이고 그러세요. 모처럼 피크닉인데! 점심 먹어요. 자아, 자아."

그녀는 휘종과 나를 향해 얼른 저쪽으로 가자고 재촉했다. 그러나 아무도 그쪽으로 걸어가지 않았다.

"아까 배고프다고 했잖아요. 그리고 얘야, 넌 어딜 그렇게 사라져버렸니."

그녀의 목소리는 부드러웠지만 입술이 심하게 떨리고 있었다.

"지금 밥이 문제야! 저 애를 좀 보라고! 며느리 한번 잘 들였군!"

휘종의 아버지가 버럭 자기 아내에게 소리를 질렀다.

"아니…… 여보. 그렇게 말씀하지 마세요. 모든 잘못된 일에는 원인이 있는 거예요. 우리는 그것을 함께 알고 해결하도록 해야죠. 이런 식으로 고함만 지르는 건……."

"시끄러워! 쟨 원인도 뭐도 없어. 정신이 돌아버린 애야. 그러지 않고서야 어떻게 저런 망나니 짓을! 이건 가정교육의 문제도 훨씬 넘어섰어. 정말 남 볼까 부끄럽네!"

바람이 획 불어왔고 모래가 한 움큼 날렸다. 휘종의 아버지가 눈에 들어간 먼지 때문에 신경질적으로 머리를 흔들어댔다. 나는 미친년처럼 웃음보를 터뜨렸다.

"저것 봐! 어른에 대한 존경심도 예의도 없어. 내가 옳은 소리 하면 뒤에 앉아 비웃고 있다고. 끝장난 애야!"

그는 얼굴이 시뻘개져서 삿대질을 했다. 나는 웃음이 멈춰지지가 않았다. 사실은 웃고 싶은 마음은 눈곱만큼도 없었다. 이 모든 게 그 '카뮈' 술 때문이었다. 내가 좋아했던 그 프랑스 남자, 글도 얼굴도 어쩌면 그렇게 멋진지. 그러나 현실은 개뻑이다.

"야! 그만해. 그만! 그만!"

휘종이 내 어깨를 거칠게 잡아 흔들었다. 나는 멀거니 그를 보았지만 웃음은 멈춰지지 않았다. 그들은 커다란 재앙 덩어리처럼 나를 쳐다보았다. 시어머니의 어쩔 줄 몰라 하는 얼굴과 시아버지와 휘종의 노기 찬 얼굴이 모래더미와 함께 마구 일렁거렸다.

"여보…… 젊은 애들이란 으레…… 그렇잖아요…… 당신은 애들을 가르치면서 그렇게 젊은 애들 심리를 모르신단 말이에요? 그렇게 엄격하기만 해서는 안 돼요……."

숨어있기 좋은 방

시어머니가 떨리는 목소리로 말했다.

"애들을 가르치기 때문에 더 잘 알지! 저 애에겐 인간적인 방법이 통하지 않아. 이미 썩었어. 글렀어! 당신이 아무리 애를 써도 안 돼! 포기하라고, 젠장!"

"여보…… 세상에 사랑보다 더 힘이 센 건 없어요…… 전 할 수 있어요! 저 애의 얼굴을 보세요. 어디에 당신이 말하는 그런 못된 기가 있어요……."

그녀는 안으로 기어드는 자신 없는 목소리로 말했다.

"노란 싹에 아무리 물을 준다고 살아나지 않아. 근본이 안 돼 있어. 아무리 예쁘게 보려고 해도 안 돼. 어른이 뭔지, 남편이 뭔지, 무섭고 두려워할 줄 아는 마음이 없어. 하긴, 그럴 수밖에 더 있겠어? 우린 아직 쟤 아버지 얼굴도 못 봤어. 하지만 번연히 살아있다면서? 웃어른도 없이 막 컸으니 오죽하겠어!"

나는 어느새 웃음을 멈추었지만 또다시 웃음이 터지려고 했다. 모래밭에 앉아있던 몇몇 사람들이 흥미로운 듯 우리 주위로 슬금슬금 모여들었다.

"난 믿어요. 쟤는 틀림없이 착한 양이 될 수 있어요."

시어머니가 주문을 걸 듯이 강한 어조로 말했다.

"개뿔, 염소도 쟤보다 낫지. 저것 봐. 아직도 비틀거리고 있잖아. 나도 처음부터 밉게 보지는 않았어. 하지만 이젠 참을 수가 없군. 정말 개탄스럽네. 내 아들이 저런 여자를 데리고 왔다니! 이 멍청이! 바보!"

휘종 아버지가 휘종을 향해 낚싯대를 집어 던졌다. 어느새 사람들이 빙 둘러쌌다.

"그만! 그만하세요!"

휘종은 있는 대로 소리를 지르며 낚싯대를 뽑아 들었다. 그리고 피할 사이도 없이 낚싯대로 내 어깨를 후려치고 또 후려쳤다.

"내가 말했지! 내가 시키는 대로만 하라고 분명히 그랬지! 이 멍청이!"

그는 입술을 잔인하게 실룩거리며 내 어깨를 무자비하게 후려치기 시작했다. 사람들이 웅성거렸고 몇몇은 혀를 찼다. 킥킥 웃음을 터뜨리는 사람도 있었다. 나는 몸을 움츠리며 웃음을 삼켰다. 휘종의 얼굴은 무서울 정도로 파랗게 변해있었고 나는 뒷걸음질 쳤다. 그리고 잽싸게 돌아서 강을 따라 뛰기 시작했다. 모래 속으로 푹푹 빠져 들던 발이 물속으로 첨벙첨벙 빠져들었다.

"내가 말했지! 말했지!"

휘종은 낚싯대를 흔들며 나를 쫓아왔고 사정없이 내 등을 내리쳤다. 나는 휘청거리며 강물을 바라보았다. 햇빛 때문에 강물 밑 모래가 환하게 보였다. 휘종이 다시 내 등을 후려치고 또 후려쳤다. 나는 풍덩, 물속으로 엎어졌다. 귓속으로 슉슉, 물이 들어왔다. 나는 엎드린 채 팔을 벌렸고, 물이 부드럽게 내 가슴에 안겨왔다. 나는 잠수함처럼 물밑으로 내려갔고 커다랗게 눈

숨어있기 좋은 방

을 떴다. 노란 모래가 곱게 깔려있고 아무 소리도 들리지 않는
참으로 고요한 곳이었다.

15

나는 뜨거운 물을 마시고 잠을 잤다. 앓고 있는 중이었다. 나의 의식은 잠자는 것도 깨어난 것도 아닌, 그 중간을 헤매고 있었다. 이대로 깨어나지 않고 죽었으면 하는 생각을 했다. 살아있다는 것은 내 괴로움의 원인밖에 되어주지 않았다. 나는 내가 살아온 날들을 떠올려보았다. 이 도시와 내가 만난 사람들도 떠올려보았다. 숲에서 오랫동안 내 품에 안겨있었던 작은 남자와 온화하고 세심했던 과거의 휘종, 봉희, 태정, 어머니와 막둥이 그리고 현이. 그들 모두에게 슬픈 연민이 솟구쳐 올랐다.

누군가가 내 이마에 손을 짚고 나를 일으켰다. 부드럽고 커다란 이 손길은 휘종의 것이었다. 그는 내 입을 벌려 달착지근한 물을 마시게 했다. 내 오빠이고 아버지였더라면 좋았을 남

숨어있기 좋은 방

자…… 나는 눈물이 났다.

"그냥 죽을 생각이었나 봐. 끔찍하구나. 너도 봤지? 아무리 잡아당겨도 물속에서 나오려고 하지를 않았어. 휴, 얼굴에 이 시퍼런 멍은 언제 없어지나?"

시어머니의 조용한 목소리가 꿈결처럼 들려왔다.

"제 잘못이에요."

휘종의 목소리도 들려왔다.

"그래…… 어쨌거나 빨리 정신을 차려야지. 아이를 가졌으니 약도 먹일 수가 없고, 큰일이다. 열은 좀 내린 것 같지?"

내 이마로 시어머니의 손길이 느껴졌다. 아이를 가지다니, 누가? 나는 내가 꿈을 꾸고 있다고 생각했다.

"벌써 3개월쨌데 너는 너무 무심했어."

"그래요…… 하지만 이금이 아무 말도 하지 않았어요."

"아무리 어려도 그렇지. 자기 배 속에 애가 들어섰는지 어쨌는지도 모르다니……."

"일부러 말하지 않았을지도 모르잖아요."

아주 먼 곳에 앉은 듯한 시어머니와 휘종의 중얼거림이 끊임없이 들려왔다. 나는 진짜 꿈을 꾸고 있다고 생각했다. 도대체 무슨 소리예요? 대체 누가 애를 가졌다는 거죠? 나는 마구 소리쳤다. 하지만 그들은 내 말을 듣지 못했다.

"열 내리고 건강해지면 뭐라도 배우게 해야겠다. 배 속의 아기를 위해서도 그렇고, 얘는 억지로 뭐라도 시켜야지…… 붓글

씨를 배우게 하든지 꽃꽂이를 배우게 하든지, 요리를 배우게 하든지, 한 번 생각 해봐라……."

"저도 생각하고 있어요. 이금이 원한다면 꽃꽂이든 뭐든……."

뭐야? 말도 안 돼! 무슨 꽃꽂이야? 미쳤어! 다시 말해봐. 아이를 가졌다고? 누가? 설마 내 이야긴 아니겠지? 나는 몸을 뒤틀며 신음소리를 토해냈다.

물이 가득 찬 것처럼 귓속이 먹먹해졌다. 나는 어딘가 깊이 빨려들 듯이 잠 속으로 떨어졌다. 다시 잠에서 깨어났을 때 내 몸은 공중에 10센티미터 정도 떠있는 기분이었다. 나는 일어나 거울을 들여다보았다. 내 얼굴은 해골처럼 퀭했고 눈 밑은 푸르뎅뎅한 멍으로 얼룩져있었다. 그 볼품없는 몰골은 이상하게 내 기분을 가볍게 해주었다. 기력이 회복되는 느낌이 들었다. 나는 스웨터를 걸쳐 입고 밖으로 나갔다.

현관문을 열자 찬 기운이 발끝을 타고 올라왔다. 신발을 신고 마당으로 나서는데 얼핏 대문 밖에서 누군가 손짓을 하는 것이 보였다. 나는 얼굴을 찌푸렸다. 어깨를 구부정하게 옹크린 채 그는 분명 나를 향해 손을 흔들며 웃고 있었다. 나는 천천히 대문 쪽으로 걸어갔다. 아버지였다.

"어떻게 여길!"

나는 얼굴을 붉히며 대문 밖으로 나갔다. 그는 양복주머니에 두 손을 찔러 넣고 클클 웃었다. 언젠가 입었던 그 회색 양복은 깨끗하게 다림질이 되어있었지만 그는 여전히 거지처럼 보였다. 얼굴 주름 사이에 땟물이 엉겨있었고 더러워 보이는 입술은 연신 떨고 있었다. 옷을 너무 얇게 입은 것 같았다. 나는 골목길을 두리번거렸다. 저쪽 담에 이상하게 생긴 옷을 입은 여자가 서있을 뿐 이웃 사람은 보이지 않았다. 여자는 겨울 바지를 입고 그 위에 종아리까지 오는 치마를 입고, 그 위엔 또 짧은 원피스를 입고 있었다. 사계절 옷을 모두 껴입은, 정신 나간 여자는 나를 보며 뭔가를 바라는 것처럼 헤실헤실 애교를 떨며 웃었다.

"하, 집이 좋구나. 나무가 많다!"

그는 신기한 것을 본 아이처럼 고개를 대문 안으로 넣고 기웃거렸다.

"시아버지가 지은 집이에요. 나무도 시아버님이 직접 심은 거예요."

나는 뿌루퉁하게 말했다.

"하……."

아버지는 놀랍다는 듯이 고개를 끄덕였다. 아버지를 만나 그와 술을 마시며 자유롭게 세상을 떠돈 이야기를 듣겠다는 건 내 멋대로의 착각이었다. 내 앞에 서있는 이 남자는 휘종의 아버지보다 더 낯설어 보였다. 그는 할 말이 있는 것처럼 내 눈치를 살폈다.

"그냥, 인사나 하고 갈까 해서 말이야……."

그는 한 푼만 줍쇼, 하고 구걸하듯이 엉거주춤한 미소를 띠었다. 나는 대문에 붙어선 채 진짜 적선을 구하러 온 거지에게 하듯이 싸늘한 눈길로 그를 쳐다보았다.

"……훌륭한 집이야…… 넓고 나무도 많구나…… 내가 꿈꾸던 그런 집이다. 너희 엄마 수첩에서 주소를 봤지. 멋진 집이라 금방 찾을 수 있었어…… 훌륭한 집에 시집왔구나…… 인사나 하고 갈까 해서…… 난 이제 떠나려고 해."

그는 손바닥을 비비며 동정을 사려는 것처럼 턱을 부르르 떨었다.

"이제 또 떠난다는 건 대체 무슨 말이에요? 엄마는 무슨, 설악산을 함께 간다고 들떠 있던데, 어디를 가신단 말이에요? 진짜, 가족 생각은 눈곱만큼도 않는군요. 참!"

나는 왈칵 화를 내었다.

"하…… 미안, 미안…… 자, 그럼 나는 간다. 네가 잘 사는 걸 봤으니 됐다……."

그는 당황해하며 얼른 뒤돌아섰다. 그때 맞은편 벽에 붙어서 헤실거리던 여자가 부리나케 나를 향해 걸어왔다. 여자는 갑자기 무서운 얼굴로 나를 쏘아보았다.

"우린 지금 배가 고프단 말이야!"

여자는 꽥, 소리를 질렀고 나는 어안이 벙벙해졌다.

"도대체 이 여잔 뭐예요!"

나는 화가 머리끝까지 치솟았다. 아버지는 주머니에 손을 넣으며 클클, 웃었다.

"나도 몰라. 며칠 전부터 자꾸 나를 따라오길래 내버려뒀지. 그랬더니 오늘은 집 앞에서 기다렸다가 하루 종일 따라 다니더구나…… 우리는 서로를 알아보지……."

"말도 안 돼!"

"너희 엄마는 이제 나한테 돈을 한 푼도 안 준단다…… 그냥 집에만 있으라니 두 발 달린 짐승한테 할 소리냐."

"아아, 정말 듣기 싫어요. 정말 추잡하기 짝이 없어요. 이런 거지 꼴을 하고, 거지 같은 여자를 끌고 여기까지 왔어요? 날 만나러, 돈 얻으러 온 거예요? 세상에, 무슨 이런 아버지가 다 있담!"

나는 대문을 쾅 닫아버렸다. 정신없이 거실로 들어오는데 미친 여자가 대문을 흔들며 배고프다고 고래고래 소리를 질러댔다. 가슴이 벌렁거리고 눈물이 났다. 아버지에게 이런 식으로 대하고 싶지는 않았다. 무엇을 원망하는가? 집을 짓지 않고 나무를 심지 않은 것? 있는 돈을 모두 탕진하고 빈털터리가 되어 돌아온 것? 가족을 지키지 않았다고 그에게 이렇게 굴어도 되는 것인가? 자식들이 '내 인생은 나의 것'이라고 주장하듯이 아버지 또한 '내 인생은 나의 것'인 것이다. 그에게 고함을 친 것이 후회가 되었다.

나는 부리나케 마당으로 뛰어나갔다. 아버지는 없었다. 나는 다시 방으로 뛰어 들어와 장롱 문을 열고 휘종의 겨울 코트를 꺼냈다. 그리고 서랍장을 열어 보석함을 꺼내어 들고 골목 길로 달려 나갔다. 아버지와 여자는 1미터쯤 떨어져 어슬렁거리며 걸어가고 있었다. 뒷모습이 불행한 사람들 같지가 않았다. 그들은 지금 조금 배가 고플 뿐 아무 근심도 없어 보였다. 어디 가서 술이나 한잔 걸치고 걷다가 또 어디 가서 몸을 구기고 잘 만한 곳을 찾으면 그것으로 됐다고 생각하는 인생. 우리 함께 힘 모아 더 좋은 인생을 위해 노력해보자고 애원을 해도 귓구멍에 들어가지도 않는 오늘뿐인 사람들.

"이거 가지고 가세요!"

나는 그의 두 손 위에 코트와 보석함을 놓아주었다. 그는 약간 비굴해 보이는 웃음을 띠고 나를 쳐다보았다.

"아니, 이렇게 좋은 옷 난 못 입어. 그냥 막걸리 한 잔 값 정도면 충분해. 그리고 이거 뭐야? 패물이잖아…… 안 돼…… 이건 순금인 것 같은데…… 이건 진짜 다이아 같은데!"

아버지와 여자는 보석함을 향해 함께 머리를 박고 탄성을 터뜨리며 웅얼거렸다. 여자는 당장에 다이아 반지를 손에 끼고는 입이 쩍 벌어졌다. 아버지는 나의 순금 목걸이를 더러운 이빨로 깨물었다. 나는 경멸스럽게 두 사람을 쏘아본 뒤 천천히 돌아섰다. 아버지가 나를 향해 뭐라고 웅얼거리는 소리가 들렸지만 들은 척도 않고 집으로 들어와버렸다.

완전히 맥이 빠졌고 죽고 싶은 생각 외에는 아무것도 들지 않았다. 나는 장롱 속에서 가장 두꺼운 이불을 꺼내어 머리끝까지 뒤집어썼다. 잠자는 사이에 숨이 막혀 죽어버렸으면 좋겠다는 생각이 들었다. 나는 관 속에 누운 듯이 이불 밑에서 꼼짝도 하지 않았다. 빨리 잠들어버리는 것 외에 이 우울한 기분을 없애버릴 수 있는 방법은 아무것도 없는 듯했다. 나는 오랫동안 눈을 감고 있었고 천천히 잠이 들었다.

다시 깨어났을 때는 캄캄한 밤이었고 거실 쪽에서 음악소리가 자잘하게 들려왔다. 그것은 모차르트의 아름답고도 거침없이 쾌활한 곡이었고 나는 이불 밑에 꼼짝없이 엎드려 귀를 기울였고 꽤 행복한 기분이 들었다. 음악이 끝나고도 한동안 눈을 감고 그대로 있었다. 이불은 전혀 무겁지 않았고 누군가 가벼운 이불로 바꿔준 것이 분명했다. 모든 것이 완벽했고 나는 이 집이 주는 안락함에 갑자기 감동이 되었다.

새로운 모차르트 음악이 시작되었고 나는 침대에서 내려와 거실로 나갔다. 쌉싸름한 한약 냄새가 온 집 안에 진동하고 있었다. 소파에 앉아 두런거리던 세 사람이 나를 보더니 벌떡 일어났다. 나에 대한 호의가 가득한 분위기였다.

"이제야 일어났구나! 아이고, 애야. 양말을 신지 않고 다니면 안 된다."

시어머니가 부리나케 내가 나온 방으로 들어가 양말을 들고 나왔다. 나는 시어머니가 주는 양말을 받아 신었다. 시아버지는 반짝이는 레코드를 닦아 새로 걸었다.

"괜찮아?"

휘종이 내 어깨를 감싸며 다정하게 속삭였다. 나는 얌전하게 고개를 끄덕였지만 강가에서 낚싯대를 들고 후려칠 때 그의 모습이 떠올랐다.

"그만하길 정말 다행이다. 얼마나 걱정이 되던지…… 너는 우선 몸부터 좀 보해야 되겠더라. 그래, 내가 한약을 좀 지어왔지. 정성으로 먹어야 해…… 그리고 여보, 아까 당신이 사온 것 좀 가져와봐요."

시어머니가 눈짓하자 휘종 아버지가 벌떡 일어나 거실 한 귀퉁이에서 뭔가를 들고 왔다. 〈모차르트 레코드 전집〉과 《여성백과》전집이었다.

"나는 〈자연의 소리〉 전집이 더 좋던데, 너희 시어머니가 모차르트를 고집하더구나. 태아는 모차르트 곡을 좋아한다면서 말이다. 그래서 내가 레코드판을 새로 손봤다. 새아기 덕분에 나도 오래간만에 레코드로 음악을 들으니 참 좋구나."

휘종 아버지가 겸연쩍은 얼굴로 말했다.

"사실 금이가 클래식 광이에요. 그중에서 모차르트를 제일 좋아해요. 명랑하면서도 슬픈 구석이 있고, 거기다 사람을 놀리는 것 같은 오만함이 있는가 하면 인생의 비극을 굉장히 아름답게 표현했다고 했어요. 하하하……."

휘종이 웃으며 내 손을 쥐었다. 시어머니와 휘종 아버지는 대단한 유머를 들은 것처럼 쾌활하게 웃어 제쳤다. 나는 그들이 무슨 얘기를 하고 있는지 알 수 없었다. 이건 꿈일까. 음악

숨어있기 좋은 방

이 끝났고 휘종이 다른 레코드를 들고 일어섰다. 그때 전화벨이 울렸고 휘종이 전화를 받았다.

"경찰서라고요? 윤지철이요? 그런 사람 모르는데요…….."

휘종이 전화기를 들고 의아하게 가족들을 쳐다보았다. 나는 벌떡 일어서서 수화기를 뺏어 들었다. 아버지가 경찰서에 있다고 했다. 그는 내 보석을 팔려고 하다가 의심을 받아 경찰서에 잡혀있는 중이었다.

아버지와 휘종의 첫 대면이었고 휘종은 눈이 휘둥그레져서 아버지가 입고 있는 자신의 외투를 바라보았다. 그것은 꽤 멋있는 반코트였는데, 아버지가 입고 있으니까 영락없는 거지 옷이었다. 휘종은 충격과 불만스러움을 억지로 숨기고 건성으로 아버지에게 인사를 했다.

"그만, 엄마가 기다리는 집으로 가시지 그래요…….."

경찰서를 나오면서 맥 빠진 목소리로 내가 말했다.

"하…… 안 돼! 아무것도 하지 않고 집에 있을 수는 없어. 사람이 나올 때는 빈손으로 나와도 집에 들어갈 때는 무엇이라도 들고 들어가야 도리지. 내가 이번엔 마지막이다 생각하고 나왔다. 북쪽에 좋은 일이 기다리고 있어. 친구들이 거기 다 모여서 날 기다리고 있어."

그의 진지한 어투에 나도 모르게 코웃음이 나왔다.

"아아, 그래…… 사실 자주 실패를 했지. 인정해. 하지만 이번엔 틀림없어! 참을성을 가지고 조금만 더 기다려봐! 지금까지 잃어버린 것의 열 배, 아니 백배는 이루어서 돌아올 테니까…… 믿어도 좋아!"

아버지는 자신만만한 눈빛으로 휘종이 쥐고 있는 보석함을 흘깃 쳐다보았다. 휘종이 보석함을 뒤로 숨기며 아버지를 흘겨보았다.

"언제까지 이렇게 돌아다니실 거예요. 그러다 나중에……."

내가 얼버무렸다. 나중에 객사할 겁니다, 이 말을 삼켰다.

"아니, 그렇지는 않아. 사람들이 생각하는 것보다는 훨씬 좋아. 즐거운 일도 가끔 있지. 길을 걷다 보면 동지애가 느껴지는 사람들이 있어. 우리는 한눈에 서로를 알아보고 술을 마시고 사업 얘기를 해. 누구나 금방 친구가 되지…… 죽을 때 말이냐? 그건 어려울 거 없어. 그저 아무 데나 쓰러져 누워있으면 돼. 산 위에 나무 쓰러져있는 거 봤지? 세상에서 제일 쉬운 거야. 하지만 죽기 전에 마지막으로 꼭 해야 할 것이 있는데…… 사실 자본이 좀 필요하긴 하지만 말이야……."

아버지는 아쉬운 눈길로 보석함을 바라보며 클클 웃다가 기침을 했다. 휘종은 못마땅한 표정으로 아버지의 눈길을 모르는 척했다.

"저녁은 드셨어요?"

내가 물었다.

"아니, 못 먹었어!"

묵묵하게 아버지를 따라오던 여자가 불쑥 끼어들었다. 여자는 휘종에게 반지를 빼앗기고 완전히 기분이 상해있었다. 나는 한숨을 쉬며 휘종을 바라보았다. 그러나 그는 함께 밥 먹으러 가고 싶은 마음이 전혀 없는 듯했다.

"지갑 좀 줘봐."

나는 맥 빠지는 목소리로 말했다. 휘종이 슬쩍 콧방귀를 뀌며 지갑을 주었다. 나는 화가 나서 그를 쏘아보았다. 그리고 지갑째로 아버지의 외투 주머니 속에 찔러 넣었다. 옆 눈길로 내가 무얼 하는지 다 보고 있던 아버지는 갑자기 깜짝 놀라는 척하면서 주머니 속으로 손을 집어넣었다.

"저, 그럼……."

휘종이 아버지를 향해 꾸벅 절을 하더니 잽싸게 내 손을 잡고 뒤돌아섰다.

"아, 잠깐……."

아버지가 우리를 불러 세웠다.

"이건 가지고 가……."

아버지는 종이돈을 뺀 지갑을 내밀었다. 휘종이 낚아채듯이 받아 들더니 꾸벅 깊은 절을 했다.

"이번엔 틀림없어. 그땐 모두 함께 사는 거야! 집을 짓고 나무를 심을 거야…… 내 손으로 직접……. 조금만 기다려주렴, 내 딸아."

아버지는 무슨 소린가를 길게 웅얼거렸지만 휘종이 부리나케 내 등을 밀며 손목을 틀어쥐고 재빨리 걸어갔다.

243

"아파!"

나는 그의 손을 뿌리치고 뒤돌아보았다. 아버지는 여자와 함께 사람들 속으로 어슬렁거리며 걸어가고 있었다.

"내 외투까지 갖다 주다니!"

휘종이 아버지를 힐끗 돌아보며 경멸스런 투로 말했다. 나는 그를 쏘아보았다.

"저 사람은 거지가 아니야. 우리 아버지야! 난 새 외투를 사줄 수도 있어야 했어."

나는 갑자가 우울한 기분이 들어 고개를 숙였다.

"올해 새로 산 건데……."

그는 혀를 찼다.

"난 왜 돈이 없는지 몰라. 난 왜 아버지한테 줄 돈이 한 푼도 없는지 몰라."

나는 고개를 숙이고 중얼거렸다.

"무슨 아버지가 딸 결혼 패물까지 빼앗아 가……."

휘종이 패물함을 소중히 가슴에 껴안으며 중얼거렸다.

"저녁도 못 사드렸어. 함께 저녁을 먹을 수도 있었는데!"

나는 걸음을 멈추고 뒤돌아보았다. 아버지는 보이지 않았다.

"쌍가락지는 우리 엄마 결혼할 때 할머니한테 받은 건데…… 할머니는 또 증조할머니한테 받은 거고…… 그런데 미친 여자가 그걸 끼고 있었어……."

그는 내 어깨를 밀며 불만스레 중얼거렸다.

"저녁은 같이 먹을 수도 있었어. 그런데 왜 아버지를 거지 취급하지?"

나는 다시 걸음을 멈추며 중얼거렸다.

"창피해. 다음에 또 나타나면 어떡해. 너 그때는 절대 모른 척해야 해! 차라리 오늘 모르는 척하는 게 더 나았을 거야……."

그는 초조한 표정으로 짜증을 부리며 내 등을 밀었다. 나는 그의 팔을 뿌리쳤다.

"개새끼……."

나는 그를 향해 조용히 뇌까렸다. 그는 벼락 맞은 표정으로 나를 쳐다보았다.

"뭐! 너 방금 뭐라 그랬어?"

"개새끼!"

나는 꽥, 소리를 질렀다. 사람들이 우리를 쳐다보았고 휘종이 부끄러운 듯 그들 눈치를 보았다.

"너 그 말버릇 좀 고치지 못해…… 넌 지금 아이를 가졌어!"

이번엔 내 입이 딱 벌어졌다. 나는 두리번거리며 사람들을 쳐다보았다.

"뭐, 뭐라 그랬어. 지 진짜……?"

나는 믿을 수 없다는 듯이 더듬거렸다.

"그래, 넌 아이를 가졌어. 그러니 제발! 좋은 생각, 좋은 말만 하도록 노력해줘."

휘종이 갑자기 부드러운 표정을 지으며 내 옷깃을 여며주었다.

"아, 싫어!"

나는 털썩 쪼그려 앉으며 두 팔로 머리를 감쌌다.

"왜 그래. 아파?"

휘종이 깜짝 놀라며 내 옆에 앉아 나를 꼭 감싸 안았다.

"빨리 집에 가자. 우리 아이야. 얼마나 귀여울까! 지금부터 몸을 조심해야지. 여기 이러고 있으면 안 돼. 업고 갈까? 자자, 업어봐, 우리 아기……."

그가 나에게 등을 내밀고 두 손으로 나를 당겼다.

"아, 진짜 짜증나게!"

나는 거칠게 그를 밀쳤다. 그의 손에 있던 패물함이 떨어졌고 보석들이 반짝거리며 도로 위로 흩어졌다.

16

나는 아무것도 갖고 싶지 않았다. 그것이 무엇이든, 그림 한 점이든, 레코드 한 장이든, 내 것이 되면 그것은 골치 아프고 무거운 짐이 되어버린다는 것이 나의 생각이었다. 여고 시절 수학 선생님도 그랬다. 그녀는 나무를 좋아하지만 자기 집에는 풀 한 포기조차 없다고 했다. 선생님은 남의 정원을 기웃거리고 거리의 가로수를 보는 것으로 대만족이라는 것이었다.

"남들이 잘 키워 놓은 나무를 실컷 볼 수 있는데 왜 내가 수고스럽게 키워야겠니. 그리고 내가 나무를 키우면 나무는 금방 죽을지도 몰라. 나는 진짜 게으름뱅이거든."

그때 나는 그녀가 얌체 같다는 생각을 했지만 지금 생각하면 충분히 이해가 되었다. 무엇이든지 가진다는 것은 골치 아픈 일인 것이다.

더구나 원래부터 가져버린 가족 같은 건 더욱 그렇다. 그런데 지금 나는 아무 힘도 들이지 않고 무언가를 가져버린 것이다. 그것은 정원에 서있는 나무 따위에는 비교도 안 되는 것이다. 내가 가진 이것은 내 방 어디에도 아닌, 내 가방 어디에도 아닌, 바로 내 배 속에 들어앉아 꼼짝 마, 하고 총구를 겨누고 있다. 나는 이것이 두려워서 견딜 수가 없다. 배 속에 우주덩어리 하나가 들어있는 것만 같다. 배는 아직 부르지 않았는데 이미 너무 무겁게 느껴져서 바로 누울 수도 없었다. 엎드리지 않으면 잠을 이룰 수도 없을 지경이다. 내 몸 하나도 주체를 못해 비틀거리는 주제에 아이를 가졌다니, 그 애가 태어나면 분명 나를 보고 코웃음을 칠 것이다. 내가 엄마에게 그랬듯이. 대체 무슨 생각으로 날 낳은 거야?

나는 매일 밤, 배가 점점 부풀어 올라 이상한 것이 튀어나오는 악몽을 꾸었다. 어디든지 도망가야 한다는 생각이 들었다. 나는 어학원에 가서 불어를 배우겠다고 말했다. 시어머니는 이해할 수 없다는 표정으로 나를 쳐다보았다. 왜 서예나 꽃꽂이를 배우지 않고 아무 필요도 없는 불어를 배우려고 하는지 도무지 이해가 안 간다고 했다. 더구나 여자는 조금이라도 아는 게 많다 싶으면 함부로 교만해지는 심성이 있어서 더욱 못마땅하다고 했다. 그러나 휘종은, 내가 무엇이든지 배우겠다는 의지를 나타낸 데 대해서 대단히 감동을 했다. 휘종은 자신의 어머니를 설득했고 결국 시어머니도 찬성을 하게 되었다. 아이를

숨어있기 좋은 방

가졌을 때 공부를 하면 머리 좋은 아이가 나온다나?

나는 일주일에 세 번씩 어학원에 갔고 그게 나쁘지 않았다. 학교 다닐 때만큼 불어가 어렵게 느껴지지 않았다. 내가 불문과를 지원한 것은 큰 이유가 없었다. 다들 좀 더 실용적인 학과를 가라고 했지만 나는 구태여 이 이상한 언어에 집착을 했다. 내 인생과 전혀 다른 학과에 가고 싶었다. 프랑스 남자를 만나지 않아도 상관없었고 프랑스로 이민을 가지 않아도 상관없었다. 내가 배우는 불어는 프랑스와는 아무 상관이 없었다. 써먹어보지도 못할 남의 말을 지껄이는 동안 나는 내 것이 되어버린 모든 것들에 대해서, 나에 대해서까지도 잊어버릴 수 있는 짧은 여행을 하는 것일 뿐이었다. 지금도 마찬가지였다. 외국어는 그냥 현실 도피였다.

여자 강사는 정말 수다스러웠다. 그녀는 프랑스에서 십 년을 살다 왔는데, 거기에서 수많은 국제적인 남자들을 만났다고 했다. 세상에 남자는 많고, 그 많은 남자들은 각기 다른 말로 사랑을 했고, 각기 다른 모습으로 섹스를 했다는 것이다. 다른 국적의 남자와 만나 사랑을 할 때마다 그녀는 그 나라를 깊이 여행한 기분이 들었다. 프랑스에서 세계를 알게 되었다고 했다. 나는 이 여자의 수다가 너무나 흥미로워 내가 아이를 가졌다는 것도 잊고 빠져들곤 했다.

"나라가 다르면 언어가 다르고, 언어가 다르면 섹스의 방법도 달라져요. 정말 이상하죠? 언어가 섹스에 미치는 영향에 대한 논문은 왜 안 나오는지 모르겠어요. 한국어는 굉장히 각이 져있어요. 단어들도 모호하죠. 한국 남자와 섹스를 할 때 그 언어는 육체적 쾌락과는 잘 어울리지 않아요. 어머, 이건 그냥 개인적 취향이에요. 욕하지 마세요. 더 재미있는 것은 중국어를 하는 이탈리아 남자, 불어를 하는 브라질 남자, 이런 식으로 엮어 해보세요. 그런 섹스는 굉장히 복합적인 맛이 나요. 브라질 해변의 뜨거운 열기를 머금은 입술에서 나오는 불어는 어떤 맛일까요? 언어를 말이라고 생각하지만 말고 맛이라고 생각해 보세요. 섹스라는 것 또한 단지 절정을 향해서만 가는 것이 아닌, 술을 마시는 것처럼 긴 유흥이 될 수 있죠. 자, 그럼 이런 문장을 한번 말해볼까요? 평범한 문장이지만 어떤 악센트를 가지느냐에 따라 달라지죠. 한번 따라 해보세요. Parle moi n'importe quelle histoire. Je veux t'entendre."

그녀의 거침없는 이야기에 야유를 하거나 찡그리고 화를 내는 학생들도 있었지만 그녀는 오히려 그런 반응들을 즐겼다. 그녀는 여고 시절 수학 선생님을 벗어나지 못한 나에게 신세계처럼 신선했다. 그녀가 말하는 불어는 조금 취한 자의 노래처럼 들렸다. 학생들은 그녀의 불어 발음을 과장해서 따라 하며 웃어댔다.

"주부 땅땅!"

내 옆에 앉은 남자가 커다란 소리로 저 혼자 따라 했다. 모두들 놀라서 그를 돌아보았다. 다른 학생들이 내는 멜랑콜리한 불어와는 완전히 다른 장독 깨지는 소리였다. 그의 발음은 초보도 뭐도 아닌 완전 엉터리였다. 힐끗 옆에 앉은 남자를 돌아본 나는 눈이 휘둥그레졌다. 태정이 거기에 앉아 천연덕스레 나를 보고 있었던 것이다. 여 강사는 웃으며 다시 발음했고 수강생들은 모두 함께 따라 했다.

"뭐야. 여긴 어떻게 왔어!"

나는 나직이 말했다.

"어떻게? 흥. 그것이 중요해, 지금? 난 네가 어떤 여잔지 알아버렸어. 네가 누군지 알아버렸다고!"

그는 살짝 코웃음 치며 책상에 걸린 내 가방을 휙 벗겨냈다. 그리고 뒤도 돌아보지 않고 교실 문을 열고 나가버렸다. 나는 멍하니 있다 부랴부랴 그를 쫓아나갔다. 그는 바깥벽에 기대어 담배를 피워 물고 있었다.

"뭐야. 여긴 어떻게 왔어!"

나는 신경질을 부렸다.

"난 네가 누군지 알아버렸어."

그는 비웃듯이 내 얼굴에 담배연기를 뿜어냈다.

"오, 그것 참 궁금하네. 그래, 내가 누군데?"

나는 약간 초조해하며 비아냥거렸다.

"넌 결혼한 여자였어."

그는 조용한 목소리로 뇌까렸다.

"하!"

251

나는 스스로도 놀랍다는 듯이 한숨을 쉬었다.

"살 만한 집이더군. 많이도 로맨틱하더군! 그래, 돈 때문에 결혼했어?"

그는 입술을 일그러뜨렸다.

"흥, 네가 상관할 바 아니야. 내 가방이나 내놔."

나는 가방을 빼앗았다. 그러나 그는 내 손을 뿌리쳤다.

"날 속였어! 어떻게 그럴 수가 있지? 난 순식간에 부정한 남자가 되어버렸어!"

그는 분노로 얼굴을 붉히며 소리쳤다.

"오오, 몰랐어. 네가 그렇게 도덕적인 인간인 줄을 몰랐어. 이제 알았으니까 그만 가줘. 내 결혼이 너한테 그리 중요한 일이었다면, 이제 더 이상 너를 부정한 남자로 만드는 일은 없을 테니까, 남의 가방이나 주고 그만 사라져줘. 끝."

나는 두 손을 들어 올렸다.

"정말 대단하시군. 그럼 난 뭐야? 네 노리개 감이었어? 네 장난감이었어? 네 첩이었어? 심심할 때 만지다 싫증날 때까지만 가지고 노는! 그런 거였어?"

그는 씨근덕거리며 얼굴을 붉혔다.

"그래. 넌 내 첩이었어. 내 노리개 감이었어. 하지만 나 혼자만 놀았어? 너도 날 가지고 놀았잖아. 그러면 됐지! 정말 유치하게 굴고 있네. 왜 내가 결혼하면 안 되는 거야? 가방 줘, 난 가봐야겠으니. 그리고 더 이상 날 아는 체하지 말아줘. 지금부터 난 널 몰라."

나는 정색을 하고 싸늘하게 말했다. 태정이 코웃음 치며 내 어깨에 손을 짚고 바싹 얼굴을 갖다 댔다.

"좋아하시네. 내가 그렇게 호락호락할 줄 알아? 난 너를 완전히 망쳐버릴 수도 있어. 네가 어떻게 놀아먹었는지 너희 그 훌륭한 집에 가서 내 입으로 다 불어버릴 수도 있어…… 널 끝장내버릴 수도 있어. 그러니 내 앞에서 좀 고분고분해지는 게 좋을걸."

그는 여전히 내 한쪽 어깨를 짚은 채 다른 손으로 담배를 꺼내 물고 필터를 질근질근 깨물었다.

"너 정말, 날 미치게 할 거야? 당장 꺼져버려!"

나는 그를 밀어제치며 있는 힘껏 소리를 질렀다. 그는 바닥에 넘어졌고 정신 나간 사람처럼 웃어댔다. 학원에서 나오던 사람들이 우리를 보기 위해 멈춰 섰다. 태정이 갑자기 웃음을 뚝 그치고 나를 쏘아보았다.

"미칠 사람은 네가 아니고 나야!"

태정이 벌떡 몸을 일으키더니 나직하게 쏘아붙였다. 우리는 주먹을 쥔 채 한동안 서로를 쏘아보았다.

"좋아. 어떻게 해줄까? 원하는 게 뭔지 말해봐. 돈?"

내가 비아냥거렸다. 태정이 어깨를 흔들며 헛웃음 소리를 냈다. 그리고 휙 돌아서서 걸어가기 시작했다. 나는 그를 따라갈 수밖에 없었다. 그는 어깨에 건 내 가방을 앞뒤로 흔들어대며 걸어갔다.

"미안해…… 정말 미안해. 제발 그 가방부터 좀 줘. 그러면
네가 시키는 대로 할게. 정말이야…… 난 지금 아파. 몸 상태가
정상이 아니라고."

나는 얼굴을 감싸며 애처롭게 말했다. 그는 의심스럽다는
듯이 나를 빤히 바라보았다. 그 순간 나는 그의 어깨에 걸린 가
방을 잽싸게 빼앗았다.

"개새끼, 꺼져버려!"

나는 가방으로 그의 머리를 있는 힘대로 후려치고 마구 달리
기 시작했다. 숨이 끊어질 때까지 뛰었다. 헐떡이며 멈추어 뒤
돌아보니 태정이 보이지 않았다. 나는 한숨을 쉬며 천천히 걷
기 시작했다. 춥지도 덥지도 않는 날이었고 왠지 짜증스러웠
다. 산부인과가 보였고 미용실이 보였다. 나는 잠깐 망설이다
미용실 쪽으로 걸어갔다. 그나마 내가 마음대로 할 수 있는 것
은 머리카락밖에 없었고, 나는 내 모습을 완전 엉망으로 바꿔
버리고 싶었다.

"물 파마라고 들어본 적 있는데, 그렇게 해주세요. 구불구
불……."

나는 의자에 앉으며 아무렇게나 말했다. 여자는 분무기로
내 머리카락에 물을 푹푹 뿌렸다. 한 그루 나무가 되어버린 것
같았고 기분이 좀 나아지는 것 같았다. 두 명의 여자가 나에게
붙어 서서 내 머리카락을 말았고 잠시 후에 분홍색 보자기를 덮

어찍워 주었다.

여자는 나에게 야쿠르트와 잡지책을 주었다. 그것을 들고 소파로 가던 나는 깜짝 놀라 걸음을 멈추었다. 태정이 이십 년 전부터 거기에 있었던 것처럼 미용실 소파에 태연스레 앉아있었다. 그는 나와 눈이 마주치자 빙긋 웃었다. 나는 모르는 척, 그의 옆 소파로 가 앉았다. 그는 미용실에 있는 잡지책 속의 퍼즐을 풀고 있는 중이었다.

"이 퍼즐 엽서 당첨되면 너에게 줄게. 배낭을 준대. 이것 봐. 멋있게 생겼어. 너희 집 주소 말해봐. 아아, 이미 내가 알고 있지! 이것 봐. 노란색보다 초록색이 훨씬 마음에 들지? 난 왜 이렇게 배낭이 좋은지 모르겠어. 배낭을 메면 세상을 다 가진 것 같아."

그가 천연덕스레 잡지 속의 배낭 사진을 가리키며 나를 보았다.

"아, 누구시죠? 전 댁을 모르겠는데 저 아세요?"

나는 싸늘하게 그를 쏘아본 뒤 얼굴을 돌렸다.

"오오…… 나를 모르신다고…… 그렇겠지. 어떻게 알겠어!"

그는 참을 수 없다는 듯이 버럭 소리를 질렀다. 나는 주위를 두리번거렸다. 소파에 앉아 잡지를 보던 몇몇 여자와 미용사가 흥미로운 듯 힐끗 돌아보았다. 미용실 여자는 오랫동안 눈길을 돌리지 않더니 야쿠르트 하나를 들고 우리 쪽으로 걸어왔다. 그녀는 태정을 빤히 바라보며 빨대를 꽂은 야쿠르트를 그에게

주었다. 태정은 천연덕스럽게 쪽쪽 소리를 내며 야쿠르트를 빨아 마셨다.

"하지만 미안하게도 난 널 너무도 잘 알아."

그는 야쿠르트 껍질을 쓰레기통에 던져 넣으며 말했다. 야비한 표정을 지었다. 나는 잡지책을 바라보며 아무 말도 하지 않았다.

"난 널 납치해서 가둬버릴 수도 있어. 영원히 못 나오게 만들어버릴 수도 있지. 네가 머리를 말아 올리는 걸 보면서 그 방법을 생각했지. 한번 들어볼래?"

그는 악당처럼 히죽거리며 웃었다. 나는 들고 있던 잡지책을 덮고 가만히 그를 쳐다보았다.

"그러지 마. 이건 진심인데, 네가 잘되었으면 좋겠어. 난 달라질지도 몰라…… 난 지금 아이를 가졌어. 정말이야…… 그러니 제발 귀찮게 굴지 말아줘."

나는 약간 풀 죽은 목소리로 말했다. 그는 입을 반쯤 벌리고 놀라는 척했다.

"하…… 누구 아인데?"

충격받은 듯 눈이 휘둥그레지더니 조롱하듯이 입술을 비틀었다.

"어쨌든 내 남편은 네가 아니야. 귀찮게 굴지 마."

나는 갑자가 화가 치솟았다. 잡지책을 펄펄 넘기며 고개를 돌렸다. 그는 멍하니 한없이 나를 보더니 잡지 속 낱말 퍼즐을

숨어있기 좋은 방

향해 고개를 숙였다. 그리고 한동안 아무 말도 하지 않았다.

"부탁이 있소. 미리 이별 연습을 해봅시다. 울지 말아요, 연습인데……. 이 대사가 나오는 영화의 제목. 홍콩영화…… 이 영화 뭔지 아시는 분?"

갑자기 그가 미용실에 앉은 사람들을 보고 물었다. 천연덕스러웠다. 여자들은 살짝 고개를 갸웃거리며 생각하는 듯했지만 답을 맞추려고 애를 쓰는 사람은 없었다.

"난 알아. 화양연화…… 내가 진짜 좋아한 영화인데, 이건 왠지 당첨될 것 같아……."

그는 잡지책에서 소중하게 엽서를 오려내 안주머니에 넣었다. 그리고 나를 쳐다보았다.

"이봐. 난 지금 기찬 생각을 해냈어. 어때, 내가 하자는 대로 해볼래?"

그는 모의를 꾸미듯이 바짝 얼굴을 들이밀었다. 나는 손가락 끝으로 그의 이마를 지긋이 밀어내었다.

"나한테 말 걸지 마. 난 널 몰라요."

나는 싸늘하게 말했다. 그는 히죽거리며 다시 얼굴을 바짝 들이밀었다. 술 냄새가 훅 끼쳐왔다.

"하지만 난 널 알지. 아주 잘 알지…… 왜냐면 넌, 나의 또 다른 모습이니까…… 내 생각만으로도 너를 읽을 수 있어. 솔직히 난 지금 몹시 괴로워…… 물론 너도 그렇겠지? 아이도 싫고 집도 싫고, 모든 것이 싫겠지. 내가 너의 모든 괴로움을 해결해줄게. 넌 그냥 가만히 있으면 돼. 너무 쉬워서 우스울 정도야. 해볼까?"

"그게 뭔데?"

"내가 너의 훌륭한 집으로 가는 거야. 대낮 강도가 되어. 그리고 침대에 잠든 너를 보고 강간하고 나올 거야. 그건 아주 쉬운 일이지. 그러면 너는, 강간당한 몸으로 살 수 없어요. 이혼해주세요. 그러는 거야. 그러면 그 집에서 어쩌겠어. 아이만은 두고 가라고 하겠지. 그리고 설마 빈손으로 내보내겠어. 위자료가 톡톡할 거야, 아마. 어때? 아이 문제도 해결되고 돈도 생기고 자유의 몸이 되는 거지. 그 돈으로 우리는 저 멀리, 그래, 프랑스도 괜찮아. 불어도 연습할 겸. 거기에 가서 좀 지내다 오는 거지. 언제 할까……."

"치사한 새끼. 완전히 취했군."

나는 주먹으로 그의 얼굴을 한 방 갈겼다. 그는 뺨을 감싸고 킬킬 웃었다.

"아아, 술을 마시긴 했지. 하지만 취하지는 않았어. 너무나 말짱해! 그것이 싫다면 다른 방법도 있어. 그 새낀 복권도 당첨되지 않고도 자동차를 가지고 있더군. 그러니까, 그 새끼에게 드라이브를 하자고 해. 일단 아주 먼 곳으로 끌고 가는 거야. 그리고 약 탄 음료수를 먹여 정신을 잃게 하는 거지. 그리고 자동차에 태워 낭떠러지로 밀어버리는 거야. 그런 종류의 영화 봤지? 자동차 보험은 들었겠지? 생명보험 같은 건 들었는지 확

숨어있기 좋은 방

인해봐. 애인과 모의해서 남편 죽이는 건 너무 흔해. 왜, 이것
도 싫어? 그러면 또 다른 방법을 말해줄까?"

"완전히 돌았군. 그래, 그렇게 해서 네까짓 게 나를 어떻게
해줄 건데?"

나는 작게 코웃음 쳤다. 그는 바짝 내 곁으로 당겨 앉으며 두
무릎을 모으고 그 위에 얌전히 손을 올렸다.

"넌 날 우습게 보고 있어. 나도 남들처럼 살 수 있어. 그러니
까 직장에도 나가고 아파트도 살 거야. 요리는 내가 할 거야.
우리는 영화관에도 가고 피크닉도 갈 거야. 자동차도 사겠지
만 자전거도 살 거야. 햇빛이 내리쬐는 강가에서 책도 읽고 음
악도 들으면서, 그렇게 늙어갈 거야…… 평화롭고 조용한 노부
부, 아름답지 않니?"

그가 진지한 어조로 중얼거렸다.

"백지수표 막 날리시네. 여동생 화대나 뜯어서 살면서
쳇……."

나의 비웃음을 아랑곳하지 않았다. 그는 꿈꾸듯이 말했다.

"대통령이나 시장이 되겠다고 말하지는 않겠어. 넌 영부인
이나 사모님이 될 수는 없을지도 몰라. 그러나 나를 붙잡지 않
으면 넌 후회할 거야. 세상에 나는 하나밖에 없어."

"아, 정말 듣기 싫어."

나는 엉덩이를 들어 올려 다른 소파로 자리를 옮기며 짜증을
부렸다. 태정이 입을 오물거리며 원망스레 나를 쳐다보았다.

그는 엉거주춤 일어서더니 내 옆자리로 와 앉았다. 그리고 눈치를 보듯이 슬쩍 내 얼굴을 살폈다.

"미안. 사실 나 아무것도 아닌 남자야. 아파트나 자동차, 자전거, 이런 거 살 수 없어. 배낭 정도밖에 살 수 없어. 그렇지만 이것 하나만은 자신할 수 있어. 나와 함께 산다면 너는 죽을 때 세상에서 제일 행복한 여자였음을 알게 될 거야. 나 또한 그렇겠지. 너와 함께 산다면 죽을 때 후회하지 않을 거야. 이보다 더 중요한 게 뭐야?"

미용실 여자들이 그의 명대사를 듣느라 귀를 쫑긋이 세우고 있었다.

"지금 나를 잡지 않으면 넌 죽을 때까지 후회할 거야."

여자들이 이제는 놀랍다는 듯 우와, 응원 같은 소리를 냈다.

"하품 나는 소리 그만 집어치우고 이제 좀 꺼져주라 제발!"

나는 잡지책으로 그의 머리통을 후려쳤다. 그는 목을 푹 꺾으며 아무 말도 하지 않았다. 아까부터 흥미롭게 우리를 관찰하던 여자가 나를 불렀고 나는 파마를 풀고 머리를 감았다. 시골에서 금방 올라온 부잣집 식모 같은 꼴이 되어있었다. 태정이 킥킥거리며 나를 따라왔다.

"왜 졸졸 따라오고 지랄이야."

나는 사납게 눈을 치켜떴다. 태정이 빙글거리며 웃었다.

"왜 이래. 여긴 길바닥이야. 누구나 있을 권리가 있어."

그는 주머니에 손을 넣고 어슬렁거리며 뒤따라왔다. 나는

숨어있기 좋은 방

걸음을 멈췄다. 그러자 그도 걸음을 멈췄다. 내가 걷자 그도 따라 걸었다. 어쩔 수 없었다. 나는 카페로 들어갔고 태정이 따라왔다. 그는 내가 앉은 의자 맞은편에 와서 앉았다.

"비켜. 난 약속이 있어."

나는 홀짝이며 물을 마셨다.

"아깐 내가 너무 심했어. 미안해."

그는 지치고 우울한 표정으로 말했다.

"그 사람이 올 거야."

내가 말했다. 태정이 원망하듯이 나를 쏘아보았다.

"나에게로 와. 우린 서로에게 꼭 맞아. 한 치의 오차도 없어. 이미 알고 있지?"

태정이 내 손을 잡았다. 나는 그의 손을 뿌리쳤다.

"정말 지긋지긋하게 구네, 난 널 몰라. 널 모른단 말이야. 알아? 물론 내가 너를 아는 순간도 있지. 바로 그 거지 같은 방에 내 발로 찾아갔을 때, 바로 그 순간에만 너는 내가 아는 남자야. 알아? 제발 좀 알아줘. 그곳이 아니고 나는 한 번도 너를 기억해본 적이 없어. 알아? 그러니까 어서 사라져줘. 나를 다시 보고 싶거든 네 침대 밑에서나 기다리란 말이야. 알아? 우린 그냥 거기까지야. 주제넘게 굴지 마!"

나는 흥분해서 쏘아붙였다. 태정은 얼굴을 일그러뜨렸다. 그리고 갑자기 이마를 탁자에 쾅 박았다 다시 일으켰다.

"제발…… 그런 식으로 말하지 마…… 난 널 사랑해……."

그는 탁자 모서리를 움켜쥐며 이마를 찡그렸다.

"미치겠네. 무슨 이런 개 같은 사랑이 다 있어! 이제 그만 가줘. 그 사람이 오기로 했어."

"그 사람? 그게 누군데? 그건 나와는 상관이 없어. 난 지금 너 말고는 상관없어. 그 새끼는 너하고 맞지 않아. 내가 죽여버릴 거야."

그가 중얼거렸다. 나는 한숨을 쉬었다.

"좋아…… 너, 계속해서 나를 보고 싶어, 아니면 오늘 여기서 끝장내고 싶어?"

나는 달래듯이 말했다. 그는 내 진의가 의심스럽다는 듯 쏘아보았다.

"계속해서 볼 거야…… 영원히 볼 거야."

그가 입술을 뾰족하게 내밀고 중얼거렸다.

"영원히 보고 싶다고? 좋아. 방법은 한 가지야."

"뭔데 그 방법이? ……이렇게 징징 짜면서 귀찮게 따라다니지 마. 이건 너무 위험해. 우리는 언제나 그 방에서만 만날 거야. 방 밖에서 우리가 함께 할 수 있는 건 아무것도 없어. 여기서 너와 나는 아무 상관도 없는 모르는 사람이란 말이야, 알겠어? 자, 그러니까 그만 돌아가."

내 말투는 차가웠다.

"넌 위선자야. 그렇게 해서라도 지켜야 할 만큼 그 집이 너에게 그토록 소중한 가치가 있다는 거야? 나는 영원히 네 첩이

나 되어달라고? 숨겨진 남자가 되어달라고?"

그는 물 잔으로 탁자를 약하게 한 번 쳤다. 나는 한숨을 쉬며 얼굴을 돌렸고 문을 열고 들어오는 휘종이 보였다.

"왔어!"

나는 나직하게 말했다. 태정이 깜짝 놀라 벌떡 일어서더니 자기 물건을 들고 황급히 다른 탁자로 걸어갔다.

"바지 입고 나왔네…… 지난번 사준 미니스커트 입고 나올 줄 알았는데…… 아직 배부른 표시도 안 나잖아…… 임신한 뒤에 너는 그전보다 훨씬 더 섹시한데……."

휘종이 실망스러운 표정으로 나의 행색부터 살폈다.

"머리는 또 왜 그래?"

그는 자리에 앉으며 얼굴을 찌푸렸다. 나는 아무런 말도 하지 않았다. 그는 한숨을 쉬며 주스와 맥주를 시켰다. 주문을 받아 걸어가는 웨이터에게 태정도 무언가를 시켰다. 그는 맞은편 탁자에 앉았고 내 얼굴을 빤히 쳐다보았다.

"이거 뭐야. 담배 피웠어?"

휘종이 탁자에 놓인 라이터를 보더니 따지듯이 물었다.

"아니. 원래 있었어."

나는 짜증스럽게 대답했다. 태정과 눈이 마주쳤다. 그는 슬픈 표정으로 가만히 나를 바라보고 있었다. 맥주와 주스가 왔고 태정의 탁자 위에도 맥주병이 올려졌다. 휘종은 자기가 곧 대리가 될 것 같다고 말했다. 같이 입사한 동기들 중에서 가장 빠른 케이스가 될 것이라고 했다. 나는 고개를 끄덕였다. 태정이 벌써 두 병째의 맥주를 따랐다. 그는 나를 향해 잔을 들어 보였다. 휘종은 자동차를 바꿔야겠다고 말했다. 카 시트를 장착하기 좋은 차를 보고 있다고 했다. 아이가 태어나면 들어야 하는 보험들에 대해서 얘기했다. 태정이 다시 나를 향해 잔을 들어 보이고 술을 마셨다. 휘종은 찔끔찔끔 맥주를 마셨다. 자기 인생에 나같이 이상한 여자를 만나 아이까지 낳아서 아버지가 된다니 너무 기쁘고, 자신의 인생이 특별하게 느껴진다고 말했다. 아이는 예술을 하는 사람으로 키우고 싶다는 말도 했다. 나의 감수성과 자신의 끈기를 이어받은 아이라면 그림이든, 음악이든, 글이든, 영화든, 어떤 장르라도 성공할 것이라고 말했다.

휘종은 한 잔의 맥주를 다 마시자 내 손을 잡고 일어섰다. 카페를 나오자 태정이 우리를 뒤따라 걸어왔다. 휘종의 차는 카페 옆 빵집 앞에 세워져 있었다.

"생크림 케이크 먹고 싶다. 난 여기서 기다릴게."

내가 빵집 진열장을 가리키며 말했다.

"오케이. 생크림 케이크랑 단팥빵!"

휘종이 재빨리 빵집 안으로 들어갔다.

"어디까지 따라올 작정이야."

빵집 앞까지 따라온 태정에게 내가 말했다. 태정은 고개를 숙이고 발끝으로 보도블록을 찼다. 그는 주머니 속에서 무언가를 꺼냈다. 즉석복권이었다.

　　　　　　　　　　　숨어있기 좋은 방

"이거 당첨되면 우리 어디든지 가자. 천만 원짜리야……."

그는 자신 없는 표정으로 조급하게 중얼거렸다.

"정말 지겹다. 그래, 당첨만 돼봐. 당장이라도 어디든지 가줄 테니까."

내가 말했다. 그는 진열장 유리에 복권을 대고 긁었다. 꽝이었다.

"난 운이 나빠. 되는 일이 없어."

그는 머리카락을 헝클어뜨리며 고개를 숙였다. 햇빛이 머리카락을 하얗게 보이게 했다. 풀이 죽어서 늘어진 어깨를 보자 연민이 솟구쳤다.

"불쌍한 생쥐…… 그러게 왜 나왔어."

나는 그의 어깻죽지에 살짝 입을 맞추었다. 태정이 가만히 내 손을 잡았다. 1초가 지났을까 휘종이 케이크 상자를 들고 나오는 것이 보였다. 태정은 도망갈 것처럼 세게 손을 한 번 잡더니 천천히 풀며 먼 산을 살폈다.

"겁쟁이……."

나는 살짝 코웃음 쳤다. 휘종은 케이크 상자를 흔들어 보이며 내게로 왔다. 그는 내 어깨에 팔을 두르고 꼭 껴안았다. 나는 흘낏 뒤돌아보았고 태정은 주먹을 쥔 채 꼼짝도 않고 나를 쏘아보고 있었다. 자동차 앞에서 나는 다시 돌아보았고 그 순간 태정의 주먹 쥔 손이 창, 하는 소리를 내면서 빵집 진열장 속으로 들어갔다. 와르르 유리가 바닥으로 쏟아졌고 분수처럼 태정의 팔목에서 한 줄기 붉은 피가 솟아올랐다. 나는 비명을 질렀고 휘종이 뒤돌아섰다.

"저 자식 왜 저래! 미친놈 아니야? 넌 보지 마!"

휘종이 내 눈을 가리며 말했다.

"태정아!"

나는 휘종의 손을 뿌리치며 한 발짝 나섰다. 휘종이 나의 손목을 세게 잡아 비틀었다.

"뭐야. 저 자식 아는 놈이야?"

휘종이 눈썹을 치켜뜨며 말했다. 나는 얼굴 찌푸렸다.

"아니……."

맥 빠진 목소리로 내가 중얼거렸다. 순식간에 사람들이 모여들었고 놀란 얼굴로 빵집에서 사람들이 뛰어나왔다. 태정은 일그러진 미소를 지으며 나를 바라보았다. 그리고 휙 돌아서더니 잽싸게 달아나기 시작했다.

"뭐야! 저 자식 아는 놈이야?"

휘종이 눈을 희번덕 뜨며 다그치듯이 물었다.

"아니, 아는 사람을 너무 닮았어……."

나는 고개를 흔들며 자동차에 올랐다. 휘종이 시동을 걸었고 나는 케이크 상자를 열었다. 하얀 생크림 위에 새파란 키위와 붉은 체리가 얹혀있었다. 하얀 생크림 안으로 손가락을 푹 찔러 넣는 순간 왈칵거리며 자동차가 출발했다.

17

아주 느릿느릿 여름이 왔고 내 배는 진짜로 무거워졌다. 날씨는 일찍부터 무더웠고 어느 날 갑작스럽게 소낙비가 내렸다. 아주 세게 쏴아, 쏟아졌다. 나는 몇 개월 만에 처음 웃어보는 기분이었고 바로 그날 아이가 나왔다. 아마 아이도 그 시원한 소리를 찾아서 나왔을 것이다.

아이와 함께 집으로 오니 날씨는 다시 무더워졌다. 하루 종일 아무것도 할 수 없었다. 아이를 작은 침대에 눕혔고 나는 내 침대에 누웠다. 우리는 각자의 침대에 누워 하루 종일 잠을 잤다. 더위든 뭐든, 성가신 것을 잊어버리기에는 잠자는 것 이상이 없는 것이다. 그러나 잠을 잘 수도 없는 날이 있었고 지금도 그랬다. 나는 눈을 떴다. 이 무더위를 어떻게 해야 할지 알 수가 없었다.

아이는 인형의 집 같은 침대 속에 잠들어있었다. 나는 바닥으로 내려가 아이를 바라보았다. 아이는 땀도 흘리지 않았고 입을 조금 벌린 채 눈을 감고 있었다. 내 몸에서 나온 지 20일이 된 아이였다. 한 마리 흰쥐처럼 보였다. 아이는 입을 오물거리며 웃었다. 앙증스러워 보였다. 나는 아이의 머리카락을 쓰다듬었다. 너무 부드러워서 내 손이 거칠게 여겨질 정도였다. 아이는 눈을 감은 채 또다시 웃었고 이상하게 내 한쪽 가슴이 찌릿하게 아팠다. 이 아이를 충분히 사랑하지 않았다는 생각이 들었다. 아이에게 죽을죄를 지은 것 같았다. 얼굴이 찡그려지고 울음이 터져 나왔다. 나는 엉엉 소리 내어 울기 시작했다. 시어머니가 허둥거리며 방문을 열고 들어왔다. 시어머니는 아이의 상태부터 살폈다.

"아니, 왜 또 울고 그러니! 아이는 이렇게 잘 자고 있는데…… 자면서도 웃고 있잖아. 얘는 자기 아버질 닮았어. 순해…… 먹고 자고, 먹고 자고, 세상에 이런 애는 없다."

시어머니는 아이를 내려다보며 부채질을 했다. 나는 훌쩍거리며 아이를 쳐다보았다. 아이는 갑자기 바동거리더니 입이 찢어져라 하품을 했다. 그리고 몸을 꼼지락거리기 시작했다. 너무 귀여웠다. 나는 다시 큰 소리로 울기 시작했다. 이토록 귀여운 아이가 자라면서 겪을 온갖 것들을 생각하자 연민 때문에 가슴이 저렸다.

"너 정말 왜 그러니. 산모가 울면 산후조리에 안 좋다고 했

숨어있기 좋은 방

잖아. 이렇게 귀여운 복덩이를 보고 울다니, 정말 나는 너를 이해하기 어렵다. 자, 그만 뚝."

시어머니가 나를 보며 이마를 찡그렸고 나는 꿀꺽 울음을 삼켰다. 딸꾹질이 나왔다.

"너무 더워요…… 선풍기라도 주세요."

나는 변명하듯이 말했다.

"정말 철이 없구나! 산모가 선풍기 바람 쐬면 큰일 나…… 그리고 미역국 데워놓았으니 어서 가서 먹어라. 다 먹어야 한다. 모유가 시원찮아서…… 아! 공주님 깼네!"

시어머니는 덥석 아이를 껴안았다. 그녀는 혓바닥을 마구 흔들며 아이 앞에서 재롱을 피웠다. 아이는 어리둥절한 표정으로 마구 흔들렸다.

"아, 잠깐. 네 앞으로 뭐가 왔어. 자, 안고 있어봐."

시어머니가 아이를 내 품에 안겨주었다. 따뜻한 덩어리를 안고 있자니 또 울음이 났다.

"아니, 너 정말."

시어머니는 화가 나서 나를 쏘아보았다.

"너무…… 너무, 작고 부드러워서……."

나는 엉거주춤하게 아이를 품고 훌쩍거렸다.

"백일만 지나봐라. 넌 안지도 못할 거다."

그녀는 문을 닫고 나갔다. 아이는 불편한 것처럼 이맛살을 찌푸리며 바둥거렸다. 잘못하면 바닥에 떨어지거나 내 팔에 뭉개져 버릴 것만 같았다.

"아이고, 엄마가 애 안는 꼴 좀 봐라."

시어머니는 소포 꾸러미와 미역국을 얹은 쟁반을 바닥에 놓고 얼른 아이를 빼앗아갔다. 소포는 여성 잡지사에서 보내온 것이었다. 초록색 배낭이 들어있었다.

"이건 룩색 아니냐. 왜 이런 걸 주문한 거니? 기저귀나 우유병 같은 것 넣으려면 산모용 면 가방이 훨씬 좋지 않니? 내가 하나 사올게."

시어머니가 아이를 눕히며 말했다.

"제가 주문한 게 아니에요……."

태정이 미장원에서 풀었던 그 퍼즐 엽서가 당첨된 것이었다. 갑자기 태정에 대한 연민이 솟구쳐 올랐고 눈물이 났다. 아이를 낳으면서 나는 모든 것이 변해버린 느낌이 들었다. 내 속에 똬리를 틀고 있던 적대감이나 불안과 반항, 비도덕적 열망들이 다 녹아버린 기분이었다. 그냥 나 자신이 한없이 나약하고 겁이 많은 존재로 느껴졌다. 자꾸 눈물이 앞을 가렸다.

"공주님, 응아 했네…… 아니, 애 제발 그만해라. 내가 죽을 지경이다. 왜 자꾸 울고 그러니……. 이렇게 예쁜 아이를 가졌으니 세상 부러울 것이 없을 텐데!"

시어머니가 기저귀를 갈며 짜증을 부렸다. 아이는 손과 발을 바둥거리며 웃었다.

"얘는 정말, 어떻게 살아갈지. 아무것도 할 줄 아는 게 없어

숨어있기 좋은 방

요……."

나는 배낭을 만지작거리며 중얼거렸다.

"아이고, 하나님, 이 애를 어떻게 할까요!"

시어머니가 꽥, 소리를 질렀고 아이가 왕, 울음을 터뜨렸다. 아이의 얼굴은 단번에 새빨개졌고 시어머니는 얼른 아이를 안고 안방으로 가버렸다.

나는 딸꾹질을 하며 쟁반에 담긴 미역국을 바라보았다. 미역국에서는 김이 솔솔 올랐고, 구역질이 났다. 아이를 낳은 후 죽도록 미역국만 먹었다. 그리고 누워서 잠을 잤다. 자고 있는 나의 품에 무엇인가 꼼지락거려서 보면 아이가 딱 붙어서 내 젖꼭지를 빨아댔다. 이것을 빨면 먹을 것이 나온다는 것을 어떻게 알고 이렇게 세차게 빨아대는지 신기한 생명체였다. 그러나 나는 젖이 나오지 않았다. 덕이 없는 엄마였다. 젖꼭지가 새빨갛게 뭉개졌고 아이가 오면 겁이 나서 몸이 오그라들었다.

아이가 눈앞에 사라지자 숨통이 트였다. 이윽고 머리가 돌아가기 시작했다. 곰에서 인간이 되어가는 느낌이었다. 누군가 내 온몸을 친친 묶은 것처럼 답답했다. 나는 침대에 엎드렸고 초록색 배낭을 바라보았다. 너무 오랫동안 태정을 보지 못했고 어떻게 살고 있는지 궁금했다. 죽었던 내 몸속의 파렴치라는 싹이 올라오기 시작했다. 깡마른 손목과 낙엽 냄새가 나던 머리카락, 갑자기 그의 모든 것이 선명하게 떠올랐다. 잠자는 포즈와 키스할 때의 냄새, 허벅지에 오르기 시작한 솜털과 허공에 대고 건배하던 그의 손, 이 모든 것이 내 몸처럼 익숙하게 기억되었다. 그를 생각하자 갑자기 생기가 났다. 살아 숨 쉬는 나의 존재가 느껴졌다.

아이를 낳으면서 나는 진짜 '생활인'이 되었다고 생각했다. 현모양처가 될 생각이었다. 태정과의 모든 것은 한때 추억이라고 생각했다. 그러나 아니었다. 태정을 기억하는 것은, 내가 살고 있는 이 집이나 내 몸에서 나온 저 아이보다 훨씬 친숙하게 느껴졌다.

얼마만큼 더 살아야 이 집이 내 집처럼 여겨지고, 진짜 내 남편, 내 아이처럼 여겨져 주인의식 있는 안주인이 될지 알 수 없었다. 아무리 살아도 이곳에서의 내 역할이 어색했고, 아무 이유도 없이 불안했다. 나는 식어빠진 미역국을 들고 주방으로 가 개수대에 부어버렸다. 그리고 힐끗 안방 문을 바라보았다. 시어머니와 아이는 함께 자고 있는 것 같았다. 시어머니는 젖먹일 때만 데리고 왔다가 아이를 혼자서 독차지하는 것을 좋아했다. 나는 기회를 노렸던 것처럼 아무렇게나 셔츠를 걸쳐 입고 대문을 나섰다.

거리에는 부드러운 바람이 불었고 방에서처럼 덥지도 않았다. 날아갈 것처럼 몸이 가벼웠다. 어디든, 집이 아닌 곳으로 나서면 즐거워진다는 태정의 주문에 걸려버렸는지도 모를 일이었다. 집도 절도 아닌 그곳, 태정이 있는 여관으로 간다고 생각한 그 순간부터 내 마음은 나뭇잎처럼 가볍게 팔락팔락 두근

숨어있기 좋은 방

거렸다. 언제부턴가 나는 지저분한 여관 중독자, 추잡한 관계 중독자가 되어버렸는지도 몰랐다.

버스를 타기 위해 뛰어갈 때 한 남자와 부딪쳤고 우리는 잠시 서로를 뜯어보았다. 그는 뒤돌아보며 슬쩍 웃었고 나도 그를 따라 미소 지었다. 왠지 모를 연민이 가는 외모였다. 잘생겼고 멋있어 보이는 바바리도 걸치고 있었다. 그러나 그건 그의 좁은 자취방에 걸린 단 한 벌의 옷일 것 같은 느낌이 들었다. 그에게로 쫓아가서 술 한잔하자고 하고 싶게 하는 그런 여운을 남겨주는 남자였다.

길을 걷다 간혹 그런 남자와 부딪히게 된다. 왠지 모르겠지만 나는 번듯한 남자들보다 뭔가 불행한 구석이 있어 보이는 남자에게 더 끌린다. 태정도 그런 남자였다. 뭔가 별 볼일 없고 나약한 그 모습이 자꾸 생각난다. 우주 어디에선가 떠다니다 이제는 사라져버린 혹성 같은 족속이었는지도 모른다. 침대를 덮고 자는 족속, 아무것도 하지 않다가 이윽고 망해버린 족속, 그는 오늘도 침대 밑에 엎드려 잠들어있을 것이고 내가 키스를 하면 나른하게 눈을 뜨며 매달릴 것이다. 나는 그를 꼭, 포근하게 안아줄 것이다.

나는 설레는 기분으로 계단을 뛰어 올라갔고 단숨에 그 정다운 방문을 왈칵 열어젖혔다. 방은 텅 비어있었다. 진짜 텅 비어있었다. 아무것도 없었다. 침대도 배낭도 아무것도 없었다. 나는 태정이 벽 뒤에 숨기라도 한 듯 사방의 벽을 빙 돌아가며 기웃거렸다. 그러나 그는 없었다. 그는 정말 떠나버렸구나. 완전히 떠나버렸구나. 나는 실망스럽고 맥이 빠졌다.

나는 베란다로 나왔다. 오동나무 잎사귀가 태평스럽게 일렁이고 있었다. 나는 난간에 기대어 오랫동안 오동나무를 바라보았다.

"대체 어딜 간 거지?"

내가 중얼거렸다.

'그는 떠났어. 이렇게.' 오동나무의 커다란 잎이 툭, 소리를 내면서 떨어졌다.

"오동나무 잎아, 너는 왜 그렇게 커다란 소리를 내면서 떨어지지?"

'그건 내 존재가 너무 무겁기 때문이지. 흠흠.' 나뭇잎들이 일제히 흔들리며 웃는 소리를 냈다.

나는 계단을 내려왔다. 정말 떠나버렸다고? 어디로? 도대체 어디로 가버린 거야! 나는 갑자기 태정에 대해서 짜증이 밀려왔다. 말도 없이 제멋대로 떠나버리다니! 나는 한숨을 쉬며 1층 로비 쪽을 바라보았다. 로비라고 할 것도 없었다. 그저 기우뚱하게 달린 새시 현관문이 있을 뿐이었다. 이런 집이 아직도 무너지지 않고 있다는 것이 신기했다. 나는 망설이며 그쪽으로 걸어갔다. 삐걱거리는 소리를 내면서 문이 열렸다. 어두컴컴했고 아무도 없었다.

"여보세요, 여보세요!"

　　　　　　　　　　　　숨어있기 좋은 방

나는 마루를 중앙으로 빙 돌아가며 달린 방문들을 향하여 소리쳤다. 한참 뒤에 그 문들 중에 하나가 열렸다. 금방 무덤에서 올라온 것 같은 할머니가 걸어왔다. 저번에 그 할머니였다. 그녀는 여전히 하얀 머리카락을 가슴께까지 늘어뜨리고 원피스 잠옷을 입고 있었다.

"왜애!"

그녀는 턱을 흔들면서 귀찮다는 듯이 소리를 질렀다.

"저기, 2층 가장 왼쪽에 있던 총각!"

나는 갑자기 숨이 차서 입을 다물었다. 할머니가 쪼글쪼글한 입을 오물거렸다.

"갔어."

그녀는 고개를 흔들며 돌아섰다.

"혹시, 어디로 갔는지……."

나는 내가 정신이 나간 것이 분명하다는 생각이 들었다. 어디로 갔으면? 거기까지 찾아갈 텐가? 그렇게까지 하고 싶지는 않았다. 이런 식으로 태정과의 관계가 막을 내리는 것도 나쁘지는 않다는 생각이 들었다. 할머니가 천천히 돌아섰고 나는 그녀가 태정이 있는 곳을 가르쳐주더라도 그냥 집으로 가야겠다는 생각을 했다.

"저어기……."

그녀는 검지로 느릿느릿 천장을 가리켰다.

"죽었어."

그녀는 풀썩 들어 올렸던 팔을 내렸다. 나는 이마를 찌푸렸다.

"아무것도 없었어. 정말이야. 침대가 아깝긴 했지만 다 태워버렸어. 괜히 귀신이 붙은 물건 쓰다가 재난이나 당할까봐…… 아무것도 없었어. 진짜야…… 도리어 방세만 석 달치 미뤄놓고 갔는걸……."

그녀가 변명하듯이 우물거렸다.

"무, 무슨……."

나는 어깨를 떨었다. 할머니는 움푹 들어간 입으로 이상한 미소를 지었다.

"여기 철둑은 꼭 삼 년에 한 사람씩 잡아갔어…… 그 녀석이 잡혀간 거지 뭐. 사람들이 육교 위에서 다 봤어…… 그 녀석은 육교 밑 철길을 널브러져 누워있었으니까…… 이번에는 나를 잡아갈 줄 알았는데…… 아이고……."

"할머니는 이상하게 웃었고 나는 멍하니 그녀의 입 속에 든 붉은 잇몸을 바라보았다.

"진짜 태정이었어요? 봤어요? 할머니 두 눈으로 똑똑히 보셨어요?"

나는 헐떡이며 몰아세웠다.

"사실은 나도 몰라. 젊은 총각이 죽었다고 들었어. 그놈이 안 죽었으면 왜 여기에 오지 않겠어. 뼛가루를 거둬줄 사람도 없었다네. 한심한 놈…… 벌써 오래되었어."

나는 돌아섰다. 무엇인가 내 발에 채여 우당탕거리는 소리를 냈다. 대문을 나온 나는 비명을 지르며 달리기 시작했다. 눈물 같은 건 나지 않았다. 슬픔보다 이상한 분노가 기어 올라왔다. 내 허락도 없이! 나의 전리품이었던 그가, 내 허락도 없이 사라져버린 것이다. 오직 나만의 즐거움이었던 그가, 나에겐 한마디 말도 하지 않고 그 모든 것을 거두어 가버린 것이다. 나는 쉬지 않고 뛰었다.

나는 헉헉거리며 뛰었다. 멈출 수가 없었다. 아아, 이건 너무하군. 뼛가루를 처리해줄 사람조차 없었다니. 나는 신음소리를 내며 뛰었다. 최소한 나는 그렇게 쉽게 불태우거나 강물에 뿌려버리지는 않았을 것이다. 생전에 그가 무엇을 좋아했는지를 생각해낼 것이다. 그리고 하루 종일 그것을 베풀어줄 것이다. 햇빛을 좋아했다면 나는 오랫동안 태양 아래 그를 놓아둘 것이다. 바다를 좋아했다면 나는 그를 바다로 데리고 갔을 것이다. 나는 뛰면서 생각했다. 그가 생전에 무엇을 원했던가를.

나는 우뚝 멈추었다. 어쩌면 죽은 남자가 그가 아닐지도 모른다는 생각이 들었다. 그가 자살해야 할 아무런 이유도 생각나지 않았다. 그는 그냥 배낭을 걸머지고 다른 곳으로 가버린 것인지도 모른다. 마침 한 주정뱅이가 철둑 위에서 목숨을 잃고…… 하지만 그 사람이 태정이 아닐 이유도 없었다. 그는 술을 마셨을 것이고 휘청거리며 이 도시를 돌아다녔을 것이다. 그리고 철둑 위에 드러누웠을 것이다. 그러고도 남을 놈이었다. 기차가 자신을 죽일지도 모른다는 생각을 했겠지만, 몸을 옮기는 것이 그렇게 죽는 것보다 더 귀찮아서 그냥 누워있었는지도 모를 일이었다.

나는 천천히 걸었고 눈에 보이는 카페로 들어갔다. 거기에 진열된 가장 비싼 위스키를 한 병 샀다. 나는 다시 여관을 향해 걸어갔다. 그 앞에 있는 철둑의 육교로 올라갔다. 바로 앞에 그 초라한 2층 여관과 오동나무가 보였고 태정의 방문이 나뭇잎 사이로 아주 조금 보였다. 나는 육교 난간에 기대어 철로 위로 술을 뿌렸다.

태정이든, 그가 아닌 다른 술주정뱅이였든 상관없었다. 이렇게 철로 위에 영혼을 던져버린 사람이라면 술 한 병 정도는 누구라도 뿌릴 수 있는 일이었다. 어쨌거나 태정은 지금 여기에 없다. 어디에 가서 그를 찾아 만나야 할지도 모르니, 죽은 것이나 마찬가지였다.

내가 그를 사랑했는지 어쨌는지는 알 수 없었다. 그러나 분명한 것은 그와 함께 나는 신나게 웃어댈 수 있었다는 것이었다. 우리는 함께 침대 위에서 뒹굴었고 술을 마셨고 담배를 피웠다. 그것은 사랑했다는 것보다 더 대단한 것이었다. 나는 고개를 젖히고 술을 한 모금 마셨다. 내 인생의 유일한 남자를 잃어버린 느낌이 들었다. 다시는 그 비슷한 남자도 만날 수 없으리라. 그와 함께 좀 더 따뜻하고 온전하게 사랑을 누리지 못한 것을 후회스러웠다.

　　　　　　　　　　　　　　숨어있기 좋은 방

외롭다는 생각이 들었다. 그와 함께 있을 때, 그때도 나는 외로웠고 혼자라는 생각을 가지지 않은 적은 없었다. 그러나 지금, 그가 없는 지금은 훨씬 더 외롭게 느껴졌다. 나는 진짜, 완전히 혼자가 되어버린 기분이었다. 아아, 나의 쌍둥이 왕자…… 나는 육교 난간으로 허리를 꺼꾸러뜨리며 울음을 터뜨렸다. 내 손에서 떨어져나간 술병이 철둑 어딘가에 떨어져 부서졌다. 그리고 기차의 기적소리와 뒤이어 달려온 바퀴소리가 내 울음소리 위로 지나갔다. 철컥 철컥, 기차의 바퀴는 규칙적인 소리를 냈고 나는 시간이 가고 있는 소리를 들었다.

18

어머니는 부엌에서 무언가를 바쁘게 채 썰고 있는 중이었고 막둥이는 나를 보고 쑥스러운 표정을 지었다.

"애를 두고 와도 돼? 시어머니가 안 봐주는가 봐? 나도 보고 싶은데……."

어머니가 채 썬 당근을 달구어진 팬에 넣으며 나를 쳐다보았다. 치르륵, 기름 끓는 소리가 났다.

"내가 귀찮아서 떼놓고 왔어. 잠시라도 아이 없이 좀 있고 싶어."

나는 싱크대에 놓인 그릇들을 상 위에 놓았다. 어머니는 생각에 잠긴 듯 묵묵히 칼질을 계속했다. 나는 방을 둘러보았다. 오래된 가족사진과 나의 트로피와 상패들, 푸른 천이 씌워진 '고요히 빈자리', 내가 이 집을 떠나기 전과 달라진 것은 아무것

숨어있기 좋은 방

도 없었다. 시간이 정지된 곳이었다.

어머니는 채 썬 것을 다시 볶았고 찬장 위에 얹힌 음식들을 방으로 들여보냈다. 동태 부침, 갈비찜, 조기찜, 과일 샐러드, 물오징어 회, 잡채, 상추와 깻잎, 동치미, 달걀선, 마른 땅콩과 마른 새우, 고사리나물과 더덕찜, 삼색 떡, 송편, 어머니 머릿속에 있는 음식들은 다 펼쳐진 것 같았다. 막둥이는 그릇들 사이로 힘들게 수저를 놓으며 부러운 눈길로 내 가방을 쳐다보았다. 퍼즐 게임에 당첨된 태정의 배낭이었다.

"왜, 이거 가지고 싶어?"

내가 말했다. 막둥이는 고개를 숙이며 얼굴을 붉혔다.

"가져."

나는 지갑을 빼내고 배낭을 막둥이에게 던져주었다. 그 애 입이 단번에 쭉 찢어졌다.

"누나, 난 이 초록색이 너무 마음에 들어."

막둥이는 당장에 다락방으로 올라가더니 현이의 작은 라디오와 태권도복을 가지고 내려왔다. 그 애는 그것을 초록 배낭 속에 집어넣어 어깨에 걸머졌다.

"자, 이것도 너 가져."

나는 지갑 속에 든 종이돈을 모두 꺼내 주었다. 막둥이는 쑥스러워했다.

"너무 많아……."

그 애는 망설이듯 슬며시 돈을 받아 배낭 주머니에 넣었다.

281

"얘는, 그렇게 큰돈을 함부로 주다니…… 너 요즘 돈 마음대로 쓸 수 있니?"

어느새 방으로 들어온 어머니가 호기심 띤 얼굴로 물었다.

"아니, 아기 우유도 시어머니가 다 사."

내가 심드렁하게 말했다.

"어쩌면 그럴 수가 있니! 이 서방이 너를 뭐로 아는지 몰라. 설마 너한테 돈 맡기면 친정에 갖다줄까 봐 그러는 건 아니겠지. 세상에! 나는 그런 돈 한 푼도 원하지 않는다! 그 사람 근본적으로 널 못 믿어서 그러는 것 아니니?"

어머니는 갑자기 분개하며 말했다.

"몰라…… 사실 믿을 만한 구석이 있나 어디……. 도대체 넌 그 집에 뭐니? 그런 취급을 당한다는 건 말이 안 돼! 돈이 없어서 그렇지 우리 집안도 가문으로 따지면 밀리지 않는다."

어머니는 옷을 벗고 새 옷으로 갈아입었다. 검붉은 바탕에 흰색 꽃무늬가 진 방바닥에 끌리는 긴 원피스였다. 어머니가 그 옷을 입었을 때 나는 비명을 질렀다.

"엄마, 그 옷 어디서 났어!"

"으응, 미용실 주인이 주더라. 옛날엔 이게 아주 신식 옷이었다던데, 곱지 않아?"

막둥이가 소리 내어 웃기 시작했다. 어머니는 난처한 표정으로 나를 쳐다보았다. 그것은 18세기 유럽 여자들이 입는 그런 종류의 원피스였다. 어깨선이 볼록하게 치솟았고 살짝 들어

　　　　　　　　　　　　숨어있기 좋은 방

간 허리선에서 치맛자락이 우아하게 아래로 뻗어있었다.

"시장 사람들이 서로 가지려는 걸 내가 뺏어왔는데…… 그렇게 흉해?"

어머니는 아주 섭섭한 표정을 지었다.

"아니…… 뭐 그 정도는 아니고…….."

"……그래, 네 눈으로 보니까 그렇지……. 사실 네가 입고 다니는 옷은 나도 못 봐주겠더라. 좀 풍성하게 여자답게 입더니만…… 옷 보는 눈은 현이가 좀 낫지…….."

어머니는 치맛자락을 얌전히 펼치며 상 앞에 앉았다.

"그런데 얘는 왜 아직도 안 오는 거야?"

어머니가 깜짝 놀란 표정을 지으며 나를 쳐다보았다. 내가 대답할 수 없는 질문이었고 나는 멍하니 어머니를 바라보았다. 어머니는 눈을 내리깔고 '고요히 빈자리'를 향해 무슨 주문 같은 소리를 한동안 웅얼거렸다. 그러다 갑자기 번쩍 고개를 들었다.

"넌 어떠니? 난 사실 좀 불안하다. 집 나간 지 이 년 만에 남자친구도 아닌 남편감을 데리고 온다니 말이다…… 어떤 남자가 올지……. 아직 결혼할 나이도 아닌데."

어머니는 걱정스러운 표정을 지었다.

"뭐, 홀딱 반해서 당장 함께 살고 싶겠지."

"그래…… 너도 그렇지만, 딸자식은 빨리 결혼시키는 것이 부모 마음은 훨씬 편하기도 해. 하지만 너무 이르지 않니? 너도 그렇지만…… 물불 안 가리고 아무 남자한테나 잘못 빠져봐. 평생 고생길이 열리는데……. 아이 몰라…… 저 하고 싶은 대로 하는 거겠지."

나는 갑자기 짜증이 났다.

"그래…… 내가 낳았지만 내 맘대로 할 수는 없어. 하지만, 남자는 신중하게 택해야 하는데, 그래야 평생 후회를 하지 않지. 이상한 날건달을 데리고 오는 건 아닌지…… 이 서방 정도만 되어도 걱정 안 할 텐데…… 그런데 왜 이렇게 안 와? 애들 약속한 시간이 지났지?"

어머니가 막둥이를 바라보았다.

"두 시간 지났어요."

막둥이가 말했다.

"하여간 현이 얘는 어떻게 장단을 맞추어야 할지 몰라. 하지만 걔는 실속이 있는 애니까, 함부로 남자를 택하지는 않을 거야……."

어머니는 눈을 내리깔고 그 주문 같은 중얼거림을 한동안 계속했다. 그리고 갑자기 눈을 번쩍 떴다.

"얘. 쟤는 요즘 어때 보여?"

어머니는 막둥이를 가리키며 내 귀에다 대고 속삭였다. 막둥이는 배낭을 끌어안고 폰을 만지작거리고 있었다. 나는 아무 말 없이 어머니를 바라보았다.

"통 말이 없어. 무슨 생각을 하고 있는지 알 수가 없단다. 옛

날엔 그래도 재롱도 떨고 하더니, 내 아들이지만 어떨 땐 겁이
나…….”

어머니는 갑자기 추운 것처럼 몸을 움츠렸다.

“걱정 말아요. 쟤는 우리 집 기둥 역할을 해줄 테니까……
그런데 현이 얘는 어떻게 되었어. 왜 이렇게 안 와.”

내가 다시 짜증을 부렸다. 어머니의 눈빛이 불안하게 일렁
거렸다.

“……혹시 아버지 문제 때문에 그러는 건 아닐까? 난 정말
네 아버지 때문에 못살아. 현이 남편 될 사람한테 무어라고 하
니 정말…… 멀쩡하게 살아있는 아버지가 딸자식 결혼식에도
안 나타나 봐. 그쪽에서 뭐라 그러겠어. 이 양반 정말!”

어머니는 아버지가 앞에 있기라도 한 듯 허공을 바라보며 눈
을 치켜떴다.

“아버지 죽었다고 말해. 진짜 죽었을지도 몰라. 구차하게 집
나갔다는 둥, 어쨌다는 둥, 하는 것보다 훨씬 간단하잖아.”

동태 부침개를 하나 집어 먹으며 내가 말했다.

“못된 것!”

어머니는 큰 한숨을 쉬며 눈을 내리깔았다. 그리고 주문을
웅얼거렸다.

“왜 이렇게 안 와…….”

나는 상 밑으로 발을 뻗으며 벌렁 드러누웠다.

“음식 상 앞에 눕는 거 아니다…… 음식 다 식겠구나…….”

어머니는 웅얼거리는 주문 속에 이렇게 웅얼거리곤 다시 눈을 감고 중얼거리기를 계속했다. 어머니의 볼은 여전히 움푹 파인 채였다.

"엄마는 아직도 이빨 못 해 넣었네⋯⋯."

나는 손바닥으로 상 밑을 툭툭 두들기며 말했다.

"틀니가 보통 비싸야지⋯⋯."

어머니는 눈을 감은 채 중얼거렸다.

"현이 신랑이 해 넣어줄 거야."

내가 말했고 어머니는 픽 웃었다. 그때 문밖에서 현이의 목소리가 들려왔다. 아주 작은 목소리였고 우리는 잠시 긴장했다. 막둥이가 뛰어나가 문을 열었고 어머니와 나는 벌떡 일어났다. 현이가 들어왔고 그 뒤로 남자가 들어왔다.

"아이고 집이 누추해서⋯⋯."

어머니가 남자를 향해 고개를 숙이며 인사를 하다가 갑자기 입을 다물었다. 어머니는 멍하니 남자를 쳐다보았다. 어머니가 그렇게 놀라는 것도 무리는 아니었다. 현이가 데리고 온 남자는 얼굴빛이 새카만 흑인이었다.

"오⋯⋯ 어머, 어머니⋯⋯ 아, 안뇽⋯⋯."

남자는 익살스러운 표정을 지으며 더듬거렸다. 그리고 스스럼없이 방으로 들어서며 어머니의 손을 잡았다. 어머니는 짐승의 발에 잡힌 듯 얼른 손을 빼냈다.

"Honey, Sit down."

숨어있기 좋은 방

우리 모두 눈이 휘둥그레져 뻣뻣이 서있자 현이가 샐쭉해져서 남자에게 말했다. 남자는 이빨을 하얗게 드러내고 연신 싱글싱글 웃으며 식구들을 쳐다보았다. 어머니가 원피스 자락을 끌며 급히 부엌으로 갔다. 나도 어머니를 따라 부엌으로 갔다. 어머니는 부엌 한쪽 구석에 서서 반쯤 얼빠진 얼굴로 나를 쳐다보았다.

"세상에, 이건 분명 꿈이겠지……."

어머니의 눈에서 갑자기 눈물이 쏟아졌다.

"뭐 어때서 그래요. 미국 사람인 것 같은데……."

"네 눈에는 저 물건이 사람같이 보이더냐? 이건 진짜 꿈일 거야!"

어머니는 악몽에서 깨어나려는 듯 마구 고개를 흔들었다.

"이건 안 돼…… 나는 방에 안 들어갈 거다. 네가 알아서 하든지 말든지 해라."

어머니는 갑자기 노기 띤 표정이 되었다.

"쟤는 미국에 갈 생각인가 봐…… 그런대로 착해 보이는데. 쟨 실속파야……."

나는 남자가 벗어놓은 신발을 보며 중얼거렸다. 커다란 흰색 운동화였다.

"나는 저 얼굴 안 볼란다. 아이고, 남부끄러워…… 어쩌면 좋아!"

어머니는 손으로 얼굴을 감싸고 다시 울음을 터뜨렸다.

"왜 울고 그래! 아무나 미국 남자랑 결혼할 수 있는 줄 알아? 이제 우리도 현이가 초청하면 미국에 갈 수도 있어……. 아, 나도 미국 가고 싶다!"

"아이고, 내 딸년들이 전부 미쳤어!"

어머니는 레인지 위에 있는 국자를 사납게 팽개쳤다.

"왜 그러는 거야! 어쨌거나 저 사람은 손님이야. 그러니 어서 들어가……."

나는 엄마를 끌었고 어머니는 한숨을 쉬며 질질 끌려왔다. 현이와 남자는 상 앞에 앉아 이마를 맞대고 키득거리고 있었다. 그 모습을 막둥이가 고개를 숙인 채 화난 얼굴로 쏘아보고 있었다. 남자는 서투르게 젓가락질을 하면서 잡채를 상 위에 줄줄 흘리면서 폭소를 터뜨렸다. 우리가 들어서자 남자는 미소를 지으며 젓가락을 흔들었다.

"It's interesting to eat Korean food. Korean food is very wonderful!"

남자가 엄지손가락을 세워 보이며 웃었다. 그러나 어머니는 그가 무슨 말을 했는지 알고 싶지도 않다는 표정이었다. 어머니는 노골적으로 한쪽으로 고개를 돌리고 앉았다.

"집안 창피하고, 혹시 동네 사람 볼까 무섭다. 나갈 때는 완전히 캄캄해지거든 가거라."

어머니가 현이를 보지도 않은 채 싸늘하게 말했다. 현이가 살짝 콧방귀를 뀌었고 남자가 어리둥절한 미소를 지으며 우리

숨어있기 좋은 방

식구들을 둘러보았다.

"뭐 하는 사람이니?"

이번엔 내가 현이에게 물었다.

"엔지니어야."

현이가 샐쭉하니 대답했다.

"한국에 살아?"

내가 물었다.

"미국에 살아. 잠시 파견 나온 것뿐이야. 다시 들어갈 거야."

현이는 여전히 토라진 표정으로 말했다.

"아아……. 언제? 너랑 같이?"

나는 부러운 듯이 물었다.

"그런 일 없다! 원숭이 따라가는 사람 봤어?"

어머니가 여전히 돌아앉은 채 갑자기 끼어들었다. 현이는
입술을 깨물었다.

"어떻게, 어디서 만났니?"

내가 물었다. 현이는 경멸스런 표정으로 나를 쳐다보았다.

"그것까지 다 얘기해야 돼?"

"아…… 미안."

나는 머쓱해하며 남자를 바라보았다. 그는 나에게 어깨를
들썩이며 미소를 지었다. 나이를 짐작할 수가 없었다. 스무 살
같기도 하고 서른 살 같기도 하고 마흔 살 같기도 했다. 흑인을
이렇게 가까이서 보기는 처음이었다. 굉장히 착한 것 같기도

하고 무서운 것 같기도 했다. 능력 있어 보이는 것 같기도 한데 아닌 것 같기도 했다. 돈이 많아 보이는 것 같기도 하고 아닌 것 같기도 했다.

"나는 절대 그 꼴 못 본다. 결혼? 어림도 없다! 결혼식장에 모인 집안 어른들 모조리 기절하고 말 거다. 네 형부만 한 남자까진 바라지도 않는다……."

어머니는 여전히 돌아앉은 채 중얼거렸다.

"나도 결혼식 따위를 하고 싶은 생각은 없어. 누구 하나 기절할 일도 없을 거야."

현이가 불퉁하게 말했고 어머니는 참을 수 없다는 듯 휙 돌아앉았다.

"그러면! 그러면! 결혼도 하지 않고 어쩌겠다는 거냐!"

어머니는 현이를 잡아먹을 것처럼 소리를 질렀다. 남자의 눈동자가 휘둥그레졌다.

"Oh…… We can be happy!"

그가 항변하듯이 우리 모두를 향해 말했지만 그의 말을 듣는 사람은 없었다.

"지금 당장 결혼하겠다는 건 아니야. 일단 관광비자로 미국에 가서 3개월만 함께 살아보기로 했어. 살아보고 맞으면 결혼할 거야."

현이가 담담하게 말했다.

"너, 얘가 무슨 소리 하는지 들었니? 나는 이해를 못하겠구나."

어머니가 멍한 얼굴로 나를 쳐다보았다.

"3개월 함께 살아보고, 서로에게 잘 맞으면 결혼할 거라고 했어. 이 남자가 그렇게 하자고 했어. 합리적이라고 생각해, 나도."

현이가 입술을 비틀며 말했다.

"세상에! 우리 딸이 이제 원숭이 하고 동거까지 하겠다고 하네!"

어머니가 부들부들 떨며 손을 치켜들더니 상 위로 쾅 내리쳤다. 조기찜이 방바닥으로 툭 떨어졌다.

"왜 이래 정말? 나 잘 살 수 있어! 자신 있단 말이야! 이 남잔 정말 괜찮아. 부드럽고 상냥하고 아름다워! 돈도 잘 벌고 능력도 있어! 연봉이 일억이야!"

현이가 어머니와 똑같이 상 위로 쾅, 손을 내리쳤다. 이번엔 동태 살이 바닥으로 흩어졌다.

"아이고, 내가 죄가 많아……."

어머니가 갑자기 통곡하면서 이마를 바닥에 찧기 시작했다.

"그냥 가버릴까 하다가 왔다니, 왜 이래? 난 지금 행복하다고 시발!"

현이가 있는 대로 소리를 질렀다. 남자가 걱정스러운 표정으로 현이를 쳐다보았다.

"Honey, What's the matter?"

남자는 달래듯이 커다란 손으로 현이의 어깨를 톡톡 두드
렸다.

"이거 놔!"

현이가 그의 손을 뿌리쳤고 그때 갑자기 와장창 소리가 나
며 상 위로 무엇인가 날아왔다. 우리는 모두 얼이 빠져서 고개
를 들었다. 막둥이가 라디오를 상 위로 팽개친 것이었다. 현이
의 옷과 남자의 얼굴에 김칫국물이 뻘겋게 흘러내렸고 어머니
의 머리는 깨소금 간장을 뒤집어쓰고 있었다. 막둥이는 주먹을
쥐고 씨근덕거리며 현이와 남자를 노려보았다.

"새끼. 무슨 짓이야!"

현이가 손바닥으로 얼굴의 김칫국물을 닦으며 소리를 질
렀다.

"양공주!"

막둥이가 얼굴을 새빨갛게 하고 소리쳤다.

"더러워!"

막둥이는 내내 만지작거리던 배낭을 휙 어깨에 둘러메더니
쏜살같이 뛰어나가버렸다.

"쟤가 왜 저래? 아이고, 금아, 막둥이 한번 따라가봐라!"

어머니가 풀썩 바닥으로 꼬꾸라지며 탄식했다. 나는 신발을
꿰신고 밖으로 나갔다. 어느새 막둥이는 보이지 않았다. 골목
길을 뛰어나가 도로로 나갔다. 막둥이는 벌써 저 멀리 달려가
고 있었다. 나는 뛰어가며 그 애를 불렀다. 막둥이는 멈칫 멈춰

　　　　　　　　　　　숨어있기 좋은 방

서더니 더욱 세게 달려가기 시작했다. 초록색 배낭이 어깨 위에서 마구 흔들거렸고 어느새 내 눈에서 사라져버렸다.

　나는 터덜거리며 걸어왔고 집에는 어머니 혼자였다. 어머니는 음식물과 깨진 접시들이 꼴사납게 흩어진 방 한쪽에 꼿꼿한 자세로 '고요히 빈자리'를 향해 앉아있었다. 어깨에는 미장원에서나 쓰는 기다란 망토를 둘러쓰고 알아들을 수 없는 주문을 외우고 있었다. 마느리오바리 마느리오바리…… 내가 들어서자 어머니는 풀썩 이마를 바닥에 찧으며 비명을 지르듯이 더욱 세게 주문을 외워대기 시작했다.

19

어머니만 남았고 모두들 떠나버렸다. 나 또한 있고 싶지 않은 곳이었다. 이제 우리 가족은 완전히 공중분해 되어버렸고 나는 거리로 나섰다. 그러나 가고 싶은 곳은 어디도 없었다. 이런 기분이라면 술을 마시는 일 외에 할 일은 아무것도 없었다. 나는 봉희에게 전화를 했고 그녀는 웬일로 나를 반겼다. 술 한 잔하자는 내 말에 그녀는 조금 망설이는 것처럼 웅얼거렸다.

당장 방송국으로 좀 와줄 수 있냐고 했다. 요즘 그녀는 텔레비전 구성작가로 일하는 중이었다. 무슨 지상 독서토론을 하는데 방청객 수가 턱도 없이 모자란다는 것이었다. 잠시만 앉아 있으면 돈도 벌게 된다고 말했다. 술은 그 독서토론 녹화가 끝나면 함께하자고 했다. 나쁠 것도 없었다. 돈도 벌고 멍하니 있을 장소도 마련했으니. 나는 그곳으로 갔다.

숨어있기 좋은 방

봉희는 내 눈이 휘둥그레질 정도로 날씬해져 있었다. 그녀는 붉은 미니스커트에 붉은색 스타킹을 신고 있었다. 그녀는 자신만만한 몸짓으로 방청객으로 온 사람들의 이름과 주소를 받아 적었고 그들이 말해야 할 질문 사항들을 나누어주었다. 대부분 대학생들처럼 보였고 그들을 봉희가 지정하는 대로 자리에 가 앉았다.

불이 켜졌고 지상 독서토론이 시작되었다. 《지하도로 떠난다》라는 소설이었다. 아침에 일어나면 햄버거 다섯 개와 캔 콜라 다섯 개를 배낭 속에 집어넣고 지하도로 가 하루를 지내는 한심스러운 남자 이야기였다. 남자는 그 도시의 가장 긴 지하도로 들어가 첫 번째 매장부터 끝 매장까지 모두 둘러보면서 세 시간마다 햄버거 하나와 콜라 하나를 먹었다. 다섯 번째의 햄버거와 콜라를 먹을 때는 마지막 매장을 둘러보고 지상으로 난 계단을 올라올 때였다. 그는 캄캄한 지상으로 올라와 첫 번째 보이는 술집에 들어가 문을 닫을 때까지 술을 마시고 나왔다. 그리고 다시 걷기 시작해 첫 번째 만나는 여관에 들어가서 잠을 자면서 하루를 마감한다는 이야기였다.

내용 요약이 있자 방청객들이 열띠게 논의를 했다. 그들은 봉희가 적어준 질문 종이를 들고, 꼭 궁금해 죽겠다는 듯이 질문을 했다. 햄버거와 콜라가 의미하는 것은 무엇인가? 그 남자는 왜 하필 하루 종일 지하도에서 보내는가? 지하도는 어떤 의미가 있는가? 도대체 그는 집도 절도 없는가? 돈은 어디서 나

서 햄버거와 콜라를 매일 사서 지하도에서 놀 수 있는가? 그가
그래야만 하는 이유가 무엇인가? 바보 같은 남자다. 쓰레기 같
은 남자다. 인생을 이렇게 살면 안 된다. 지하 거지인가? 지상
을 왜 무서워하는가? 도태된 미래 인종의 출현인가? 나중에는
봉희가 적어주지 않은 평이 쏟아졌다.

작가가 무슨 말인가를 했다. 햄버거와 콜라는 미국을 상징
하는 것 같지만 사실은 자연적이지 못한 인스턴트 인생을 사는
청춘, 외롭고 가난한 청춘, 정상적인 삶과는 거리가 먼, 어둠
속으로 파고드는, 밖으로 나갈 수 없는 조롱받는 청춘을 그렸
다고 했다. 작가의 말에 방청석은 화를 냈다. 그런 인생이 무슨
의미가 있다고 책으로 적어냈느냐는 것이었다. 웃음소리도 들
렸다. 왜 하필 햄버거며 콜라냐, 바게트나 커피였으면 안 되느
냐. 햄버거와 콜라가 있으면 따뜻한 공원으로 가지, 지하도를
종일 어슬렁거릴 얼간이가 정말 있다고 생각하느냐. 여자도 아
닌 남자가 무슨 할 일이 없어서 지하매장이나 들락거리겠느냐,
지하매장에 남성용 물건은 거의 없다. 그런 남자는 아직 태어
나서 한 번도 못 봤다! 순 거짓말쟁이! 작가로서의 책임감을 느
껴라!

사람들이 웃어젖히자 PD가 나왔다. 한동안 녹화가 중지되
었고 다시 시작되었다. 불빛 때문에 사람들 얼굴에서는 땀이
흘러내렸다. 나로서는 별 같잖은 소설도 다 있고 별 시답잖은
질문들을 열심히 지껄이는구나 하는 생각밖에 들지 않았다. 너

숨어있기 좋은 방

무 더웠고 빨리 돈을 받아 거리로 나서고 싶은 생각밖에 없었다. 그 돈으로 나도 햄버거 다섯 개와 콜라 다섯 병을 사 들고 지하도를 어슬렁거려 보고 싶다는 생각이 들었다. 매장마다 기웃거리며 놀다 지하도 문이 닫히면 밖으로 나와 맨 첫 번째 술집에서 술을 마시고 첫 번째 여관에서 잠을 자는 것이다. 그것이 오늘 계획이다.

녹화는 끝이 났고 사람들은 술렁거리며 기지개를 켰다. 그중에 한 남자가 갑자기 후다닥 일어서더니 작가를 불렀다. 사람들은 모두 그를 쳐다보았다. 그는 코끝으로 내려온 안경을 밀어 올리며 잔뜩 긴장된 표정으로 서있었다. 대단한 용기를 내어서 작가를 부른 것이 분명했다.

"저, 저는, 서, 선생님 작품을 아, 아주 좋아하는 도, 독잡니다…… 그래서, 저, 저도, 선생님과 같은 후, 훌륭한 글을 쓰고 싶습니다. 하지만 잘 안 됩니다…… 어, 어떻게 하면 좋은 소, 소설을 쓸 수 있는지 조언을 좀……."

남자는 하아, 숨을 쉬며 가슴에 손을 댔다. 작가가 웃음을 띠며 무슨 말을 하려고 할 때 사람들은 그 따위는 관심도 없어요, 하듯이 우르르 일어서 밖으로 나가버렸다. 작가는 당황하면서 남자를 바라보았다.

"어쨌든 소설은 상상력의 산물이지요. 그러나 그 상상력은 체험 없이는 생기지 않습니다. 한마디로 체험이 풍부할수록 상상력도 높아진다고 할 수 있지요. 많은 것을, 남들이 경험할 수

297

없는 것을 맛보길 권합니다. 무언가 쓰고 싶다는 욕망이 솟구치게 될 것입니다. 네. 작가의 기본적인 재산은 체험이라고 할 수 있죠. 네, 고맙습니다."

말을 끝낸 작가는 후다닥 일어서서 밖으로 나갔다. 남자는 엉거주춤하게 서서 생각에 잠긴 것처럼 고개를 숙였다. 작가를 따라 나도 밖으로 나왔고 봉희는 사람들 사이에 묻혀 있었다. 그녀는 서류에 사람들의 주소와 계좌, 사인을 받고 있었다.

"얘, 넌 여전히 처녀 같다. 날씬해!"

그녀는 막간을 이용해서 한마디 했다. 그리고 보란 듯이 자신의 날씬한 두 다리를 슬쩍 꼬았다.

"다이어트에 성공했구나. 몰라보겠어? 진짜 멋있다."

나의 찬사에 봉희는 어깨를 으쓱거렸다.

"요즘, 괜찮은 남자들이 나를 줄줄 따라다녀. 연애도 별거 아니더라. 그래서 말인데, 내 경험담을 살려서 다이어트 교실을 한번 열어볼 생각이야. 뚱뚱한 것 때문에 고민하는 여자들에게 희망과 기쁨을 주고 싶어. 동병상련, 알지?"

그녀는 턱을 살짝 치켜들고 말했다. 그리고 다시 고개를 숙여 무언가를 적어 사람들에게 내밀기를 계속했다.

"어쩌니 얘. 너랑 한잔해야 하는데, 난 약속이 있어. 약속 있다는 걸 깜빡 잊고 너한테 말하지 못했지 뭐니. 나중에 얘기해줄게. 요즘 나, 열애 중이거든……. 굉장한 남자!"

그녀는 귓속말을 하며 자랑하듯이 크게 말했다.

숨어있기 좋은 방

"고마워. 다음에 보지 뭐."

나는 서류에 사인을 하고 돌아섰다. 그녀가 약속이 있어주어서 차라리 다행이라는 생각이 들었다. 그렇지 않았더라면 오늘 밤 내내 시답잖은 그녀의 '다이어트론'과 '연애담'을 들어야하는 고문을 당할 것이 뻔했다. 여자와 술 마시는 것만큼 따분한 일은 없다. 내가 술로 인사불성이 되어가는 중에도 말짱한 정신으로 나를 빤히 쳐다보고 있는 것이 정말 싫다. 그리고 취한 기분에 젖어 탁자 밑으로 손을 잡고 키스할 수 있는 상대도 아니다. 거기다 술값 내는 데도 인색하다. 술은 언제나 나 혼자다 마셨다고 생각하는 것이 나와 함께 술 마신 여자들의 악습이었다.

나는 정류소에 섰고 한 남자의 뒷모습을 바라보고 있었다. 작가에게 마지막 질문을 했던 그 남자였다. 뒷머리를 짤막하게 잘라 목덜미가 하얗게 드러나 있었다. 청바지를 입고 한쪽 손에는 책을 한 권 들고 있었다. 나는 그에게로 걸어갔다.

"이봐요. 아까 소설을 쓰고 싶다고 말씀하셨지."

내가 약간 건들거리며 말했다. 그는 당황해하며 나를 쳐다보았다.

"멋진 소설을 쓰고 싶으면 날 따라와."

나는 빙긋 웃으며 그의 눈을 들여다보았다. 그는 내 눈을 피하며 얼굴을 붉혔다. 나는 소리 내어 웃으며 돌아서 걷기 시작했다. 남자가 따라오면 조금쯤은 즐겁겠지만 따라오지 않아도 상관없었다.

나는 한동안 쇼윈도를 기웃거리며 걸었다. 그리고 문득 뒤 돌아보았다. 남자는 바로 내 뒤에 서서 걸어오고 있었다. 내가 돌아보자 그는 당황해서 내 눈길을 피했다. 나는 돌아서서 그 에게로 걸어갔다.

"잘했어. 우리 신나는 소설을 써보는 거야. 응?"

나는 그의 손을 잡았다. 그는 가만히 고개를 끄덕였다.

"어때, 햄버거 다섯 개와 콜라 다섯 병을 사 들고 지하도로 한번 가볼까?"

내가 말했다. 남자는 놀랍다는 듯이 환하게 웃으며 고개를 끄덕였다. 우리는 당장에 햄버거와 콜라를 사 들고 지하도로 뛰어 들어갔다. 우리는 모든 매장을 들락거렸고 의자가 보이는 데 앉아서 느끼한 햄버거와 기름진 감자튀김을 먹고 콜라를 마 셨다. 지하도는 길고도 길었다. 밖으로 나왔을 땐 구토가 날 것 같았고 완전히 지쳐있었다.

"첫 번째 술집으로 가는 거예요?"

계단을 오르면서 남자가 내 어깨에 머리를 기대며 어리광 피 우듯이 말했다.

"물론!"

나는 그의 손을 잡고 지하도를 나와 첫 번째 술집으로 걸어 갔다. 일식집이었고 우리는 정종을 한 잔씩 시켰다. 건배를 하 고 원 샷으로 한 잔을 다 마셨다. 남자는 꿀렁거리는 소리를 내면서 술을 한 잔 다 마셨다. 그런 자신이 놀랍다는 듯이 눈을 둥 그렇게 뜨고 나를 쳐다보았다. 우리는 다시 한 잔씩 더 시켰다. 우리는 건배를 했고 남자는 한 모금을 마시고 긴 탄성을 터뜨렸다.

"술을 이렇게 빨리 마셔보긴 처음이에요."

그는 웃음을 터뜨렸다. 우리는 담배를 피우기 위해 밖으로 나갔다. 내가 담배를 물자 그는 잽싸게 불을 붙여주었다. 나는 천천히 연기를 내뱉었다. 여기저기서 쿵쾅거리는 음악이 날아왔다. 바깥은 어두웠고 정종 두 잔으로 몸이 따뜻하게 데워져 기분이 좋았다. 가족이니 뭐니, 하는 따위는 개에게나 던져줄 일이었다. 그런 것 때문에 우울하고 싶지 않았다. 우리는 돌아와 홀짝거리며 술을 마셨고 담배를 피웠다. 술잔이 늘어갈수록 기분은 점점 좋아졌고 나중에는 완전히 좋아져버렸다.

그러나 술집에서 나와 첫 번째 모텔로 갔을 때 갑자기 우울해졌다. 나는 눈을 감은 채 침대 위에 가만히 엎어져 있었다. 오늘은 진짜 신나게 놀 필요가 있는 날이었다. 휘종은 내가 친정에서 자고 있는 줄로 알 것이고 친정어머니는 내가 시집으로 돌아간 것으로 생각할 것이다. 이런 날을 절호의 찬스라고들 하지 않는가.

"누나……."

문 여는 소리가 들렸고 남자가 나를 흔들었다. 나는 눈을 떴다. 남자가 염려스러운 표정으로 나를 내려다보고 있었다.

"이거, 약이야. 그리고 시원한 물."

그는 나를 일으켜 내 입에 약을 넣어주고 물을 먹여주었다. 위로받는 기분이 들었고 그에게 좋은 감정이 느껴졌다. 나는 그의 볼을 만졌다. 불쑥 솟아오른 여드름 몇 개가 만져졌다.

"일루, 들어와."

내가 이불을 들추었다. 남자가 약간 몸을 움츠렸다.

"들어와, 소설가가 되게 해줄게."

내가 쿡 웃으며 말했다. 그는 안경을 벗으며 조심스레 침대 위에 앉았다. 그리고 망설이듯이 이불 속으로 들어왔다. 나는 팔로 그의 목을 감싸 안았다. 남자는 약하게 숨을 몰아쉬며 내 가슴속으로 파고들었다.

"……넌 왜 소설을 쓰고 싶어 하지?"

나는 그를 떼어내며 물었다. 그는 부끄러운 듯이 이마를 문질렀다.

"난 그냥, 유명해질 수 있는 딱 한 권의 소설만 쓰고 싶어요. 명예를 얻기에 그보다 더 빠르고 확실한 방법은 없잖아요. 그러면…… 여자친구들도 많이 생길 것 같고 나를 존경해주겠죠…… 유치하죠?"

그는 킥킥 웃었고 나는 담배를 피워 물었다.

"자, 얘기해줄게…… 한 여자가 있었어…… 여자는 그날 은행에서 돌아오다가 회사 서류와 회사 공금을 잃어버렸지. 그러자 갑자기 모든 것이 싫어졌지. 어디 가서 밤새도록 술이나 실

숨어있기 좋은 방

컷 마시고 죽어버려야겠다는 생각을 했어. 주머니에 술병을 넣고 어슬렁거리다 어느 여관 앞에 걸음을 멈추게 돼. 잎사귀가 커다란 오동나무가 있는 여관이었어. 여자는 그 오동나무에 이끌려 여관으로 들어가지. 그리고 무슨 일이 있었겠니?"

나는 남자의 볼에 키스를 했다. 그는 열망에 가득 찬 눈으로 나를 보았다.

"기름버너에 밥을 하고 있는 한 남자를 만나게 되지. 여자가 먼저 말을 걸어. '여행 중이신가 봐요?' 남자는 뭐라고 대답할지 몰라 여자를 빤히 쳐다봐. 여행 중인 것 같기도 하고 아닌 것 같기도 했으니까 말이야. 두 사람은 담배를 나눠 피우고 술을 마시기 시작했지. 그리고……."

나는 담배를 끄고 그의 입술에 키스를 했다. 그는 와락 내 옷 속으로 손을 집어넣더니 가슴을 아프게 만졌다. 나는 입술을 떼고 가만히 그를 쳐다보았다. 그는 얼굴을 찌푸리며 벌떡 일어나더니 후다닥 자신의 셔츠와 바지를 벗어 던졌다. 그리고 다이빙을 하듯이 내 몸 위로 뛰어들었다. 침대가 물처럼 일렁거렸고 나는 웃음을 터뜨리며 그를 껴안았다.

20

"누나…… 언제 또 만나……."

거리엔 햇살이 따갑게 내리꽂혔고 남자는 머뭇거리며 나를 뒤따라왔다. 나는 그를 돌아보았다.

"또 만나고 싶어?"

"응."

그는 어리광 피우듯이 몸을 꼬았다. 그의 볼 위에 난 여드름이 햇살을 받아 빨갛게 반짝거렸다.

"오동나무 알지? 거기에 내가 있을 거야."

나는 장난스럽게 웃었다. 그는 황당한 표정을 지었다.

"날 만나고 싶으면 오동나무가 있는 여관을 찾아봐. 그 2층 베란다에 내가 앉아있을 거니까. 자, 그럼."

나는 킥킥 웃으며 손을 흔들고 돌아섰다. 주머니에 손을 넣

숨어있기 좋은 방

고 고개를 숙였다. 갑자기 쓸쓸해지는 기분이 들었다. 그 꼬마와 좀 더 놀다 헤어질 걸 그랬다, 하는 생각이 들었다. 어디로 가야 할지 모르는 이 어리둥절함. 이럴 때 휘종이 결혼을 하지 않았더라면 불러내기에 딱 좋았을 텐데. 그는 당장에 바다색 자동차를 몰고 나와 내가 원하는 곳이면 어디든 데려다줄 텐데. 왜 결혼을 했담.

나는 터덜거리며 걸어갔고 어느새 버스 정류소에 섰다. 원래의 집이든 나중에 생긴 집이든, 아무 집이나 먼저 오는 버스를 타고 가야겠다는 생각을 했다. 나중에 생긴 집으로 가는 버스가 왔고 나는 망설이다 버스가 출발하기 직전에 올라탔다.

집에는 휘종 아버지 혼자 있었고 그는 땅속에서 튀어나온 악마를 보듯이 나를 쳐다보았다.

"어머님은…… 아이는 어디에…….."

나는 갑자기 양심의 가책이 느껴져 얼버무렸다. 휘종 아버지는 내장을 다 뱉어낼 듯이 크악! 요란하게 헛기침을 했다.

"어젯밤 어디에 있었냐?"

그는 낮고 날카로운 목소리로 물었다.

"친정에…….."

"친정! 물론 우리도 그렇게 생각하고 있었지. 아이만 아프지 않았더라면 우리도 네 행실을 모르고 지냈겠지! 어젯밤 그 애가 얼마나 아팠는지 아냐? 네 친정에 전화를 하니 너는 없었어. 변명할 거 없다…… 밤새 열이 펄펄 끓다가 새벽에 응급실로 실려갔다…… 우리는 네가 그 밤에 집을 나가 지금까지 무얼 했는지 알고 싶지도 않다. 넌 우리 애 엄마 될 자격이 없어."

그는 싸늘한 얼굴로 현관문을 쾅 닫아버렸다. 나는 휘청거리며 대문을 나와 집에서 가장 가까운 대학병원 응급실로 갔다. 아이는 벌써 응급실을 나와 입원실에 누워있었다. 부드러운 발목에 링거 주사를 꽂은 채 잠들어있었다. 나는 얼굴을 찡그렸다. 내 몸속에서 빠져나왔지만 나는 그 아이의 고통에 아무런 손을 쓸 수가 없었다. 그 아이의 고통은 나와는 무관한 것이었고 그 옆에 앉아있는 두 사람과도 아무 관계가 없었다. 링겔 한 병을 다 맞고 눈을 뜨는 것은 아이 스스로의 몫이었다.

휘종과 시어머니는 넋 빠진 사람처럼 어깨를 늘어뜨리고 아이를 바라보고 있었다. 내가 들어서자 휘종이 흘낏 나를 돌아보았다.

"꺼져."

그는 아무런 감정도 실리지 않은 목소리로 나에게 말했다. 시어머니도 힐끗 나를 돌아보았다. 그녀의 눈이 퉁퉁 부어있었다. 나는 엉거주춤하게 그들 위에 서있었다.

"빨리 꺼지라고 했잖아!"

휘종이 거칠게 돌아서며 소리쳤다. 그의 얼굴이 단번에 새빨개졌다. 아이가 깜짝 놀라며 온몸을 떨며 입을 달싹이다 잠잠해졌다. 시어머니가 어쩔 줄 몰라 하며 아이의 배를 토닥거렸다.

숨어있기 좋은 방

"개 같은 년, 창녀나 돼라!"

휘종이 나를 보지 않은 채 지껄였다.

"얘야, 이미 끝난 일, 네 입 더럽힐 필요 없다. 그리고 너……."

시어머니가 냉랭한 얼굴로 나를 바라보았다.

"지금까지 내 너를 쭉 봐왔지만 사람으로서는 도저히 이해할 수가 없다는 결론을 내리게 되었어. 정말이야. 길 가는 사람 붙들고 물어봐도 너를 이해한다는 사람은 없을 거야. 우리가 내린 결론이 파렴치하다고 생각하는 사람도 없을 거야. 세상에! 우리 휘종이 얼마나 착하고 반듯한 앤데, 네가 뭔데……."

그녀는 컵에 물을 따라 한 잔 마시고 고개를 숙였다. 그리고 한동안 묵묵히 있더니 갑자기 컵을 탁, 내리치면서 번쩍 고개를 들었다. 말을 안 하려고 아무리 애를 써도 넘어갈 수 없다는 표정이었다.

"넌 도대체 뭐 하는 애니? 정말 알고 싶구나. 응? 무슨 마음으로 결혼을 하고, 우리 집으로 들어왔냐? 우리 아들 망치고 우리 가족 지옥에 빠뜨리려고 왔어? 말해봐! 너 정말 사람의 자식이니?"

그녀는 나에게 달려들어 가슴을 흔들더니 푹, 한숨을 내쉬었다. 그리고 다시 물을 따라 마셨다.

"너란 애는 하나님도 이해하지 못할 거야. 네 마음은 아이한테도 남편한테도 가 있지 않아. 넌 아무 자격이 없어…… 우리 집에 올 때 가지고 온 것도 없으니 가지고 갈 것도 없을 거야…… 오순도순 얼마나 행복하게 살 수 있었는데! 넌 사람도 아니야. 사람이라면 이럴 수는 없어…… 우리를 시험하러 온 마귀의 자식이 분명해! 그렇지 않고는 이런 일이 일어날 수가 없어. 넌 우리 집을 소돔 성으로 만들 거야. 오, 주님…… 이 시험에서 저를 건져주시옵소서…….”

그녀는 두 손으로 가슴을 비틀어 쥐며 눈을 감았다. 입을 달 싹거리며 오랫동안 주님을 부르며 기도했다. 그리고 번쩍 눈을 떠 나를 쏘아보았다.

“가거라. 여기서 나가거라. 제발!”

그녀가 눈을 희번덕이며 소리쳤다. 나는 꼼짝도 않고 그 자리에 서 있었다. 아이가 팔을 흔들며 칭얼거리기 시작했다. 힘이 없고 지친 목소리였다. 나는 한 발짝 아이 앞으로 걸어갔다. 시어머니가 갑자기 나를 향해 물컵을 던졌다.

“어딜! 썩 꺼지지 못해. 이 마녀! 이 악마!”

물컵이 내 머리를 때리며 바닥에 떨어졌고 또 다른 무엇인가가 날아왔다. 주전자였다. 그것은 내 등을 치고 바닥으로 떨어졌다. 시어머니가 부르르 어깨를 떨었다. 휘종은 아이를 토닥거리며 경멸하듯이 나를 쳐다보았다. 나는 천천히 돌아서 병실을 나왔다. 구두 속에 들어간 물이 질척거리는 소리를 냈다.

하늘은 흐릿했고 나는 발이 가는 대로 걸었다. 날씨가 왜 이렇담. 나는 투덜거리며 눈에 보이는 첫 번째 카페로 들어갔다. 시끄러운 음악이 먼저 날아왔다. 모든 것이 싫어서 견딜 수가

숨어있기 좋은 방

없군. 나는 심술이 나서 홀을 둘러보았다. 칸막이가 없는 널찍하게 개방된 홀이었다. 나는 가장 구석자리에 앉았고 맥주를 시켰다.

한 남자가 혼자 앉아서 어깨를 움찔거리고 있는 것이 보였다. 나는 멍하니 그를 쳐다보았다. 남자는 자기 품에 기타를 품고 있는 것처럼 한쪽 손으로 맹렬히 기타 줄을 튕기는 시늉을 하고 있었다. 그리고 한 번씩 전율하듯이 고개를 뒤로 젖히며 드럼인 양 탁자를 쳤다. 그는 자신의 연주에 도취된 듯 눈을 감은 채 클클 웃으며 맥주를 한 모금 마셨다. 오십쯤 되어 보이는 더러운 몰골을 한 남자였다.

그는 얼핏 나와 눈이 마주쳤고 나는 황급히 눈을 돌렸다. 흥미로운 표정으로 남자를 보고 있던 웨이터의 눈길과 마주쳤다. 웨이터는 나를 향해 저 남자 우습지? 하듯이 빙긋 웃었다. 나는 한숨을 쉬며 맥주를 마셨다. 늙은 남자가 웨이터를 불렀고 웨이터는 맥주 두 병을 들고 갔다. 늙은이가 웨이터에게 귓속말을 했고 웨이터가 나를 보며 고개를 끄덕였다. 그는 맥주 두 병을 들고 건들거리며 내가 있는 곳으로 왔다.

"저 신사가 아가씨한테 이 맥주를 주고 싶다고 합니다. 받으시겠습니까?"

재미있는 모의를 꾸미는 것처럼 그의 얼굴은 웃음을 억지로 참고 있었다.

"아가씨가 꼭 자기 딸 같다나요."

그는 드디어 웃음을 터뜨렸다. 나는 건너편에 있는 늙은 남자를 바라보았다. 그는 아까처럼 연주에 도취된 듯 얼굴을 있는 대로 찌푸리고 있지도 않은 기타 줄을 튕기고 있었다.

"고마워요."

내가 말했다. 맥주병을 들고 있던 웨이터가 얼굴을 찌푸리고 나를 쳐다보았다. 그는 배신당한 표정을 지었고 묵묵히 맥주를 놓고 뚜껑을 따주었다. 나는 잔에 거품이 넘치도록 맥주를 따랐다. 웨이터가 힐끗거리며 나와 늙은 남자를 쳐다보았다.

내가 맥주 두 병을 모두 마시는 동안 늙은 남자는 한 번도 눈을 뜨지 않았다. 그는 쉬지 않고 기타를 치고 드럼을 두드렸다. 그리고 한 번씩 온몸에 경련을 일으키며 괴성을 지르는 것처럼 입을 벌렸다. 늙은 남자가 말을 걸어올지도 모른다고 생각했지만 그는 끝까지 눈을 감고 연주에만 열중할 뿐이었다.

나는 계산서를 들고 입구 쪽으로 걸어갔다. 밖으로 나오니 비가 내리고 있었다. 비는 차갑고 부드럽게 느껴졌다. 사람들은 손으로 머리를 가리고 천천히 걸어가고 있었다. 누군가가 나를 위해 노래를 불러주면 좋겠다는 생각이 들었다. 옷 가게를 지났고 분식점을 지났다. 또 다른 옷 가게를 지났고 작은 공원 앞을 지났다.

한 무리의 사람들이 공원 앞에 일렬로 쪼그려 앉아있었다. 그들은 김이 무럭무럭 오르는 컵라면을 먹으며 떠들어대고 있

숨어있기 좋은 방

었다. 두꺼운 외투를 입고 있었고 공원 의자 밑에서 금방 자고 일어난 것 같은 몰골을 하고 있었다. 머리카락은 제멋대로 엉켜있고 얼굴엔 땟물이 흐르고 있었다. 남자가 셋, 여자가 둘이었다. 그들의 머리와 어깨 위로도 비가 내렸지만 그들은 햇살이라도 쬐고 있는 것처럼 태연히 컵라면에만 정신을 쏟고 있었다. 맨 끝에 앉았던 남자가 주머니 속에서 소주병을 꺼내 한 모금 마시고 옆으로 건네주었다. 한 모금 마신 옆 사람은 다른 옆 사람에게 건네주었고 맨 끝에 앉은 여자에게까지 돌아갔다. 나는 다음 차례가 나인 것처럼 그들 쪽으로 걸어갔다. 끝에 앉은 여자가 문득 고개를 들고 나를 쏘아보았다.

다섯 사람이 컵라면을 든 채 일제히 나를 쳐다보았고 나는 황급히 돌아섰다. 아버지는 길을 걷다 보면 서로를 알아보고 친구가 된다고 했다. 그런데 그들은 왜 나를 알아보지 못하는지 모르겠다. 내가 끼이면 여자가 셋이 되어 짝도 꼭 맞게 되는데 왜 나에게는 술병을 건네주지 않는 것인지.

나는 걸었고 옷 가게 지하에 있는 술집으로 들어갔다. 홀에는 두 개의 탁자밖에 없었고 바가 길게 자리를 차지하고 있었다. 나는 바 맨 끝 구석에 앉았다. 검은색 넥타이를 맨 남자가 내가 앉은 쪽으로 걸어왔다. 나는 선반 위에 진열된 술병들 중에 하나를 가리켰다. 남자는 많은 술병 중에 정확히 내가 가리킨 술병을 내렸다. 암벽 등반하는 사람이라면 한 번쯤 도전해보고 싶어 할 바위처럼 생긴 술병이었다. 남자는 잔에다 술을 따라 나에게 건네주었다. 그의 손끝이 잠시 나의 손가락 끝에 와닿았다.

"이름이……."

돌아서는 남자를 향해 내가 입을 열었다.

"생페 알마냑."

남자가 약간 웃으며 나를 쳐다보았다. 반짝이는 덧니를 가진 잘생긴 남자였다.

"생페 알……."

"생페 알마냑. 브랜디의 한 종류죠. 코냑과 같은 것이라고 할 수 있어요. 단지 주산지가 다르다 뿐이에요. 코냑은 프랑스 코냑이라는 곳이 주산지이고 알마냑은 프랑스 알마냑이 주산지죠…… 둘 다 포도 와인을 증류해서 만든 술입니다."

"아…… 코냑 그리고 생페 알마냑."

나는 남자의 친절한 말투에 감동하여 고개를 끄덕였다. 나에게 이토록 친절하게 말을 해주다니, 나는 그와 좀 더 얘기를 나누고 싶었다.

"술…… 한잔하실래요?"

남자는 눈을 깜빡거리며 천천히 고개를 갸웃거렸다.

"전, 술을 잘 못 마셔요……."

그는 매력적인 덧니를 반짝이며 웃었다.

"아…… 그런데 어떻게 그렇게 잘 알죠? 코냑과 알마냑에 대해서……."

숨어있기 좋은 방

나는 무슨 말이든 그와의 대화를 중단하고 싶지가 않았다.

"칵테일 학원에 다녔어요…… 다 가르쳐줘요……."

두 명의 여자가 들어왔고 그들은 내 맞은편 끝 쪽에 앉았다. 남자는 나에게 알마냑을 한 잔 더 따른 뒤 여자들에게로 갔다. 나는 술을 홀짝거리며 그와 좀 더 말할 기회를 기다렸다. 그러나 그는 조금씩 바빠졌고 나중에는 눈코 뜰 새 없이 바빠져 버렸다. 여자들이 와글거렸다. 인기가 많은 남자였다. 나는 계산을 하고 밖으로 나왔다.

여전히 비가 내리고 있었고 약간 추웠다. 거리는 캄캄했고 나는 곧장 앞으로 걸어갔다. 지치는 기분이었고 아무 카페나 들어갔다. 커다란 고무나무 화분이 있었고 나는 그 옆으로 가 앉았다. 싱싱하고 아름다운 나무였다. 나는 술과 함께 커피를 시켰다. 커피와 술이 왔고 먼저 술을 한 모금 마셨다. 그리고 뜨거운 커피를 마셨다. 커피를 든 채 고목나무 잎에 손을 갖다 댔다. 인조 고무나무였다. 어쩜 이렇게 감쪽같이 속일 수 있을까.

다시 술과 커피를 번갈아가며 홀짝거렸다. 탁자에 앉은 사람들은 나에게 아무런 관심을 보이지 않았고 조용히 이야기를 나누었다. 나는 일어나 밖으로 나왔다. 담배를 피웠다. 여전히 비가 내리고 있었다. 약간 추웠다. 거리는 조용했고 나는 내 발이 가는 대로 따라갔다. 머리카락과 옷이 축축하게 젖어 들었고 오한이 났다. 불러낼 사람이라든가, 가야 할 곳 따위는 생각하고 싶지 않았다. 나는 지금 완전히 버려진 상태였고, 그것이 싫지 않았다. 나에게 썩 어울린다는 생각이 들었다.

지하도로 내려가는 입구에 한 할머니가 앉아있었다. '사주 관상 봐 드립니다'라는 글이 새겨진 종이를 펼쳐놓고 반쯤 졸고 있었다. 나는 그녀에게로 갔다.

"아가씬 오늘 정말 재수 좋은 날이야. 이 복 많은 할머니한 테 사주 보러 왔으니까. 자, 생년월일 말해봐."

나는 생년월일을 댔고 그녀는 손가락을 짚으며 웅얼거렸다.

"좋은 가문에서 태어났지만 부모 복은 없어. 결혼은 서른 넘어서 해야 해. 그래야 남편 복도 있고 일부종사해. 알았지? 할 머니 말 명심해. 지금은 영 안 좋아. 왜 그렇게 꽁꽁 얼어붙어 있어. 내 마음 어디에 둬야 될지 몰라 쓸쓸하지? 내가 부적도 없이 좋은 방법 하나 가르쳐줄까? 쌀 한 되하고, 초 한 봉 사 들고 일요일마다 부지런히 절에 가봐. 하지만 서른만 넘으면 모두 잘 풀려. 서른까지만 견뎌봐. 얼었던 얼음이 녹고 꽃이 필 거야. 돈도 벌겠고 주위에 사람들도 넘쳐나 사람 복도 많아. 존경하고 서로 도와주려고 할 거야. 마음먹은 일은 뭐든지 잘돼. 지금 내 마음 무거워도 걱정할 필요 없어. 그렇게 죽을상 짓지 말고 뭐든지 지금부터 준비했다가 서른이 되면 시작해봐. 이 할머니 말을 믿어. 걱정할 필요 없어. 뭐든지 잘되는 사주야. 자, 복채 만 원만 내."

그녀는 손바닥을 내밀었다.

"그게 다예요? 그럼 서른까지는 어떻게 살아요?"

내가 물었다.

"지금 운 나쁜 건 아무것도 아니야. 몸이 젊은데 어때? 마음이 좋지 않으면 초 한 봉 사 들고 절에나 자주 가. 서른부터는 아주 좋아질 거야. 이 할머니 말 믿어봐. 자, 이제 나도 가야겠네."

그녀는 펼쳐두었던 책을 탁탁 덮고 나를 쳐다보았다. 돈을 쥐버리자 나는 빈털터리가 되어 다시 걷기 시작했다. 어디선가 기차소리가 들려왔고 나는 철둑을 건너는 육교 앞에 서있었다. 기차는 땅을 갈라놓을 것처럼 요란한 소리를 내며 지나갔고 나는 천천히 육교 위로 올라갔다. 한 여자가 내 반대편에서 비를 맞으며 걸어오는 것이 보였다. 그녀는 조금 휘청거리는 것 같더니 갑자기 내 앞에서 푹 고꾸라졌다. 여자는 머리를 육교 바닥에 박고 구역질을 하기 시작했다. 몹시 괴로운 소리를 내며 어깨를 떨었다. 나는 멍하니 그녀를 바라보았다. 내 영혼이 빠져 나와 내 몸을 보고 있는 기분이었다.

"아, 저! 미안하지만 등 좀 두드려줄래요?"

여자가 눈물이 홍건히 고인 눈으로 나를 올려보았다. 나는 얼른 무릎을 굽히고 앉아 여자의 등을 두드렸다. 앙상한 등뼈가 내 손바닥으로 그대로 전해져왔다.

"저 지금 낙태하고 오는 길이에요. 오면서 술 마셨어요."

여자는 이렇게 말하더니 쿨럭거리며 무엇인가를 게워냈다.

갑자기 내 목에서도 무엇인가 울컥 솟아올라 왔다. 나는 가슴을 움켜쥐고 여자 옆에 쪼그려 구토를 했다.

숨어있기 좋은 방

21

비에 젖은 오동나무 잎 하나가 마당으로 떨어져 내렸다. 툭, 그것은 언제나 무거운 소리를 내면서 떨어진다. 나는 허리를 구부려 떨어진 나뭇잎을 주웠다. 완전히 새파란, 흠집 하나 없이 떨어진 나뭇잎. 나는 그것을 쥐고 계단을 올라갔다.

2층 베란다에 올라선 나는 휘청거리며 난간을 붙잡았다. 새파란 버너 불 앞에 태정이 앉아있었다! 아니…… 태정이 아닌, 그를 전혀 닮지 않은 한 남자가 방문 앞에 앉아있었다. 그는 쪼그리고 앉아 냄비를 보고 있었다. 비에 젖어 축축해 보이는 머리카락이 이마를 덮고 있었고 검은색 짧은 셔츠를 입고 있었다. 그는 이런 누추한 곳에는 어울리지 않는 훤칠한 남자였다.

그는 냄비 뚜껑을 열어보고 불을 낮추었다. 기름버너가 아니고 가스 불이었다. 그는 체육복 바지에서 담배를 꺼내 가스

불에다 얼굴을 갖다 대고 불을 붙였다. 그리고 볼이 움푹 파이도록 연기를 빨았다. 고개를 들면서 그는 멍하니 서서 자신을 보고 있는 여자를 발견했다. 별로 놀라는 기색도 없이 천천히 연기를 내뿜으며 나를 뜯어보았다.

"저기 담배…… 한 대 얻을 수 있을까요?"

나는 우산처럼 오동나무 잎을 머리에 쓰며 말했다. 그는 잠깐 생각하는 듯하더니 천천히 담뱃갑을 내밀었다. 나는 몇 개 남은 계단을 올라가 그가 내민 담뱃갑에서 한 개의 담배를 빼냈다. 그는 라이터로 내 담배에 불을 붙여주었다. 흘낏 그의 손과 얼굴을 보았다. 섬섬옥수 가녀린 손에 하얗게 윤이 나는 얼굴의 남자였다. 가출한 부잣집 도련님 같은 느낌이었다. 나는 괜히 그에게 관심이 갔다.

"이 방…… 언제부터 살았어요?"

깊이 빨아들인 연기를 내뿜으며 내가 물었다.

"한 달…….."

그가 냄비 뚜껑을 열면서 말했다. 탄내가 났다. 나는 너무 오래 비를 맞았고 너무 많이 걸었다. 어지럽고 오한이 났다. 이 남자에게 침대가 있는지 묻고 싶었다. 그렇다면 그냥 침대 아래 부분만 빌려달라고 하고 싶었다. 나는 부르르 어깨를 떨었다. 남자가 나를 올려보더니 옆으로 자리를 만들어 주었다. 나는 문지방에 쪼그려 앉으며 슬쩍 방 안을 들여다보았다. 담요가 한 장 깔려있고 머리맡에 베개처럼 배낭이 놓여있었다.

"어느 방에 묵고 계시는……."

내가 방을 살피자 그는 어색한 것처럼 입을 열었다. 그러나 갑자기 달려온 기차소리가 그의 목소리를 덮어버렸다. 그는 무안해하며 고개를 숙였다. 사람이 탄 기차였다. 노란색 불빛이 새어 나오는 기차 안에 사람들이 앉아있었다. 그들은 목적지는 행복의 나라, 평화로워 보였다. 모두 열두 칸이었다.

"아, 이 방에 살았었죠. 몇 달 전인가? 몇 년 전인가?"

나는 손가락 끝으로 등 뒤 방 안을 가리켰다.

"여긴 정말 시끄럽고 더러워요. 그렇지만 방값이 싸니까 괜찮아요."

그는 친근하게 미소 지었다. 걱정 없이 자란 티가 났다. 소꿉놀이를 하는 것처럼 펼쳐놓은 모든 것들이 반짝이는 새것들이었다. 이번 가출을 위해 백화점에 가서 아버지 카드를 긁어버린 것 같았다. 가스버너와 냄비 컵과 그릇 같은 것들이 여자친구와 함께 캠핑을 온 것처럼 낭만적 분위기가 났다.

"아 이런, 밥이 다 타버렸어요!"

그가 망연자실했다.

"밥은 살짝 탄 것이 소화도 잘 되고 좋아요. 술안주로도 괜찮고."

나는 이 순간만을 기다렸던 것처럼 주머니에서 술병을 꺼내 보였다. 일단 술을 좀 더 마셔야 할 것 같았다. 예쁜 그릇에 술을 부어주니 그가 천진하게 좋아했다. 두 잔을 마시더니 완전히 취해버렸다. 얼굴이 빨개져서 자기 이야기를 술술 불었다. 엄마 아빠가 여자친구와의 만남을 반대해서 시위를 하고 있는 중이라고 했다. 여자친구가 콩가루 집안의 자식이라는 것이었다. 이 말을 들은 여자친구는 화가 나서 그를 차버렸다고 했다. 그는 이곳에서 그 또한 콩가루 집안의 자식임을 증명하고 싶다고 했다. 그의 콩가루 이야기는 귀여운 아침 드라마 같았다.

"내가 보기에 넌 서른이 될 때까지 기다려야 할 것 같아. 관상이 그러네. 여자도 그때 만나야 해. 지금 만나는 여자는 그냥 뜨내기야. 고통만 주고 가버릴 거야. 그러니 지금 여자는 잊어버려. 장담한다."

내가 이렇게 말하자 그는 놀라움과 호기심으로 눈이 휘둥그레졌다.

"진짜 그런가요? 진짜 서른이 될 때까지 기다려야 할까요?"

서른이 절대 오지 않을 것처럼 안타까워했다.

"그럼 내 말 믿어도 돼. 타로점도 봐줄 수 있어."

내가 말하자 그는 반색을 했다.

"아, 타로 점 당장 보고 싶어요!"

"일단 들어가서 좀 눕고 싶어. 오늘 너무 힘들었어."

내가 말하자 그는 벌떡 일어나서 방으로 들어가 이부자리를 정리했다. 나는 쓰러지듯이 누웠다. 그는 걱정스러운 표정이 되었다.

"혹시 아픈가요?"

　　　　　　　　　　　　　숨어있기 좋은 방

"아니, 괜찮아."

나는 눈을 감았다. 기차가 달려오는 소리가 들렸다. 철컥철
컥, 시간이 가는 소리. 서른을 향해 가는 소리였다. 서른이 되
면 모든 것이 좋아질 것이다. 믿어도 된다.

"저기 그러면 말이죠. 지금 만나는 여자를 서른에 다시 만나
면 될까요?"

나는 눈을 떴다. 남자가 포동포동한 입술을 꼭꼭 씹으며 나
를 내려다보았다. 나는 그의 손을 잡고 내 가슴에 갖다 댔다.
부드러운 손이 심장 위에 대자 조금 위로받는 기분이 들었다.
서른이 오기나 할까? 그때까지 살아나 있을까? 나는 궁금했다.
갑자기 굵은 비가 몇 방울 떨어졌고 냄비 뚜껑 위에서 빗방울
떨어지는 소리가 났다. 남자애가 손을 빼고 후다닥 밖으로 나
갔다. 냄비와 그릇들을 방 안으로 던져 넣는 소리가 들렸다. 어
디선가 여자의 흐느끼는 소리가 들렸다. 욕지거리도 들렸다.
비가 좀 더 세게 내리기 시작하면서 모든 세상의 소리를 다 덮
어버렸다. 쏴아, 비에 맞은 오동나무 잎들이 툭툭, 소리를 내면
서 떨어졌다.

에필로그

나는 태정과 함께했던 그 방에서 오랫동안 살았다. 혼자일 때도 있었지만 대체로 남자와 함께 살았다. 이상하게도 이 여관에서는 자주 비가 내리는 것처럼 여겨졌다. 그리고 조금만 내려도 장마가 지는 것만 같다. 그렇게 비가 오는 날이면 남자가 하루 종일 공치는 날이기도 하다. 베란다 밖으로 빗소리가 들리면, 우리는 천장을 바라보고 가만히 누워있다. 그러다 남자는 어김없이 내 어깨를 조물락거리기 시작한다. 예쁜이…… 일루 와, 하면서. 나는 왈칵 그를 밀어제친다. 개새끼, 네가 날 망쳐놨어. 이젠 너무 늦어버렸어…… 돌아갈 수도 없어…… 이것 봐…… 비가 오면 젖이 나온단 말이야…… 하지만 이제는 너무 늦었어…… 아무도 나를 용서해주지 않을 거야…… 나는 방바닥에 엎드려 흐느끼기 시작한다.

숨어있기 좋은 방

오, 여보…… 어딜 간다고 그래…… 이리 와, 이리…… 울지 마, 응…… 남자는 아픈 동물을 껴안고 달래듯이 나를 품에 안고 흔든다. 몰랐어…… 이렇게 보고 싶을 줄은 몰랐어…… 내 아이…… 나는 딸꾹질을 하며 흐느끼기를 그치지 않는다. 남자는 벌컥 나를 밀어제치며 양 볼을 세게 후려친다. 그리고 털썩 무릎을 꿇고 용서를 빈다. 오오, 잘못했어…… 아프지…… 잘못했어. 이리, 이리 와…… 그는 다시 나를 껴안고 옷 속으로 손을 넣는다. 나는 흐느끼며 그가 하는 대로 내버려둔다.

그는 비처럼 부드럽게 내 몸을 만지고 어른다. 어느새 나의 흐느낌은 나도 모르는 사이에 높은 신음소리로 변해있다. 남자와 나는 미친 듯이 아우성치기 시작하고 그러면 항상, 기적소리가 들리고 기차가 지나간다. 기차는 방바닥을 뒤흔들며 지나가고 나는 시간이 가는 소리를 듣는다. 이렇게 기차를 하루에도 수도 없이 지나갔다. 기차가 지나가는 소리를 듣거나 지나가는 장면을 보면 시간이라는 것이 입체적으로 흘러가는 것을 느낄 수 있어 좋았다. "봐, 내가 시간이야. 이렇게 흘러간다. 금방 서른이 될 거야." 기차는 이렇게 말하는 것 같았다.

어영부영 서른이 되었을 때 나는 태정을 찾기 위해 미아 아가씨를 찾아가 보았다. 내 인생이 서른부터 좋아진다고 했으니, 그렇다면 당연히 태정이 있어야 했다. 그녀는 손님으로 왔다가 남편이 된 남자와 결혼해서 딸 둘을 낳아 살고 있었다. 어쩌면 오빠가 새우잡이 배에 잡혀갔거나 정신병동에 갇혔거나 감옥에 갇혔거나 할지도 모른다고 생각했다. 술을 마시면 몇 날을 내리 마시고, 그때는 정신을 잃고 아무 데나 널부러지니까, 그런 일이 생길 수도 있다고 울었다. 그렇지 않다면 왜 오지 않겠냐는 것이다.

오동나무 잎은 하릴없이 떨어졌고 나는 술 때문에 손을 좀 떨었다. 여관이 허물어지지 않았다면 계속 살았을 것이다. 주인 할머니가 돌아가고 아들이 나타났다. 자식이 없어 입양했던 아들이라고 했다. 고등학교 졸업 후 사라져서 어머니가 돌아가시니까 돌아온 것이다. 그는 새로운 형태의 게스트 하우스를 지을 것이라고 했다. 소풍 가듯이 와서 놀다 갈 수 있는 산뜻한 콘셉트의 모텔이라고 했다.

"저 오동나무만은 베지 말았으면 좋겠어요."

잘생긴 아들은 주정뱅이 여자의 참견에 콧방귀를 뀌듯 어깨를 으쓱거렸다.

"제가 저 나무 아래서 중요한 사람을 만나기로 했거든요."

주정뱅이 여자가 계속 말을 늘어놓자 잘생긴 아들은 짜증스럽고 귀찮다는 듯 당장 방을 빼라고 말했다. 방세 같은 거 안 주고 산 지 너무 오래되어 뭐라고 할 말도 없었다. 그러나 재건축은 그리 쉽게 되지 않았다. 돈도 안 내고 사는 입주자들이 나가기를 거부했고 점점 더 많은 이상한 사람들이 왔다. 떨거지들의 집합소로 이름이 나고 있었다. 주인 할머니가 살았던 거실과 방은 사람들로 넘쳐났다.

숨어있기 좋은 방

그날은 비가 많이 왔고 오동나무가 엄청나게 떨어졌다. 나뭇잎 떨어지는 소리치고는 굉장히 큰 소리가 나서 밖으로 나가보니 한 남자가 계단에 쓰러져있었다. 태정이었다!

"아, 왔구나! 이 개자식아, 왜 이제 온 거야?"

나는 소리 질렀지만 그는 죽은 것처럼 꼼짝도 하지 않았다. 그를 끌고 들어와 옷을 벗기고 젖은 몸과 얼굴을 닦았다. 얼굴을 닦고 보니 그는 태정이 아니었다. 깡마른 몸과 냄새는 태정과 꼭 같았지만 그가 아니었다. 더구나 그는 말을 하지 못했다. 아니, 한국말을 하지 못했다. 열대 국가에서 한국으로 돈 벌러온 청년이라고 했다.

무슨 일인지 그는 쫓기는 신세였고 내 방에서 얼마간 지냈다. 건강해지자 그는 고향으로 가고 싶어 했다. 나는 그에게 나를 데리고 가달라고 부탁했다. 그는 유순한 남자였고 내 부탁을 거절하지 않았다. 그의 집은 신들의 왕국이라 불리는 아시아 옛 제국의 한 모퉁이에 있는 마을에 있었다. 늙은 부모님과 온 동네 사람들이 우리를 맞이했다. 이상야릇한 냄새가 붕붕 날아다니는 동네였다. 나중에 알게 되었지만 그것은 비와 먼지 냄새, 칠흑처럼 어두울 때만 내려오는 정령들의 냄새, 온갖 종류의 열대 과일 냄새들이 뒤섞인 냄새였다. 그 냄새는 콧속으로 들어온다기보다 나의 온몸을 꼭 껴안으며 내 땀샘 속을 파고들어 발끝까지 내려갔다. 어쩔해지도록 황홀한 냄새였다.

이곳에서 나는 오동나무를 타고 내리던 비의 정령을 만났다. 세상의 모든 비들이 모였다 흩어지는 비의 고향이었다. 엄청난 비가 한꺼번에 내렸다. 순식간에 하늘이 캄캄해지고 하늘이 몇 갈래로 찢어지는 천둥번개가 쳤다. 집 아래 잠자던 돼지들이 꿀꿀거렸고, 광폭한 흙탕물이 마당으로 흘러들었다. 강물과 흘러온 커다란 물고기들이 마당을 헤엄쳐 다녔다. 닭과 개와 돼지가 모두 집 위에 올라와서 사람과 함께 물들이 휘몰아치는 것을 구경했다.

나를 데리고 온 남자는 비의 남자였다. 흙탕물로 출렁이는 마당을 신의 물고기처럼 헤엄쳐 다녔다. 그는 쓰러진 파파야 나무에서 딴 커다란 파파야를 안고 집으로 난 나무계단을 올라왔다. 날렵한 남자였다. 빗물을 뚝뚝 떨어뜨리며 그가 내 앞으로 왔다. 눈썹은 짙고 검었다. 그 아래 눈동자는 그보다 더 짙고 반짝반짝했다. 그린 듯한 콧수염이 코밑을 살짝 덮었고 그 아래 입술은 단정하고 도톰했다. 그 입술 안에는 하얀 이빨이 소복하게 들어있었다. 그는 이빨을 드러내고 소년처럼 웃었다. 그리고 파파야를 주며 이렇게 말했다.

"우리 이제 결혼해요."

이곳 결혼식은 온 마을 사람들이 과일이든 뭐든, 쟁반에 먹을 것을 하나씩 담아서 신랑, 신부를 따라왔다. 두리안과 코코넛, 구아바와 잭플룻, 용과와 망고, 배추와 무, 닭과 계란, 강물고기와 아기 돼지, 그들은 신이 내린 모든 과일과 먹을 것들을 쟁반에 받쳐 들고 우리 뒤를 따라왔다. 마당에 도착해 누군

숨어있기 좋은 방

가 갖다 놓은 커다란 거울 속에 비친 신랑, 신부 모습을 보고 나는 조금 놀랐다. 신랑은 반듯한 이마에 반짝이는 볼을 가진 이십 대 청춘, 그때 그대로의 태정이었지만 신부는 통통하게 살이 쪘고 우울하면서도 낙천적인 눈을 가진 삼십 대 후반의 여인이었다. 과연 올까 싶었던 서른은 어느새 사라지고, 기차가 수천 대는 더 지나갔을 세월이 흘러간 얼굴이 되어있었다.

나는 그에게 파파야라는 이름을 지어주었다. 내가 세상에서 제일 좋아하는 남자라면 그 남자는 파파야 맛일 것이라고 생각했다. 망고처럼 매혹적인 향기를 뿜지는 않지만 왠지 끌렸다. 잘 익은 파파야를 자르면 황혼이 숨어있었던 것처럼 진홍빛이 흘러내렸다. 검은 씨앗이 촘촘히 박힌 그 은밀한 속은 한때 내가 탐닉했던 그 방을 떠올리게 했다. 참으로 부드러운 파파야 한 개를 다 먹고 나면 근심이 사라지고 평화로움을 느꼈다. 파파야를 먹을 때마다 나는 태정을 떠올리지 않을 수 없었다. 내 인생에 단 한 가지 회한이 있다면 그를 붙잡지 않는 것이었다. 한 가지 더 있다면 파파야처럼 한없이 포근했던 그와의 순간을 그때는 몰랐다는 것이었다. 이제는 안녕, 나의 왕자 나의 쌍둥이. 어디선가 너도 후회하며 나를 그리워하기를 바라건만……!

열대에서 내 남자를 따라 나도 비의 여자가 되었다. 비가 내리면 나는 일곱 개의 단지에 빗물을 받아둔다. 그리고 매일 아침 단지 안에 모기를 쫓는 레몬그라스 잎을 넣어둔다. 저녁이 되면 그는 먼지 냄새와 농익은 열대 과일 냄새와 짠 내를 풍기며 돌아온다. 나는 그 냄새를 좋아하지만 독의 물을 퍼내어 그의 몸에 끼얹으며 몸과 머리카락을 씻겨주는 것도 좋아한다. 매끈한 근육을 가진 한 마리 들짐승 같은 남자의 등에 물을 부으면서 나는 가끔 '행복한가?' 하는 생각을 하기도 했다. 행복한지는 모르겠지만 지금 나는 인생에서 아름다운 한 순간을 통과하고 있는 것은 분명하다고 생각한다.

숨어있기 좋은 방

소외된 삶의 존재론적 원형

_진형준(문학평론가)

운명적인 유혹

신이현의 《숨어있기 좋은 방》은 우리를 은밀하면서도 두려운 세계로 유혹하는 소설이다. '아직도 서른이 되지 못했고'라고 말하는 소설 속 화자의 그 은밀한 유혹에, 내 마음이 속수무책으로 이끌린다. 내가 아직 젊어서인가? 아니다. '아직도 서른이 되지 못했고'라고 말하는 소설 속의 화자는, 그 서른이라는 물리적 나이와는 무관하게 우리들 속에 영원히 살아있는 존재이기 때문이며, 그 유혹이 하도 은밀하고 강력하기 때문이다.

그 유혹이 왜 은밀하고 강력한가? 그 유혹은, 우리를 우리가 익숙히 알고 있는 곳, 우리가 항상 접하는 생각이나 세계 쪽으로 이끄는 유혹이 아니라, 우리에게 금기시된 곳, 우리가 꿈꾸어서는 안 될 곳으로 이끄는 유혹이기 때문이다. 그 유혹은 그것이 위험한 만큼 더 달콤하고 더 강렬하다. 그 유혹은 흡사 드라큘라의 유혹 같은 것이어서, 처음에는 두려움을 유발하지만 한 번 그에 감염되면 똑같이 드라큘라가 될 수밖에 없을 만큼 운명적인 유혹이다. 또한 그 유혹은, 네 주위의 어두운 곳, 감추어져 드러나지 않는 곳을 살펴보라는 유혹이 아니라 네 마음속의 은밀한 곳, 어두운 곳을 살펴보고, 그곳과 손잡고 이야기를 나누라고 권유하는 유혹이다. 그래서 그 유혹은 놀라운 확산력을 갖는다. 그 유혹에 감염된 자는 나이·성별에 관계없이 금방 한패가 될 수 있는 것이다.

무책임성 혹은 삶에 대한 천진성

소설의 여주인공은 대학 불문과를 중퇴한 20대 초반의 여성이다. 작품 표면상의 줄거리를 따라간다면, 약간의 문학적 재능과 자유분방한 성격을 지닌 여주인공 윤이금은, 대학을 '책이라도 몇 권 끼고 잔디 새순을 밟으며 어슬렁거리다가 휴강을 한다고 하면 좋아라 만세를 부르며 기념으로 술집으로 뛰어가는 이들이 득시글거리는' 어처구니없는 곳으로 여기고, '늘 뒤에 앉아서', '도대체 그래서 어쨌단 말인가'라고 투덜거리며 지내다 그만두고 만다.

그녀가 대학을 자퇴하는 모습에서 우리는 그녀의 자유분방한 성격도 읽어낼 수 있고, 의미가 별로 없다고 여겨지는 곳으로부터 쉽게 그리고 과감하게 탈출할 줄 아는 용기도 읽을 수 있다. 그러나 소설의 내용대로라면, 그녀의 그런 행동은 무책임한 행동이기도 하다. 적어도 어느 정도 책임감이 있는 학생이라면, 자퇴의 순간에, 어려운 집안 형편을 조금이라도 염두에 두어야 했다. 그렇다. 윤이금이라는 인물에게서 두드러지는 전형적인 특징은 바로 이 무책임성이다. 대학의 자퇴라든지 직장의 사퇴 혹은 결혼 같은, 소위 인생의 중대사(重大事)를 앞에 두고 그녀는 고민의 흔적을 조금도 내보이지 않는다. 그런 인생의 중대사뿐만 아니라 그녀가 겪게 되는 사건이나 행동들에 있어서도 진지함은 도저히 찾아볼 수 없다. 남들이 감히 실행하지 못하는 행동을 과감하게 실천하는 용기도 실은 이 무책임성에서 온다.

윤이금의 무책임성은, 삶이 삶이라는 이름으로 부과한 온갖 무거움, 진지함을 벗어버린 데서 오는 무책임성이다. 그런 무거움을 벗어버린 윤이금의 시선은 약간 과장되게 표현한다면 발가벗은, 있는 그대로의 시선이다. 그러니 윤이금의 무책임성은, 천진성의 다른 모습일 수 있다. 그 천진성은, 세상 질서가 부여한 온갖 윤리의식으로부터 벗어난 발가벗은 천진성이다. 그래서 윤이금의 행동은 경망스럽고 충동적이며 순간적이다. 미래(未來)에 대한 성찰이나 주변 상황에 대한 배려 같은 것은 그런 발가벗은 천진성의 몫이 아니다. 그 발가벗은 천진성은 그 얼마나 소중하고 귀여운 것이며, 또한 그 얼마나 위험한 것인가? 그 천진성은 이 세계의 이면을 꿰뚫어볼 수 있다는 의미에서 소중하고 항시 이 세상을 즐겁게 보고 즐겁게 만들려 한다는 점에서는 귀엽지만, 이 세상의 질서 전체를 비웃고 그에 거역하려 한다는 의미에서는 더없이 위험하다. 그 천진성이 잠복해있는 한 이 세상은 그 천진성에 대해 공격성을 드러내지 않지만, 그 천진성이 밖으로 모습을 드러내는 순간 비웃음의 대상이 된 이 세상 전체는 그 천진성에 가차 없는 복수와 위해를 가한다.

만일 그녀가 소설의 중심(中心)인, 오동나무가 있고, 기차소리가 들리는 여관에서 태정을 만나지 않았다면, 아마 그녀는, 그 몸에 잘 맞지 않는 옷을 적당히 꿰차고, 조금은 부도덕하고 무책임하다는 소리를 들으며 그럭저럭 한세상을 살아갔을지도 모른다. 그러나 그녀는 마치 운명에 이끌리듯, 그 여관으로 잠입해 들어간다.

그곳에서 그녀는 태정을 만나는데, 태정은 그녀가 뒤에 '오, 나의 왕자, 나의 쌍둥이'라고 말했듯이, 실은 그녀의 분신이나 다름없다. 그러니 태정을 만나는 것은, 그녀 자신의 새로운 탄생이나 다름없다. 태정이 그녀의 분신이며, 그의 출현은 새로운 탄생인 것이다. 무위와 권태의 공간에서 탈출하여, 자신의 분신, 자신 속에 잉태하고 있었지만 세상의 모습을 드러내지 않았던 자신의 분신을 만나게 된다는 것은 달리 표현하면 잊혀진 자아를 재발견했음을 의미한다.

숨어있기 좋은 방

천국과 지옥 사이에 있는 오동나무

그 둘만의 정겨운 여관방은 그들의 영원한 안식처가 될 수 있을까? 끊임없이 잠에 취해, 그리고 술에 취해, 현실로부터 완전히 도피하는 일이 가능할까? 가능하긴 하다. 끊임없이 술에 취하거나 잠에 취하는 것이 아닌, 영원히 술에 취하거나 잠에 취하는 방법이 바로 그것이다. 그러나 영원히 술에 취하거나 잠에 취하는 것은 현실 내부에서 안식처를 구하는 방법이 아니라 현실과 완전히 결별하는 것을 뜻한다. 그것은 곧 죽음을 의미한다. 이금이 그 여관방을 떠나는 것은, 그녀가 살아있는 한 필연적인 결과이다. 그녀가, 그 여관방으로 그녀를 유혹했던 바로 그 오동나무를 다시 발견하고서이다. 세상의 진지한 폼에 넌덜머리가 나고, 이 세상이 온통 무의미하게 느껴졌을 때, 자신 속에 숨어 있던 또 다른 존재의 탄생을 부추겼던 그 오동나무가 이번에는 행복과 쾌락의 한복판에서 세상일을 잊고 있던 그녀에게 거꾸로 '인생의 비밀'이라는 거창하면서 진지한 질문을 던지며 그녀를 세상 밖으로 나오도록 부추기는 것이다. 그렇다면 그 오동나무는 미래의 행복을 보장해주는 기다림만의 상징이 아니다. 그 오동나무는 현실과 환상, 의식과 무의식, 천국과 지옥의 경계선에 심어져 있는 나무로서 다른 세계의 존재를 알려주는 징표 그 자체이다. 현실과 환상, 의식과 무의식, 천국과 지옥은 아득하게 멀리 떨어져 있는 세계가 아니라, 한 그루의 오동나무, 그 경계선에 심어져 있는 그 오동나무를 떠올리고 그것이 시키는 대로만 하면 쉽고 넘나들 수 있는 서로 맞붙어있는 세계이다. 그 오동나무는 바로 이금의 마음속에 심어져 있는 나무에 다름 아니다. 이금이 한쪽 세계에서 다른 세계로 넘어가려면 아득하기 그지없는 여행을 해야 하는 것이 아니라, 마음속에 한 그루 오동나무를 떠올리기만 하면 된다. 그 오동나무가 존재하는 이금의 마음속에서 현실과 환상, 의식과 무의식, 천국과 지옥은 그렇게 가까이, 쉽게 넘나들 수 있게끔 맞붙어있다.

깃털처럼 자유롭고 싶은 꿈

윤이금은 휘종과 결혼을 한다. 그 결혼은, '동굴처럼 시커멓게 보였고 영원히 뱉어버릴 수 없는 불행 덩어리를 보는 것만 같은' 어머니가 지키고 있는 집, 아버지가 부재(不在)해 있는 집으로부터의 탈출을 의미한다. '휘종의 집—이금의 시가'는 종교적 온화함과 인자함, 안락함이 가득한 집이다. 그 집은 집을 지켜주는 아버지가 있고, 울타리가 있고, 안온함이 있다는 의미에서 '어머니가 지키고 있는 집'과는 정면으로 대치된다. 자상하고 인자하기 그지없는 시부모, 자신을 끊임없이 사랑하고 보살피는 휘종은, 정상적인 결혼생활에서라면 그녀를 충분히 행복하게 해줄 수 있는 조건들이다. 그때 다시 그녀 내면의 베짱이가 꿈틀거린다. 그 꿈틀거리는 베짱이를 노래 부르게 하는 매개체는 언제나 그러하듯이, 바로 '술'이다. 그녀가 술을 마심에 따라 '누구든지 나를 애인으로 생각해줄 그런 남자를 만나고 싶었다'는 감추어진 욕망이 고개를 들고, '오동나무가 있는 집'에서 들었던 기차 소리가 다시 들려온다. 그 기차소리는 '귀로 보는' 오동나무나 다름없다. 그리고 그녀는 궤도 이탈의 충동에 휩싸여, 다시 '오동나무가 있는 집'으로 태정을 찾아간다.

반윤리적 소설을 갖게 되는 기쁨

착한 딸도 아니고 정숙한 가정주부도 될 수 없고, 그렇다고 마땅한 출구도 없는 20대 여성의 무덤으로 읽을 수도 있을 소설을 나는 그렇게 악마의 드라마로 읽는다. 그리고 나는 우리 소설에서 보기 드문 반윤리적(反倫理的) 소설을 하나 갖게 되었다는 기쁨에 젖는다. 한 사회에 끊임없이 존재하고 한 사회가 끊임없이 만들어내는 떠돌이들의, 패배자들의 삶을 사회적인 관점에서 들여다본다면 그 시선은 윤리적인 시선이 된다. 그러나 그 삶을 존재론적인 관점에서 들여다보면 그 시선은 반윤리적인 시선이 된다. 전자의 시선이 소회의 극복을 모색한다면 후자의 시선은 소외된 삶의 존재론적인 원형에 대해 질문한다.

소외된 삶의 존재론적인 원형에 대해 질문을 하게 되면, 그 내부에서 뜻밖에도, 우리가 억눌러왔던, 그러나 우리의 내부에 존재하는, 너무 강렬해 결코 묵살할 수 없는 욕망의 소리를 들을 수 있다. 단도직입적인 표현이 될지 모르지만, 우리의 소설들은 우리의 내부에서 '즐거움의 욕망'이 부르는 손짓에 별로 귀를 기울이지 않았다. 그리고 그 욕망을 억압해온 만큼, 그 욕망은 패배자의 모습으로 우리 내부에 잠복해있었다. 그 패배의 모습의 존재론적 원형에 대해 질문하는 태도는 패배를 패배로 인정한다는 의미에서는 비윤리적일지 모르지만, 그 패배한 삶, 그 소외된 삶, 때로는 악마적이기까지 한 삶을 우리와 익숙하게 만든다는 의미에서 실은 더 적극적으로 윤리적이다. 그 시선은 타인을 향한 시선을 자신의 내부로 되돌리게 하는 시선이며, 그리하여 가장 이질적이고 낯설고 적대적인 모습에서도 자신의 모습의 일부를 찾아보게 하는 시선이다. 그 시선에 감염될 때 우리는 비로소 삶이 지니고 있는 그 본래의 풍성함을 눈치채게 되는 게 아닐까.